趋同与歧异——四十年代中国新诗"命运"主题研究

杨玉霞　著

吉林大学出版社

·长春·

趋同与歧异 ：四十年代中国新诗"命运"主题研究 ／
杨玉霞著.— 长春 ：吉林大学出版社，2021.8
ISBN 978-7-5692-8674-8

Ⅰ．①趋… Ⅱ．①杨… Ⅲ．①诗歌研究-中国-现代
Ⅳ．① I207.22

中国版本图书馆 CIP 数据核字（2021）第 171644 号

书　　名：趋同与歧异——四十年代中国新诗"命运"主题研究
　　　　　QUTONG YU QIYI——SISHI NIANDAI ZHONGGUO XINSHI "MINGYUN" ZHUTI YANJIU

作　　者：杨玉霞　著
策划编辑：邵宇彤
责任编辑：邵宇彤
责任校对：李潇潇
装帧设计：优盛文化
出版发行：吉林大学出版社
社　　址：长春市人民大街4059号
邮政编码：130021
发行电话：0431-89580028/29/21
网　　址：http://www.jlup.com.cn
电子邮箱：jdcbs@jlu.edu.cn
印　　刷：定州启航印刷有限公司
成品尺寸：170mm×240mm　　16开
印　　张：11.75
字　　数：205千字
版　　次：2022年1月第1版
印　　次：2022年1月第1次
书　　号：ISBN 978-7-5692-8674-8
定　　价：59.00元

序

　　20 世纪中国文学不仅赓续了 19 世纪中国的传统文学，而且有着全新的文学思想和"现代性"形式的转换。从"立人"的思想启蒙开端的文学革命到社会政治变革和国家民族解放的革命文学。现代中国文学独有而深层的人的觉醒、改造国民性和时代赋予的阶级反抗、民族大义相互交织的基本思想主题，与尊重自我体验的真实还原生活，摒弃"瞒与骗"，流行"自传体"，崇尚"我手写我口"独抒性灵的现代小说、诗歌、散文、戏剧等文学书写方式，均源于鲁迅、郭沫若、茅盾、巴金、老舍、曹禺、徐志摩、沈从文、萧红、张爱玲、艾青等一大批思想独立、拥有家国情怀与才华横溢、追求真善美的大师之经典创作。20 世纪上半叶中国文学最为突出的现象是作家以自由思想的表达和时代生活的自觉反映，绘制了一幅色彩斑斓、底蕴厚重的现代中国政治变革和社会文化丰富的历史长卷，铸造了一个个独具个性的现代中国知识分子的精神雕像。

　　作为现代中国文学思想灵魂的作家群体，他们满怀理想、憧憬光明与未来，不畏艰难困苦，不懈地追求自由独立。为此，现代中国文学中最突出的文学革命从传统中国诗的王国转向现代叙事文学，但是实质上却是作家空前拓展的主体意识，伴随着冲出封建思想束缚而来的是中国古典诗歌被"现代性"激活的新诗诞生。"霜风呼呼的吹着，月光明明的照着。我和一株顶高的树并排立着，却没有靠着。"（1917 年，沈尹默的《月夜》）"月夜"和"树"的意象完全褪尽了旧日残迹，白话的新诗呼之欲出。当郭沫若的"凤凰之再生"，"我是一条天狗"的"女神"横空出世，开创了一代诗风。紧随其后，由"新月"诗人闻一多"这是一沟绝望的死水，清风吹不起半点漪沦"落地的格律诗，与徐志摩"悄悄的我走了，正如我悄悄的来，我挥一挥衣袖，不带走一片云彩"诗美的启蒙，还有徘徊于理想与现实迷途的"雨巷诗人"戴望舒，努力地做"我的记忆是忠实于我的"现代纯诗，试图在自我和诗艺双重困境中做出艰难的突围。新诗一路前行，既是内部社会世事激变宣告了个体抒情时代的终结，又是外来侵略者的铁蹄践踏，民族危机召唤了每个中国人强烈的历史使命感。"我也应该用嘶哑的喉咙歌唱：'这被暴风雨所打击着的土地，这永远汹涌着我们的悲愤的河流……'"（1938年，艾青《我爱这土地》）全民投身抗战的呼喊，填平了诗人理想与现实之间的裂隙，完成了新诗历史变迁中思想内容与艺术叙述多方面的"综合"。从某种意义上说，正是20世纪40年代民族苦难的悲情成就了新诗的审美再造。经历战争风雨的洗礼，乡村情结与都市记忆都随着诗人与社会人生的自觉融合，将新诗推向了一个崭新的历史时代。作为新诗承前启后的重要阶段的20世纪40年代，必有时代赋予其独特精神思想之诗魂。

本书正是作者纵观了中国文学史和新诗史的开阔视域，广泛、深入、细致地研读了20世纪40年代诗人的诗作，获得了关于新诗宏观与微观的基本认知，并总结和提炼出"命运主题"为本阶段重要的诗歌思想话语和创作现象。论题的意义不仅是对20世纪40年代新诗创作这一主题类型作家作品的重读，而且更多的是寻求在特殊历史阶段和语境下，该主题类型的再造诗美，传达民族"大我"和诗人"小我"交融合奏的时代声音，呈现了独特的诗表现、诗意蕴，成为影响新诗历史性命运的典范现象。作者积极努力地对论题进行深入探索，给我们带来了许多启迪。

在战争环境中"命运"主题突破了玄妙莫测而回归大地的日常生活化，诗人的个体感受和思索既凸显了独特诗艺之力的美学，也挖掘了该主题现象本质的坚韧、叛逆和抗争的时代意义。20世纪40年代是中国人民抵御外来侵略战争和争取民族独立的时期。在抵抗侵略者血与火的战斗中，在生死对垒的阶级抗争中，一方面是为正义而战、顽强抗争的英烈们的悲壮；另一方面是无助无力的普通民众个体生命被随意泯灭的悲惨。这里无论是社会意义的悲壮，还是单个人的悲惨，都包含了命运的元素，传达的是一种对命运的感受。因此，人们普遍认为命运感是支配人类的神秘、强大、必然的力量。朱光潜说：命运是"以玄妙不可解而又必然不可避免的方式在操纵人类"的"不可知的力量"，表现为"不可以理性说明和无法抗拒"。（《悲剧心理学》人民文学出版社1983年）。"命运"作为哲学、文学的命题，有感知和心理的因素，更有着对人类生命有限性和永恒性、人类生命价值和意义的理性思考，以及作为艺术形象的表现。为此，在20世纪40年代的新诗创作中，面对战火纷飞的生活，我们发现现代诗人自觉地以个体的感受和体验，把握大时代变幻莫测的命运节奏，艺术地呈现或形象（意象化）地表现出对"命运"主题的积极思考。阿垅写于1941年的一组长诗《纤夫》就是典型之作。"偻偌着腰"的纤夫"匍匐着屁股/坚持而又强进！/四十五度倾斜的/铜赤的身体和鹅卵石滩所成的角

度……"这就是最底层纤夫的生命状态和劳作时的形象写照。同时，诗人又将纤夫意象化，"天空和地面，和天空和地面之间的人底昂奋的脊椎骨／昂奋的方向／向历史走的深远的方向，／动力一定要胜利／而阻力一定要消灭！"在这不规则的诗行里，却非常明确地表达了逆水而上的纤夫统一而坚定的信念。这何尝不是一种顽强抗争命运的素描和不屈服于苦难生命存在的理性思考呢！20世纪40年代的新诗不只是阿垅等七月派诗人，甚至也不只是延安诗派、九叶诗派的群体有这样直面现实人生的力透纸背的诗句。抗战炮火，既震撼了中国大地，也震撼了中国人民的心，诗人、作家纷纷"文章下乡，文章入伍"。用诗人王亚平的话说，有枪的拿枪，有刀的拿刀，有笔的拿笔，"把此身献给火线哟！／用生命换取血写的诗篇"。所以，战争改变了人民的命运，同样也改变了新诗的走向。当书写和抒发"命运"成为诗人集体无意识的创作取向，或者成为反复出现的话语和意象时，既完成了"命运主题"的构型，也成为一个时代典型的创作现象。这也是20世纪40年代新诗自身发展最值得称道的地方，"命运"主题天然地融合了客观的社会生活和主观的感受体验。诗人为时代而歌，也为自我而重生。诗人知道"说不尽的故事是说不尽的灾难"，"他没有流泪，因为一个民族已经起来"。（1941年，穆旦《赞美》）。"命运"主题特有的思想内涵和现代品格具象地书写了一个时代的诗史，也集中地书写了一代诗人群体不屈不挠的精神史。

　　作者是我十多年前指导的一位硕士研究生，书稿的缘起是她的硕士论文。该选题最初源于作者的兴趣爱好和诗歌阅读的积累，也有感20世纪40年代新诗研究的薄弱，直觉"命运"主题是一个有着学术增长点的切口。师生之间经过多次交流讨论最终确定。作者在写作过程中认真研读作家作品，以及分析相关的已有同类研究成果，最终按期顺利通过硕士研究生的论文答辩。毕业后她进入高校从事中国现当代文学专业的教学和科研工作。几年前她告诉我考上了博士研究生，这让我为她在学术上一直不断努力感到欣慰。最近她又来电话说，在读博期间，将原内容不过三万字左右的硕士论文进行了较大修改并充实为一部书稿，希望书稿出版前，我能够写几句话。读了书稿后我有些惊讶！原硕士论文的基础，应该说还仅仅局限于20世纪40年代新诗创作中的某种类型的研究，将立足于新诗断代语境中解读诗人诗作作为重点。修改稿将"命运"主题置于中国现当代文学，乃至中国文学的大视野中进行考察，并在此前提下，力求探究20世纪40年代新诗"命运"主题内容与形式之背后所反映的关乎中国现当代文学相关精神内涵、现代性反思，以及新诗发展走向等问题。显然，关于后者的积极思考和整体论述在书稿中仍然有较大的提升空间。但是，

3

作者对该论题深入掘进的思路是清晰的，努力的方向也是正确的。作者多年来一直执着于该课题的研究，令人敬佩！因为与作者有过师生缘，对论题的写作也有一定的了解，尤其出于鼓励和支持青年学者的学术探索，啰啰嗦嗦地说了以上的话，权当是与作者的又一次交流，希望不要误导读者！

　　是为序。

杨洪承

2020 庚子年仲秋月 草于金陵外秦淮河畔

前　言

很小的时候，我曾经困惑于"命运"这一问题，因为少不更事，所以只是懵懂地觉察于一些似乎没有答案的问题。上大学的时候，我曾经写过一首命名为《命运》的诗，表达自己心中永不停息的对生命的困惑或思考：

我们在命运的峡谷中徘徊
高处是天空，低处是荆棘
而在巨大的回声中
遮蔽着真正的懦弱

谁能给予我们站立的力量
谁能为我们插上飞翔的翅膀
有人翻动厚重的书页
尘土在阳光的缝隙里飞扬

很多问题永远没有答案
知识也不能使我们坚强
我们寻找、追问，然而枉然
像掬起一捧水
那短暂的停驻
最后只有双手，空空荡荡

总是那些年轻的脸孔
（有我，或者是你）
在黑暗的、漫长的隧道里
升起红晕
和长久的迷惘——

那时关于"命运"的感知更多地来自自我个体的境遇，而且这些境遇大都是浅薄而逼仄的，以至于很多年后再回顾，又不屑于当时自己的这些感伤或

1

叹息。硕士阶段，我选择了以 20 世纪 40 年代新诗作为自己的研究对象，选择了以"命运"为主题这一切入点，我在文本阅读中感受到更阔大、更深刻的时代境遇，而这样的时代境遇塑造和构成了个体、群体、人类的"命运"，我觉得这值得我更深入地认识、思考、探究，于是就有了我的硕士论文《四十年代新诗"命运"主题研究》，正是本书的雏形。

对于 20 世纪 40 年代新诗，我曾经有过的一些思考，重新进行挖掘。其主要内容和论文框架没有变，但内容大大拓展，对其中一些原先囿于篇幅没有展开的论述进行了深入探讨。本书主要运用历史文化批评和文本研究相结合的方法，采用创作心理学及精神分析学的有关知识对 20 世纪 40 年代新诗中潜在的主旋律——"命运"主题展开分析。第一章首先从传统的继承和时代的召唤两方面梳理了"命运"主题的存在基点，然后由三大创作群体的生成进入对其"命运"主题的多样表现的整体描述；第二、三章作为论文的主体部分，首先对"命运"主题的三大意象群（"太阳"意象群、"土地"意象群、"黑夜"意象群）的内涵进行分析，然后寻找"命运"主题在艺术表达形式方面的差异，最后对"命运"主题所负载的、不同质地的精神内涵进行剖析，这也是对以上意象生成和形式选择的原因的一个深入探讨；第四章是对 40 年代新诗"命运"主题的新诗史乃至文学史层面的整体反思，并对该主题的影响及流变进行了初步探讨。

首先，本书填补了 20 世纪 40 年代中国新诗"命运"主题研究的空白。关于 40 年代文学的主题研究，有学者从传统主题入手（贺仲明《论 20 世纪 40 年代中国文学中的传统主题》，《江海学刊》，2002.1），有学者关注爱国主义母题研究（苏光文《1937—1949 年中国文学爱国主义母题研究》，重庆出版社，2001），但本书首先提出并完成了中国新诗领域的"命运"主题研究。

其次，本书所选择的"命运"主题研究是对中国文学"命运"主题研究的补充和深化。20 世纪 40 年代处于一个特殊的战争文化语境，在这一语境中，中国新诗的"命运"主题有其独特性和复杂性，深入研究这一主题，对于中国文学"命运"主题研究的拓展有着较强的理论意义。

再次，本书所选择的"命运"主题研究，经由"命运"视角切入 20 世纪 40 年代中国新诗的存在与发展形态的研究，有较强的创新意义。作者试图探讨这一时期新诗中"命运"主题的独特性，并以此来展示诗人在 40 年代这个特殊的战争文化语境中独特的生命体会和创作心态，以及由此而造成的中国新诗在 40 年代的特殊存在与发展形态。本书希望通过对于"命运"主题的深入研究，能够更深入、更真实、更透彻地表现 40 年代新诗存在的独特风貌。

　　最后，本书通过关注 20 世纪 40 年代新诗"命运"主题所包含的精神内涵，经由文本研究进入精神史研究，探讨 40 年代新诗存在状态的深层根由，并为中国新诗的发展形态找到解释的入口。

　　总之，本书通过对 20 世纪 40 年代中国新诗中"命运"主题的存在根由、精神内涵和艺术表现等进行更加深入和全面的分析，来对 40 年代新诗主题研究进行补充；本书以"命运"主题为视角，拓展了大量诗人个体经历、作品和创作资料，切入对个体和群体的存在状态、发展历程的考察，试图更深入、更真实地表现 40 年代新诗存在的独特风貌。

　　本书最后附录了本人三篇关于诗人艾青和郭沫若的学术论文，是本人在现当代诗歌研究中的一些探讨，不揣浅陋，求教于方家。

　　书稿完成了，但是关于"命运"的思索并没有停止：

　　　在黑暗的、漫长的隧道里

　　　升起红晕

　　　和长久的迷惘——

目　录

引　论 ……………………………………………………………… 001

第一章　四十年代新诗的潜在主旋律 ………………………… 021
　　第一节　"命运"主题的存在基点 ………………………… 021
　　第二节　"命运"主题的整体描述 ………………………… 031

第二章　四十年代新诗"命运"主题现象与艺术形式 ……… 040
　　第一节　"命运"主题的意象群及其多样内涵 ………… 040
　　第二节　"命运"主题艺术形式分析 …………………… 080

第三章　四十年代新诗"命运"主题的精神内涵 …………… 091
　　第一节　"延安诗人"与"命运"的复调表达 ………… 091
　　第二节　"七月诗人"与"命运"的赤诚书写 ………… 106
　　第三节　"九叶诗人"与"命运"的沉思呈现 ………… 116

第四章　四十年代新诗"命运"主题的文学史意义 ………… 124
　　第一节　"命运"主题的现代反思 ……………………… 124
　　第二节　"命运"主题的影响及流变 …………………… 128

参考文献 ………………………………………………………… 162

后　记 …………………………………………………………… 172

引　论

一、"命运"：永恒之题

在文学史上，"命运"作为一个古老而传统的主题被不断书写，并不断获得新的意义，因此，它拥有深远悠久的历史和蔚为壮观的文本序列。

（一）"命运"释义

"命运"到底是什么？在久远的历史中，它已经被人们从多种角度、不同意义上引申使用，每个人都有自己对于命运的想象与定义，甚至难以找到一种标尺来估量其中的误差。

《现代汉语词典》（第7版）中关于"命运"的词条有两个解释：一是"指生死、贫富和一切遭遇（迷信的人认为是生来注定的）"，二是"比喻事物发展变化的趋向及结局"。这两个解释分别表明"命运"的含义既有神秘性的一面，也有辩证、科学的一面。

西方文化跌宕起伏，而华夏文明则源远流长、博大精深，两种文化相互影响、彼此碰撞，但又保持着各自的独立性和差异性。在"命运"这一问题上，两种文化各有不同的认识与阐释。

1.西方文化中的"命运问题"

在西方文化中，自觉提出命运问题是在"米诺斯文化"时期。"米诺斯文化"是在古希腊神话时代之前更为古老的文化，存在于公元前2500—前1300年，并以克里特岛为中心而发展起来的古老文明，是古希腊文化的先驱。这一文明以国王米诺斯的名字来命名，双面斧和公牛是米诺斯文化特有的宗教象征。"双面斧"是克里特人对自然力崇拜的象征，是克里特人认识自然、实践自然的符号化。在早期的米诺斯文化阶段，克里特人的命运意识只涉及宇宙自然观。一直到古希腊文明阶段才出现了开天辟地、人类起源等创世神话。在克里特文明中的人与自然的关系认识之外，开始了人与人、人与社会的实践关系的符号化。这也表明，随着文明的发展与推进，命运意识已经不仅仅涉及宇宙自然观，还涉及人与社会。在古希腊语中，"命运"一词被表述为"Moria"，其基本含义是"份额"和"分配",即古希腊文化认为,每一个人应该分得的那"一份"是已经注定且无法改变的。古希腊文明中从此有了天定而不可改变的命运观念,并且开始试图具体去阐释和说明"命运"观念。

西方文化中的"命运"观念是不断演变的,"命运"一词也伴随着语境的不同而有所变化,最终形成了意义相对确定的一个词语,用英语表述为"destiny"或"fate"。古希腊命运观从一开始就表现为对命运的崇敬与屈服,这种命运观与其宗教思想密切关联。黑格尔认为"命运"在希腊神话中是一种"较高一级的东西",对"神和人都有约束力,但是本身又是不可理解的,不可纳入概念的"。①这种扑朔迷离、不可琢磨、不可更改的决定性力量,在希腊哲学中被表达为世界"本原"或"逻各斯",其表现于神话故事之中就是"命运",表现于宗教之中就是"神"。随着时代变迁,文明更替,西方文化也不断变化,文艺复兴后,随着自然科学的不断前进,对神的信仰被打破,欧洲人从以神为中心过渡到以人为中心,人类开始向大自然及人类自身发出挑战,"命运"观念不断走向理性化之路。

2.中国古代的"命运"问题

中国古代对于命运问题的自觉思考,最早是在中国进入奴隶社会之后,此时"命运"是指"天命",而非个人命运。中国古代先民面对生活中不可预知又无法抗拒的种种遭遇,揣测、想象着冥冥之中有一位"天帝"掌控一切,左右自己的吉凶祸福。"天帝"的命令、意志就是不可违背的"天命",自然界的刮风下雨、季节更替,社会的政治动荡、政权更迭,概由"天帝"主宰。《易经》中"天命不祐,行矣哉!"②《尚书·汤誓》中"非台小子,敢行称乱,有夏多罪,天命殛之"③,《尚书·泰誓上》中"商罪贯盈,天命诛之,予弗顺天,厥罪惟钧"④等,是中国古代较早关于"天命"的记载。"命"字在《说文解字》中释为"命者,使也。从口,从令"⑤,可引申出"天命""命运"等义项,而在古人眼中,"天命""命运"就是主宰、决定一切的一种神秘而巨大的

---

① [德]黑格尔:《美学》,第2卷,朱光潜译,北京:商务印书馆,2017:252页。

② 《易经》,于海英译注,北京:华龄出版社,2017:93页。

③ 孔子:《尚书诠解》,北京:开明出版社,2018:69页。

④ 姬昌,孔子:《中华国学经典读本:易经·尚书》,哈尔滨:北方文艺出版社,2013:275页。

⑤ 许慎:《说文解字全鉴》,第2版,李兆宏,刘东方解译,北京:中国纺织出版社,2014:179页。

力量。《论语·尧曰》中提到"不知命，无以为君子也"①，表明了中国古代对于"命运"的基本认识。后来我们常见的一些词语，如命薄、命苦、认命、命大、算命、命中注定等，也都是这一义项的延伸。

"天命"观实为统治阶级神权政治的思想反映。夏、商、西周在政治、经济上等级森严，依据氏族血缘关系亲疏决定人们的社会地位和经济状况，即人生来便已注定其贵贱贫富，决不允许任何逾越阶层的行为。在这样严格的规范下，任何行差踏错，哪怕仅仅是穿错衣服颜色，都是弥天大罪。这些规范、等级制度，又被认为是"天命"所定，不可改变、不可违抗。守本分为福，不守本分为祸，遵天命便吉祥和顺，违天命则要受惩戒。

春秋战国时期，人们开始思考个人命运，"命运"问题也成为先秦诸子哲学思想的重要组成部分。诸子百家对于"命运"问题的阐释形成了中国古代命运观的基本内核，也形成了中国古代命运观的多样性。儒家的孔子相信并敬畏天命，在《论语·尧曰》中提到"不知命，无以为君子也"；《论语·颜渊》中提到"死生有命，富贵在天"②；孔子还提出"君子有三畏：畏天命，畏大人，畏圣人之言。小人不知天命而不畏也，狎大人，侮圣人之言"③。孔子还自称"五十而知天命"。孟子主张君子存心、养性，尽其本分而"立命"："尽其心者，知其性也。知其性，则知天矣。存其心，养其性，所以事天也。夭寿不贰，修身以俟之，所以立命也。"④墨家反对宿命论，墨子以天命可变的定论作为立足点，提出"非命"观点，否定"天命"观，认为"昔者暴王作之，穷人术之，此皆疑众迟朴"⑤，"寿夭贫富，安危治乱"并非先天命定，而是人力所能变更的，因此，人类不能依赖"天"，而要依赖人力，正所谓"赖其力者生，不赖其力者不生"⑥。道家的老子将自然，而并非"天命"，视为万物主宰，认为"天法道，道法自然"。庄子主张"安命"，认为命存在于宇宙间，人生的一切遭遇皆为天命决定，天命是人力不可抗拒的某种必然性，"死生存亡、穷达贫富、贤愚不肖、毁誉、饥渴、寒暑，是事之变，命之行也"⑦。"性不可

① 孔子，孟子：《论语·孟子》，北京：北京燕山出版社，2001：151 页。
② 《论语》，陈国庆，王翼成注评，西安：陕西人民出版社，2006：220 页。
③ 《论语》，陈国庆，王翼成注评，西安：陕西人民出版社，2006：306 页。
④ 孟子：《孟子》，王立民译评，长春：吉林文史出版社，2004：215 页。
⑤ 墨翟：《墨子》，朱越利校点，沈阳：辽宁教育出版社，1997：76 页。
⑥ 墨翟：《墨子》，戴红贤译注，太原：书海出版社，2001：154 页。
⑦ 庄周：《庄子》，方勇译注，北京：中华书局，2010：86 页。

易，命不可变，时不可止，道不可雍"①，人应该顺从天命，坦然接受命运的安排："知其不可奈何而安之若命，德之至也。"②（《庄子·人间世》）"求其为之者而不得也，然而至此极者，命也夫！"③

西汉时期，由于汉武帝"罢黜百家，独尊儒术"，儒家思想成为其国家的统治思想，儒家思想中的命运观也成为社会主流。东汉时期，唯物论思想家王充在其著作《论衡》中对"命"进行了系统论述，其中专门论述命运的有《命禄》《命义》《偶会》《初禀》《无形》《幸偶》《气寿》等篇章。王充指出：生死是人类发展的规律，生死寿夭在人为而非天非命。也可以说，王充是中国古代最早系统论述"命运"问题的思想家。两汉之际，初步建立起中国古代的命运观和命运学。

唐代是佛教发展的鼎盛时期，命运观已经成为社会各个阶层普遍的思想认识，而不仅仅为统治阶级所信奉。诗人、思想家韩愈虽然没有形成严格的哲学层面上的"天命"问题思想体系，没有对"天命"问题进行系统论述，但他的命运观对于儒家思想传统也有所突破。在韩愈的论述中，"天"和"天命"是指客观世界与社会发展的必然趋势，"夫天授人以贤圣才能，岂使自有余而已，诚欲以补其不足者也"④（韩愈《争臣论》）。韩愈所谓"乐天知命"，是指无论处境如何，都应顺应必然，泰然处之，"无入而不自得，乐天知命者，固前修之所以御外物者也。况足下度越此等百千辈，岂以出处近远累其灵台邪！"⑤（韩愈《与崔群书》）韩愈提倡主观与客观的统一，修养善德即知天命。

北宋时期，偃武修文，尊崇儒家，文人主政，命运观也得到更多体认。司马光是"天命论"者，其"天命论"思想服务于其政治主张。他认为天是自然与社会的有意志的主宰者，"天者，万物之父也""天使汝穷而汝强通之，天使汝愚而汝强智之"⑥。天命是人力所不能违背的。司马光还将封建社会等级差别归于"天命"使然，将命运观加诸于君臣、父子关系之上，这样就将封建主义的等级差别说成永恒不变的东西，打消劳动人民的反抗意识，使得人民安于现状以维持封建秩序的稳定。王安石则是"非命"论者，对其时泛滥的"天命论"进行了批判，指出"天"并非原来就有的，而是物质世界发展到一定阶段

---

① 庄周：《庄子》，方勇译注，北京：中华书局，2010：243 页。

② 庄周：《庄子》，方勇译注，北京：中华书局，2010：61 页。

③ 庄周：《庄子》，方勇译注，北京：中华书局，2010：120 页。

④ 韩愈：《古文观止》，吴楚材、吴调侯编注，西安：三秦出版社，2017：193 页。

⑤ 韩愈：《八大家全集 第1卷 韩愈》，逸凡点校，广州：新世纪出版社，1997：200 页。

⑥ 《温国文正司马公文集》，卷七四，《迂书·士则》。

才产生的，是按照自然规律运行的事物，因此，人要遵循自然规律，也要发挥人的能动性。在"天命论"的思想洪流中，王安石依然重视人的能动性，提出"人定胜天"，是非常难得的。

南宋理学家朱熹从理气论出发，将命运分为两种，回答了决定不同命运的不同因素。他认为人之所以有"贫富、贵贱、死生、寿夭"之别，"都是天所命，禀得精英之气，便为圣为贤，便是得理之全，得理之正。禀得清明者便英爽，禀得敦厚者便温和，禀得清高者便贵，禀得丰厚者便富，禀得久长者便寿，禀得衰颓薄浊者，便为愚、不肖，为贫、为贱、为夭"①。在朱熹的天命论体系中，皇帝即"天命"，各级官僚即"心"，各种职事即"性"，等级制度即"气秉"。这种封建主义的"天命论"思想充满了极端的道德宿命和人生宿命的意味，充分表明了朱熹封建制度卫道士的本质。

到明清时代，学者多持"造命"之论，即自己修造命运。其中，王艮、王夫之等是这一学说的主要代表人物。明代哲学家王艮承认命运的存在，"命"是不可改变、无法抗拒的"已然"，如"孔子不遇，命也"。但王艮认为虽然"命"不可改，但"性"（主观能动性）却是充满了多种可能性的"将然"，因此，他反对"听命"，提倡"造命"，即人可以尽心尽力发挥能动性，正所谓"尽心知天"。同时王艮又认为"若夫民则听命矣"②，大人造命。普通百姓只能"听命"，而只有"大人"即统治阶级的上层人物才能"造命"，这是由其唯心史观所决定的。

王夫之是明清之际的朴素唯物主义思想者。他认为"命"有两种，一种是传统儒家修身俟命的命，这种命实际上是一种外在的客观必然性，人不可以改变而只能顺应；另一种"命"是万物之命，"圣人赞天地之化育，则可以造万物之命，而不能自造其命"③。人可以按照自然规律为万物创造命运，故人可以发挥对天的能动性。

宋代以后，社会上算命之术十分流行，不少学者对此展开过批判。清代学者袁枚在《随园随笔》中揭露算命术的欺骗性，对其进行了有力的批判。但袁枚主要从经验事实出发对相术风水之说进行清算，缺乏理论高度。

综上所述，中国古代的命运观大体上可以分为三个阶段。

---

① 黎靖德：《朱子语类 第4册》，武汉：崇文书局，2018：66页。

② 陈祝生：《王心斋全集·明儒王心斋先生遗集》，南京：江苏教育出版社，2001年10月版。

③ 王船山：《王船山诗文集》（上册），北京：中华书局，1962：9页。

第一阶段：先秦时期，中国古代命运观的发端期。这一时期，诸子百家开始自觉思考"命运"问题，关于"命运"问题的种种理论，在这一时期开始萌芽和孕育，成为后来各时代命运观的理论源头。

第二阶段：汉唐时期，中国古代命运观的拓展期。这一时期的思想家和学者们纷纷从自己的立场去拓展理论观的内容，形成各自相对确定和完备的命运观体系，并对社会各阶层产生普遍影响。

第三阶段：宋元明清时期，中国古代命运观的成熟期。这一时期的哲学家们对汉唐以来的命运观理论进行了整理和思考，进一步系统和深化了中国古代命运观的理论体系。

3. 辩证唯物主义的"命运"问题

辩证唯物主义的"命运"问题，也就是马克思主义命运观问题。

马克思主义认为人生的遭遇具有偶然性，但它并非纯粹的偶然性，这种偶然性只是必然性的表现形式和补充。从根本上来说，人生境遇具有必然性，它是客观条件（如社会、历史或家庭等）与主观因素共同起作用的结果。只有在认识必然性的基础上，人们才能自由活动，才能真正掌握自己的命运。

然而，马克思主义哲学体系中并没有一个完整的、确定的关于"命运"的概念。有的马克思主义者甚至否定"命运"之存在，比如，斯大林曾经宣称："马克思主义者是不相信'命运'的。命运这个概念，即'希克查尔'这个概念本身就是偏见，就是胡说，就是古希腊人的神话这一类东西的残余，古希腊人认为命运之神支配着人们的命运。"[①]但这一观点本身就是偏颇的。马克思主义批判、否定"天命论""宿命论"观点，但不否定"命运"问题的存在。马克思主义也要从自己的理论立场出发，去科学地探讨、解释"命运"问题，去客观、准确地界定"命运"观。

命运的主体是人，因此，命运在本质上是相对于人而言的。人可以分为类、群体和个人三个层次，那么命运问题也要从这三个层次来论述。马克思主义反对主观唯心主义的唯意志论和客观唯心主义的宿命论，认为命运并非由"天"所决定，也并不是由"神"的意志和命令所决定，而是一种客观存在。"命运"中存在着客观必然性因素，正如马克思所说："人们自己创造自己的历史，但是他并不是随心所欲地创造，并不是在他自己选定的条件下创造，而是

---

① 斯大林：《和德国作家埃米尔·路德维希希的谈话》(1931 年 12 月 13 日），中共中央马克思恩格斯列宁斯大林著作编译局编：《斯大林全集》第 13 卷，北京：人民出版社，1956：106 页。

在直接碰到的既定的、从过去承继下来的条件下创造。"①这些客观因素，个人是无法选择的。同时，"命运"包含着偶然性因素，这些不确定的偶然因素也会对"命运"的趋向起到推动作用，也是人力无法把控的。但"命运"的推进还包含着人的能动性因素；随着主客观条件的变化，命运也会发生变化。因此，在辩证唯物主义视野中，人之于客观存在，既有其主动性的一面，也有其依赖性的一面，人对于"命运"，有其不可把握的一面，也有可以认识和改变的一面。人在遵循客观规律的前提下，就能够获得改造客观世界的自由，就可以创造和改变自己的命运。

4.小结

在对西方和中国古代，以及马克思主义的"命运"问题的大概论述之后，本书需要对题目中的"命运"概念做出相对准确和清晰的界定。

通常"命运"有两层基本含义：其一，它是指外在于人且支配人的一种神秘力量，这是原始形式的宿命论的理解；其二，它标志着一种前定的个人、民族或历史的走向和完成。其实这两者之间有着内在的联系，即这种"走向和完成"是作为现实力量的"命运"支配着的。随着宿命论在历史发展中的消隐，两者之间的联系也就断了，"命运"也就纯然成为一种"前定的未来"②。

可以得出：首先，命运的主体（命运的承担者）是"人"；其次，这种力量是外在于人并且在人的周围发生作用的。但这两个基本含义又有模糊之处：其一，"前定"和"未来"都有着太强的抽象意味，从而难以准确把握；其二，忽略了作为主体的"人"与外在力量的相互作用。而蔡永宁在"命运"的宿命性和未来指向性的基本含义的基础上，运用马克思主义哲学的方法给予"命运"以更全面、明晰和规范的界定："命运是指人的生命主体与其赖以存在的环境在相互作用中所形成的生存状态及生命历程。"③这一观点既强调了命运的承担者——主体是"人"，包括个体、群体和人类，又能够辩证地看待主体与其所在环境的相互作用；既强调了人的命运中"静"的一面——生命状态，也包含了人的命运中"动"的部分——生命历程，使得"命运"所涵盖的内容更加完整和全面。这一界定也是本书题中"命运"之全面含义。

---

① 中共中央马克思恩格斯列宁斯大林著作编译局编译编：《马克思恩格斯选集》第1卷，北京：人民出版社，1972：60页。

② 苗强：《论悲剧的命运幻象》，载文艺研究，1996（3）：58-69.

③ 蔡永宁：《解读命运——关于人生命运的哲学思考》，北京：人民出版社，2001年。

（二）"主题"释义

1."主题"一词

在中国古代文学理论中，并没有"主题"这一概念，近现代文论中，可见"主旨""旨趣"等概念，也没有"主题"这一术语。20世纪50年代以后的文论中才广泛使用这一概念。"主题"是个外来词，源于德语中的音乐术语"thema"。德语"Thema"是由希腊文"theme"派生的，"theme"的本质含义指"对象""主体""核心"。在德语中，Thema具有两个义项：一是指"题目""主题""课题"；二是指音乐的"主旋律""主题"，指乐曲中最富有特征的、处于主宰地位的旋律，它表现为一个完整的音乐思想，是一首乐曲的核心。日本将"thema"译为"主题"，我国从日本引入了这个词。后来，这一术语被移植到文艺创作中，并广泛地借用于一切文学艺术作品的创作，指文学作品中通过形象体系显示出来的中心思想和主导情绪。与我国古代文论中的"意"这一概念极为接近。

2."主题"的概念

主题这一概念常常为人们所误解，人们很容易将"主题"与"母题""题材""内容""中心思想"等混淆。"母题"指的是在文学历史进程中，不断被反复书写、表现的共同主题；题材是未经作者加工的、尚处于文学世界外部的、相对粗糙的、含混的材料集合；"中心思想"是作者贯穿全文的核心思想，是作者在文中努力阐明的中心议题；而主题已经具有相当程度的文化积淀，是经过相当长时间的文学实践和美学探索后形成的结果。在这里，我们可以借用罗吉·福勒主编的《现代西方文学批评术语词典》中"主题"的概念来界定本书题目中"主题"一词。

主题（thema）：按照传统，"主题"指题材中反复出现的要素。由于现代文论坚持内容与形式的并存性，所以该术语所包括的形式方面的含义得到了强调。主题总是主旨（subject）的体现，然而主旨并不等同于主题。主题通常并非艺术创作的诱因，它是主旨的一个分支，通过一些反复出现的事件、形象和象征而得到间接的表现。我们通过思索和推理来理解作品主题，因为主题不是形象和象征的数量的堆积，而是这些形象和象征所包含的、经过阐释可以认识的意蕴。在这里，我们将该术语的不严格的用法适当加以限制。如果我们用"主题"来指作品中某些频繁出现的特征（如反复出现的意象或怪僻的风格等），那么就无异于将原因和表征混为一谈。例如，如果我们使用"狄更斯的《我们共同的朋友》中的溺毙的主题"这一说法，我们的意思仅仅是说在这

本小说中，经常发生人物自沉于水中或将他人溺死的情况，而"基督赎罪的主题"却为水的本质意义提供了解释。因此，我们最好把反复出现的局部特点称为"特色"①。

3."主题"：伴随形式

《现代西方文学批评术语词典》所言：该术语（主题）所包括的形式方面的含义得到了强调，本书中的"主题"研究伴随形式的探讨。通常人们会将主题与题材或者思想内容等混为一谈，认为主题是文学作品中占主导地位的稳定的意义成分，如《比较文学概观》中就认为："主题是指通过人物和情节具体化了的抽象思想或观念，是作品的主旨和中心思想，带有较强的主观色彩，而且上升到问题的高度，常见的如爱国主义、男女之间纯洁的爱情、自然永恒与人生短暂的矛盾、人与命运的抗争等。"②然而主题不仅仅包括内容质素，还包含着形式因素，是艺术作品形式与内容高度统一、密切关联的整个体系，包含着意象、人物形象、叙事结构或者抒情模式等多种因素。正因如此，文学主题才超出个别的作家和作品融入民族、世界、时代的文学与文化整体。例如，中国传统文学中有一整套成熟的文学主题系列，传统意象圆熟醇美、意味丰厚，但在极度成熟的同时也禁锢了中国文学的创新与发展。

正是在这一向度上，中国现代文学需要进行变革，在内容与形式方面对传统文学进行新的规范与探索，对传统主题进行扩充、革新和丰富，对于崭新主题进行创立、规范和完善。面对"命运"主题，中国现代文学做出了怎样的艺术探索，值得我们深入研究。

4.小结

既然主题不仅仅包含内容质素，同时也携带和伴随着形式质素，那么，本书中所探讨的20世纪40年代中国新诗的"命运"主题就不仅仅包含具体内容、题材与意义的展示，而且"当意象在文学作品中不再仅仅是自然物象，而被赋予了某种特殊意义，并且被不同作家有意识地反复使用，它便成为主题学的研究对象"③，"命运"主题也因此必然是一系列独特的、甚至是无法重复的意象的呈现，是诗歌体式似乎不动声色的微妙变化，而这些将全部成为本书关注与探讨的对象。

---

① 罗吉·福勒主编：《现代西方文学批评术语词典》，袁德成译，成都：四川人民出版社，198：284页。

② 梁工，卢永茂：《比较文学概观》，开封：河南大学出版社，2000：135页。

③ 曹顺庆：《比较文学论》，成都：四川教育出版社，2002。

（三）"命运"主题的文本序列

对"命运"主题的探讨具有普遍而永恒的意义。不论是在外国文学史中，还是在中国传统文学中，都存在大量"命运"主题的经典文本。这些文本均从不同侧面表现"命运"主题，表达了人们对于"命运"的种种感叹与认识。

1. 外国经典文本的"命运"主题

希腊的"命运"观孕育于神话之中，然后在英雄传说中不断形成。"在《荷马史诗》和赫西俄德的《神谱》中，关于命运的意象虽然已有朦胧的表述，但是并没有成为神话和英雄传说的主题，悲剧的色彩亦未大加渲染，因此，我们在这里看到的仅仅是一些叙述性的故事。只是在稍晚出现的'系统叙事诗'中，命运才作为一个重要的主题被凸现出来，从而产生了最初意义上的希腊悲剧故事。"① 赫西俄德的《神谱》讲述乌拉诺斯神命定要被自己的儿子克洛诺斯所推翻并阉割，而克洛诺斯神又命定要被自己的儿子宙斯所推翻。《荷马史诗》最为显著地表现了人对于命运的崇敬和屈服。文中神的意志决定一切，死神面前人人平等，"命运女神"拥有绝对的权威，普通人甚至包括宙斯在内的诸神都无法抗拒命运，只能顺从。如同英国哲学家罗素说："在荷马诗歌中所能发现与真正宗教感情有关的，并不是奥林匹克的神祇们，而是连宙斯也要服从的'命运''必然''定数'这些冥冥的存在。"②

索福克勒斯的《俄狄浦斯王》，是古希腊命运悲剧的代表作、希腊悲剧中的最高成就，被称为"悲剧典范""十全十美的悲剧"。剧中每一个人都在神的预言中挣扎，试图摆脱预言中"弑父娶母"的命运，却还是一步步走向已经布置好的命运的陷阱。剧中"命运"展示出它无形但又无处不在、巨大而神秘的力量，即使是勇敢坚毅、睿智无私的英雄，最后也难以逃离命运的旋涡。主人公对命运极力抗争，却像是在流沙中，只能越陷越深，命运的必然性或不可抗拒的宿命正是通过当事者的自由意志与行动开辟道路，最后他只能背负着"弑父娶母"的诅咒将自我放逐——他的挣扎促成了命运的最终实现。"这种被自由所遮蔽着的不可逃遁性本身，就是命运。"③ 这样的命运形成了震撼人心的悲剧性。这部命运悲剧代表作还强调了人性的缺损，在这起悲剧中，人的非理性原欲有着毁灭性的力量。剧中"命运"观念的表达，一方面有着对于命运无法反抗、只能顺从的哀叹，另一方面也有主人公们想要挣脱命运牢笼的积

---

① 赵林：《论希腊悲剧中的命运意象》，载广西大学学报（哲学社会科学版），1998（2）。
② 罗素：《西方哲学史·上卷》，何兆武，李约瑟译，北京：商务印书馆，1996年。
③ 赵林：《西方宗教文化》，武汉：长江文艺出版社，1997：34页。

极意味。《俄狄浦斯王》中的主人公一直试图与命运做斗争，为摆脱"弑父娶母"的命运而逃离城邦，最后知道自己正是那个"弑父娶母"的人之后，刺瞎双目、自我放逐，充满了无畏的英雄气概，也体现了个体的生命力与"命运"惩罚之间不可消解的悲剧精神。

古希腊的"命运"主题的巨大轰鸣在哈代的小说中找到了沉重的回声。阿尼克斯特曾指出哈代"不是从社会矛盾，而是从凌驾于宇宙之上并支配它的命运的那种神秘力量，去追求对生命中悲剧因素的解释"。无论是《德伯家的苔丝》，还是《无名的裘德》，或者是哈代的诗歌作品，读者都可以感受到其中浓厚的宿命色彩和显在的命运观念。但"哈代的命运观念是特定社会环境中资本主义时代性矛盾与人道主义的命运的统一，是唯意志论和批判现实主义的混血儿。哈代那命运的钟声是资本主义世界的丧钟，是埋葬旧物的哀乐，也是祈祷新生的隐晦的希望之歌。"[1]

在一些经典的长篇小说中，"命运"主题得到了更丰富的呈现。例如，列夫·托尔斯泰的《安娜·卡列尼娜》《复活》，陀思妥耶夫斯基的《罪与罚》《卡拉马佐夫兄弟》，鲍里斯·帕斯捷尔纳克的《日瓦戈医生》，加西亚·马尔克斯的《百年孤独》等。

2.中国经典文本的"命运"主题

中国文学史上，对人的生存困境进行探讨，追问人的命运悖论的经典文本，首先就是司马迁的《史记》。作为一个历史学家，司马迁以多向度的命运观念超越自身的命运悲剧，而关注底层人民、历史人物的命运，思索国家的命运走向。

在中国古典名著中，对"命运"主题同样有深入展现。《三国演义》开篇"天下大势，分久必合，合久必分"，以天数征兆国家运命、气数；《水浒传》中梁山好汉与天上星宿相对应，最后又归聚本源；《红楼梦》更是以"命运"作为全书的叙事和情感底色，如宝玉"顽石下凡"、黛玉"以泪还情"、宝黛"木石前盟"诓缘成空，"命运"的力量无处不在。

在中国古代诗歌作品中，反思命运的作品随处可见。晚唐诗人罗隐在其诗歌中表现出对命运的抗争，以及英雄受制于命运的无奈与哀叹。明代诗人徐渭展现了"命运"主题的多重意蕴，对于命运的抗争、反思贯穿其中，凝成厚重的"命运"情结。

---

① 申晓义，任晓敏：《荒原上的钟声——试论哈代的命运观念》，载河北大学学报，1990（1）：81-88。

中国现代文学中也存在许多"命运"主题的经典文本。其中，曹禺的话剧《雷雨》对于"命运"主题的拓展具有重要贡献。《雷雨》是青年曹禺对人与神秘宇宙之间关系的一种探索及表达的尝试。《雷雨》是一部家庭与社会的悲剧，更是一部命运的悲剧。

3. 小结

在中西方文学传统中，对"命运"主题的书写永不衰竭，留下了许多经典文本，也一再引发人们对于命运的感叹和思索。《西西弗的神话》中的西西弗受到了神祇们的惩罚——他不停地把一块巨石推上山顶去，由于它本身的重量，巨石又从山顶滚下来。与之相似的是我国唐代出现的吴刚月中伐木的记载，"异书言月桂高五百丈，下有一人常斫之，树创随合。人姓吴名刚，西河人，学仙有过谪令伐树"①。吴刚伐木与西西弗推石上山是东西方不同民族在不同文化背景下独自创造的古老神话，其内涵却是惊人的一致，那就是人不断与无法逃避的命运悲喜交集的抗争。

文学对于"命运"主题的书写仍在不断拓展，对于"命运"的屈从、抗争、质疑、追问交织于文字之间，在黯淡而绝望的黑夜之中，不断迸发出抗争命运的火光。英国剧作家奥斯卡·王尔德曾经说过："我们都在阴沟里，但仍有人仰望星空。"文学对于"命运"主题的表达仍然需要更深入地探索与更多样地尝试。

二、综述：四十年代新诗及"命运"主题研究现状

（一）"四十年代新诗"的义界

1. "四十年代文学"

关于"四十年代文学"的研究成果十分丰富，但关于"四十年代文学"这一概念的内涵与外延，却众说纷纭，不明朗甚至含混不清。有的研究者将"四十年代"理所当然地、简单地理解为"1941—1950 年"（或"1940—1949 年"）；有的学者只含混地说"三四十年代"，却没有明确具体时间。

学者程光炜认为，"对于文学而言，'四十年代'主要是一个空间概念，而不是一般人所说的时间的概念"，"因为更多的研究者是从'整体'论和'连续'论的角度来看待中国现代文学的"。他提出："在这个意义上，四十年代文学不是从'时间'上的 1940 年开始的，而应该从'空间'上的 1941 年开始的。"②

---

① 段成式：《酉阳杂俎》，金桑选译，杭州：浙江古籍出版社，1987：56 页。

② 程光炜：《文学史的兴起：程光炜自选集》，郑州：河南大学出版社，2009：341 页。

赵园则认为，"在谈论文学史时，'四十年代'的所指最缺乏明确性"，我们所谓的"'四十年代'则主要指前期，而忽略了洪子诚反复谈到的、当代文学在期间生成的 40 年代后期，致使这一时期的文学状况在文学史叙述中一向模糊不清"，她提出 40 年代往前"甚至可以上溯到 1937 年甚至更早"①。钱理群认为，"我们所说的四十年代文学，与抗战文学有某种重合，一般都从 1937 年抗战爆发作为研究的起点"②。将"四十年代文学"的起点定为 1937 年，还可以联系当代文学来作为参照，如果考虑指引当代文学发展的毛泽东文艺思想的建构过程，我们也需要将 40 年代往前推进至 1937 年前后。

2. 研究范围

本书对于"四十年代文学"的时间节点依然认定为 1937—1949 年，包含了 20 世纪 30 年代的一部分，因而包括了毛泽东延安文艺思想的形成，也包含了 20 世纪 40 年代的后期，将中国文学的"重大转折"涵盖进来。在空间意义上，由于研究条件所限，本书所研究的内容不包括港澳台地区的文学创作。因此，本书题中所言"四十年代文学"的中国新诗，主要指贯穿 1937—1949 年散布于中国大陆各个地区（包括解放区、沦陷区、国统区等几乎所有政治区域）、不同流派的诗人们创作的大量新诗作品。

（二）综述：现状与问题

1. "四十年代新诗"研究综述

"四十年代文学"是近年来现代文学研究的一个热点问题。《中国现代文学研究丛刊》曾辟有"四十年代文学研究"专栏和"解放区文学研究"专栏。施战军《走向文化综合——20 世纪 40 年代中国文学概观》中认为，40 年代中国文学是一个文体自觉的年代，是中国文学的文化综合时期，"站在新的制高点上向生命哲学突进"，"表现出对中外、古今、雅俗文化的全方位综合的趋向"③。钱理群认为"40 年代研究被相对忽略，仍然是一个亟待而又很有发展余地的'生荒地'"，而"40 年代文学在整个 20 世纪中国文学发展格局中处于特殊的位置，它是一个中间环节，上承 20 世纪前半个世纪的'五四新文学'，

---

① 赵园，钱理群，洪子诚等：《20 世纪 40 年代至 70 年代文学研究：问题与方法》，载中国现代文学研究丛刊，2004（2）。

② 赵园，钱理群，洪子诚等：《20 世纪 40 年代至 70 年代文学研究：问题与方法》，载中国现代文学研究丛刊，2004（2）。

③ 施战军：《走向文化综合——20 世纪 40 年代中国文学概观》，山东大学学报，1998（2）。

同时又下启后半个世纪的'共和国文学'"①。他对这片"生荒地"产生了诸多思考，在大历史视野下考量 20 世纪 40 年代中国文学。朱德发在《论四十年代中国文学的世界化与民族化》中认为，"现代中国文学形成的世界化与民族化相互变奏的制导性传统，在'四十'年代文学中并没有因为抗战全面爆发而中断历史进程，也没有因为向传统文化回归而走上复古之路，而是抓住了民族解放战争的契机，把中国文学的世界化与民族化推上一个新的历史阶段"②。黄曼君《民族新文学性格的重塑和再造——浅议四十年代文学现代化、民族化的历史进程》（中国现代文学研究丛刊，1987 年第 4 期）、黄修己《四十年代文艺研究散论》（中国现代文学研究丛刊，1987 年第 4 期）、张勐《四十年代中后期的知识分子叙事》（中国现代文学研究丛刊，2017 年第 9 期）等文章都是关注"四十年代文学"产生的丰硕成果的。除此之外，钱理群《1948：天地玄黄》（山东教育出版社，1998 年 5 月版）、《对话与漫游 四十年代小说研读》（上海文艺出版社，1999 年 8 月版）、范智红《世变缘常——四十年代小说论》（人民文学出版社，2002 年版）、贺桂梅《转折的时代 40—50 年代作家研究》（山东教育出版社，2003 年 12 月版）、李书磊《1942：走向民间》（山东教育出版社，1998 年版）、夏文先《四十年代文学争论与当代文学规范建构》（安徽大学出版社，2015 年 4 月版）、严靖《20 世纪 40 年代文学的新中国想象》（中国社会科学出版社，2017 年 10 月版）等著作也将"四十年代文学"研究不断推向深化。

"四十年代新诗"的研究成果相当丰富。尤以龙泉明教授的研究最为广阔厚重。龙泉明教授站在历史与理论的高度，将"四十年代新诗"放置于一个不断嬗变、涌动的新诗脉流之中，关注不同流派、诗人、诗歌理论从并立、对峙、超越最终走向大汇合的趋势。他的《论四十年代诗歌的历史发展》（1997）、《论中国 40 年代新诗的形象化运动》（1997）、《幸与不幸——40 年代新诗概评》（1999），以及 1999 年出版的专著《中国新诗流变论》的第四章中，对 40 年代新诗做了较为全面的梳理和论述。龙教授的新诗研究主要是以诗歌流派为线索，采用美学的和历史的批评方法，更侧重于宏观的价值评价，应该说，这是对于 40 年代新诗一次难得的、全面的梳理和研究。"四十年代新

---

① 赵园，钱理群，洪子诚等：《20 世纪 40 年代至 70 年代文学研究：问题与方法》，载中国现代文学研究丛刊，2004（2）：1–37。

② 朱德发：《论四十年代中国文学的世界化与民族化》，载中国社会科学，2002（6）：140–150+207。

诗"研究是其新诗研究的一个部分,作为其中一个阶段和几个重要流派,意在"揭示新诗发展的总体规律",因此,他的兴趣"主要不在艺术鉴赏方面,而是在新诗发展的内在规律的探讨上",这样的研究大气磅礴,但对新诗本体的探讨似乎不够深入,缺乏对诗人、作品等细节的观察和打磨。

除此之外,40年代新诗的一些理论问题也得到了关注和研究。张松建的《"新诗的再解放":抗战及40年代新诗理论中的抒情与叙事之争》(中国现代文学研究丛刊,2010年第1期)对40年代新诗理论中的抒情与叙事之争进行了深入探讨,指出,"叙事诗与抒情诗之争是新诗理论批评史上重要的一章,背后存在着知识构造和社会基础的差异,也是新诗'散文化'风潮在战争背景下的推进和拓展,并与当时的文艺民族主义思潮和国际上的文学社会化倾向有关。抒情与叙事之争产生了多重后果:新诗现代性的历史图景得到重构,叙事诗因得到认同而获得新的生长点,新诗理论的抒情主义根基遭受某种程度的动摇和削弱,也因此突破了'纯诗'诗学的框架而迈向'大众化'诗学的广阔空间"。赵东祥《论四十年代国统区文学的中国特质——以郭沫若、夏衍的剧本和七月诗派、九叶诗派的诗等为例》(新文学评论,2016年第3期)一文,从中国文学所具有的中国文化精神乃至中国人文精神的生成模式来解释40年代国统区文学所具有的中国特质。张桃洲在《论新诗在40年代和90年代的对应性特征》(中国现代文学研究丛刊,2000年第4期)中认为:新诗在20世纪40年代与90年代所具有的"对应性不仅指一些诗学细节的显而易见的承传,如戏剧化、反讽手法的运用和对诗歌'综合'特性的追求等,而且指在两个时代的诗歌之间的整体共通性和趋近性,即这种对应不是某一方面的局部的简单相似,而是全方位地从诗学氛围到诗歌观念、主张和实践的内在相通"。胡玉伟在《〈在延安文艺座谈会上的讲话〉与一九四〇年代的文学转型》(当代作家评论,2011年第4期)中提出的观点"颠覆了旧有的文学观念和审美原则,适应了革命文艺运动的实际需要。至此,中国文学步入了一个新的时代",而这个时代所发生的不仅仅是文学观念的转型和文学形式的变革,这些转型和变革也不仅仅简单地与政治体制发生着关系,更与"解放""革命"等历史话语及中国共产党创造新世界、新历史的终极目标紧密相连。

许多学者对40年代诗歌流派展开了专门研究。其中,现代诗派或者"九叶诗派"的研究已经较为充分,研究者们对九叶诗派的诗学渊源、创作特质、新诗史贡献等进行了全面考察。蓝棣之的《论四十年代的"现代诗"派》(中国现代文学研究丛刊,1983年第1期)对现代诗派进行了全面的学理化考量,对诗派的缘起、代表诗人、主要刊物,代表性诗人各自的艺术个性,诗派共同的特征都做了梳理和论述。子张在《40 年代现代诗派的抒情策略》（山东师范大学学报，1996 年第 2 期）中提出了命名"四十年代现代诗派"的依据，并详细分析了现代诗派富有创造性和实验性的抒情策略。陈维松在《论九叶诗派与现代派诗歌》（中国现代文学研究丛刊，1990 年第 10 期）中认为，"九叶诗派是一个比较独特而复杂的文学现象"，他们"借鉴了西方现代诗歌的艺术技巧，用现代人的思想意识和西方现代派诗人的思维方式观察现实，思索人生，探究宇宙哲理，自成一种含蓄、冷峻、深沉的诗风，真正形成了一个诗风比较成熟的中国现代主义诗歌流派"。关于九叶诗派的重要研究论文还有钱理群的《中国现代的堂吉诃德和哈姆雷特——论七月诗派和九叶诗派诗人》（文艺争鸣，1993 年第 3 期）、罗振亚的《严肃而痛苦的探索——评四十年代的"九叶"诗派》（中国现代文学研究丛刊，1990 年第 4 期）、姜涛的《冯至、穆旦四十年代诗歌写作的人称分析》（中国现代文学研究丛刊，1997 年第 4 期）、杨华丽的《二十世纪三四十年代现代主义诗歌的知性追求》（西南师范大学，2004年）等。伍明春、孙智红的《寻求现代汉诗的新传统——论九叶诗人 40 年代的艺术探索》（华侨大学学报（人文社会科学版），2001 年第 1 期），游友基的《九叶诗派研究》（福建教育出版社，1997 年）是国内最早研究九叶诗派的作品，也是迄今为止最完整地研究九叶诗派的学术作品，有历史厚度，更有理论深度。唐湜作为九叶诗人之一，将自己撰写的大量关于"九叶诗人"作品的评论文章编成《九叶诗人："中国新诗"的中兴》（上海教育出版社，2003 年）一书。此外，较有影响的专著还有蒋登科的《九叶诗派的合璧艺术》（西南师范大学出版社，2002 年），张岩泉的《20 世纪 40 年代中国现代主义诗歌研究 九叶诗派综论》（华中师范大学出版社，2012 年），张松建的《现代诗的再出发：中国四十年代现代主义诗潮新探》（北京大学出版社，2009 年）等。学者们关于九叶诗派的研究成果丰硕，从史实资料的考证描述到新诗本体的深入探讨，再到诗学理论体系的构建评价，正日渐深入，但研究热潮的背后也存在过度阐释的危险。

学者们对七月诗派的研究也在不断深入。研究七月诗派审美风格、诗体形式方面的主要成果有：近年来专注于七月诗派研究的王昌忠在《七月派诗歌的语象生成》（中国现代文学研究丛刊，2019 年第 9 期）一文中提出，七月派诗歌的语象生成落实于语象采集和语象运作两个方面：一方面，七月派诗人从社会现实中采集语象；另一方面，七月派诗歌运作语象主要采取本原化、写实性的方式，同时也适度采纳象征化方式。此外，王昌忠还在《七月派诗歌的抒情声音》（北方论丛，2018 年第 6 期）、《七月派诗歌的叙述声音》（湖州师范

学院学报，2018年第1期）等文中，对七月派诗歌中交融的抒情特征、抒情动作以及饱和情感意绪的叙事特征等进行了分析。郑纳新的《论七月诗派的整体风格》（广西师范大学学报，1994年第3期）从三个层面分析了七月诗派的创作风格特征；吴井泉的《论七月诗派的情思世界与价值取向》（北方论丛，2001年第3期）对七月诗派表现出的统一的价值取向进行了论述。

在七月诗派的理论体系研究方面的成果有：王治国的《七月诗派论情志与理知》（文艺评论，2016年第5期）对七月派诗学理论中"理知"与"情志"问题展开探讨，提出在七月诗派的诗学理论中，"理知""虽在最高意义和最终结果上具有决定性，但它在诗歌作品中并不是以'本来面目'存在着，即它必须在情志的'形式'规定下经历沉淀、凝结乃至升华的转化过程，成为'思想力'后才能在诗歌作品中最终定型并与我们见面"。王治国在《论"七月派"的语言观》（文艺评论，2015年第1期）中提出，"诗歌不仅是语言的艺术，更是艺术的语言"。在中国现代诗歌理论史上，关于诗歌语言的理论思考与论争从未间断过。在战火纷飞的时代背景下，七月诗派将诗歌语言的战斗力定位在了"感染力"上，这是一种具有强烈主体性和实践性的诗歌语言观，由此，他们对"字句锻炼"和诗歌格律等诗学命题进行了深刻的反思。吴井泉、陈世澄的《七月诗派的理论基石——胡风的诗学思想》（中国青年政治学院学报，2001年第6期）主要对七月诗派的理论基石——胡风以主观战斗精神为核心的诗学思想进行了详尽的阐明。

另外，在史料、文献方面做出贡献的成果有：李怡的《抗战文学的补遗：作为七月诗派的"平原诗人"》（文艺争鸣，2015年第7期）对七月诗派的一些"基本被遗忘"和"忽略"的诗人们的创作活动进行了简略叙述，对这些资料的"挖掘"和"打捞"是抗战文学及七月诗派研究的重要补充。程勇攀的《早期"七月诗派"的形成与发展——以报刊史料为中心》（河南大学，2015年）从期刊史料切入，还原了七月诗派形成与发展的原始场景。江锡铨的《"诗的史"与"史的诗"——"七月"诗派综论》（贵州社会科学，1998年第5期）对七月诗派的诗美追求进行了考察，认为它的全部艺术活动构成了抗日战争和解放战争时期中国社会生活的一部"诗的史"与"史的诗"。

关于七月诗派研究的专著亦有多部。例如，刘扬烈的《诗神·炼狱·白色花 七月诗派论稿》（北京师范学院出版社，1991年11月版）是第一部对七月诗派展开全面系统研究的著作，其资料翔实、研究细致、持论公允，但对艾青、田间未做专章论述，稍有不足。周燕芬的《执守·反拨·超越——七月派史论》（中华书局，2003年8月版）从整体上对七月诗派进行了科学、系统的研究，以艾青和田间为代表探讨了诗派的现实主义导向，并分析了诗人们个性的异同。钱志富的《诗心与现实的强力结合——七月诗派研究》（作家出版社，2006年9月版）也是一部全面考察七月诗派的力作。

以上成果是从个体流派研究入手来分析其抒情表达方式、意象艺术、整体风格或个体创作特色、发展形成的历程、诗学渊源等问题的，可以说已经达到了一个十分细致、全面和深入的程度，但对有些诗歌流派如延安诗派的研究尚缺少足够的关注。

2. 新诗中的"命运"主题研究

"命运"主题一直以来都是文学、艺术（如音乐、电影等）、哲学、宗教所关注的重要主题，因此"命运"主题的探讨是一个具有永恒性和普遍性的话题。

人们对于"命运"主题的研究多集中于小说和戏剧创作等文学领域，如何琛、朱晓文在《古希腊悲剧的命运观》（宁夏师范学院学报，2015年第2期）中认为，古希腊悲剧在诞生之际便与命运观念结下了不解之缘，是人类与命运搏斗、战胜命运的形象写照；常彦在《希腊悲剧与命运主题》（各界·科技与教育，2009年第7期）中指出，希腊悲剧的主题是人在客观世界面前所面临的矛盾冲突和不幸的命运；樊杨梅在《从〈俄狄浦斯王〉、〈雷雨〉看"命运观"主题的承接与延展》（钦州学院学报，2015年第1期）中比较过两部剧作中"命运观"的异同，窥见命运观主题的承接与延展，以此揭示中西方不同的文学观念。杨春会的《论托马斯·哈代的命运主题——以〈德伯家的苔丝〉为例》（大连海事大学学报（社会科学版），2009年第6期）从社会、教育、文化背景三个方面分析了哈代小说的命运主题及其悲剧意识；吴秉杰的《命运的交响与变奏——对近年长篇创作中一种主题意向的鸟瞰》（小说评论，1991年第1期）对长篇小说中的"命运"主题展开研究；樊星的《女性命运的自我追问——当代女性长篇小说的命运主题研究》（湖北大学学报（哲学社会科学版），2009年第5期）分析了当代中国女性长篇小说中所反映出的当代女性的命运及其影响因素；王志敏的《关于当前艺术与艺术研究中的命运主题》（艺术百家，2010年第2期）分析了当代电影艺术中的"命运"主题。

在诗歌研究中，研究者单独分析"命运"主题的成果相对较少，多散见于其他研究内容之中。何蕾的《罗隐诗的命运主题及在晚唐五代的接受》（贵州大学学报（社会科学版），2017年第4期）、付琼的《试论徐渭诗歌的命运主题》（东岳论丛，2002年第6期）是对中国古代诗歌中的"命运"主题进行分析的研究成果。

在新诗中进行主题研究的成果有卢桢的《论中国新诗中的"物欲"主题》（文艺评论，2017 年第 7 期 ）、王东东的《21 世纪中国新诗的主题、精神与风格》（文艺研究，2016 年第 11 期 ）等。王东东认为，"21 世纪中国新诗及其批评的话语场域发生了重大变化，在主题、精神和风格方面都有所拓展。诗歌的主题呈现出关怀现实的社会主题，并在不断分化中体现出前所未有的社会多元化视野；在精神上，甚至突破了 20 世纪 90 年代以来的怀疑主义，从而再现了久违的理想主义气质；在风格形式上，则超越了叙事性也就是小说化的企图，从而向新的抒情或更高形态的智慧抒情回归。这些都和 21 世纪以来中国社会的变动紧密联系在一起。"张立群对中国新诗中的国家主题展开了详尽研究，发表了一系列研究成果，在《论 1940 年代新诗的国家主题》（南京社会科学，2013 年第 9 期 ）中认为，"国家"主题主要涉及文学主题、题材、意象等多方面内容，并从类型化、个性化、动态的视野把握文学与历史、文化、社会之间的互动关系。从文学史的角度来说，20 世纪 40 年代新诗的"国家"主题由于社会、政治、文化因素而具有自身的独特性。文章在充分联系时代语境的前提下，从五个主要方面研讨了"国家"主题在这一时期新诗中的呈现，在重绘 40 年代新诗图谱的过程中，为中国新诗的"国家"主题研究提供了参考。游友基的《论七月诗派的共同主题》（许昌学院学报，1995 年第 1 期 ）从四个方面剖析了七月派诗歌创作的主题内涵，但有些方面不能突出七月诗派的特色，而是 40 年代新诗所共有的内容。其对 40 年代新诗整体的主题分析一直是沿用旧论，少见独立细致的、与文本紧密结合的探讨。因此，本书也是在前人的基础上针对其中不足与薄弱之处给予查漏补缺。

三、小结

本书主要采用历史文化批评和文本研究相结合的方法，并借助创作心理学及精神分析学的有关理论，以意象分析为入口，概括、整合 20 世纪 40 年代诗坛不同创作群体，针对新诗创作中集中出现的"命运"主题展开论述。本书力图完成的具体工作：一是寻找 40 年代新诗"命运"主题惯用的不同意象及意象群并分析其具体内涵；二是分析 40 年代新诗"命运"主题的不同艺术形式；三是通过对诗人的生存状态及精神脉络发展趋向的追寻，探究其不同意象和抒情方式的深层生成原因。通过这些工作，我希望能够达到以下目的：第一，通过意象分析和抒情方式分析，发现不同诗人采取不同方式来表达"命运"主题，并最终形成怎样的差异；第二，将作品还原到 20 世纪 40 年代的战争文化语境中去考察，揭示 20 世纪 40 年代的时代境域是如何制约诗人"命运"

主题的表达的,"命运"主题如何隐晦地传达出个人与集体的融合与撕裂;第三,通过对诗人主体存在的观察解读,考量中国新诗在 20 世纪 40 年代呈现的特殊存在、发展形态及其得失。

同时,40 年代新诗在中国新诗发展史上是一个承上启下的重要时期。在这一时期,新诗渐趋成熟,收获了累累的果实,随之而来的却是漫长的喑哑与凋零,其中除了社会政治力量的直接干涉之外,我们在诗人主体方面似乎也可以寻觅到某些因由。本书实际正是以"命运"这一独特主题的探究为途径,从文本研究进入精神史研究,并试图从对诗人主体存在状态的体察达到对新诗本身发展的整体考量。

"诗歌是一切伟大生命的灰烬"(瓦雷里),在这灰烬里埋藏着珍贵的火星;诗歌是最迫近心灵的文学形式,是人类最纯粹的语言和精神食粮。笔者借助诗歌来尽力靠近过去——诗人们的诗篇如同一滴又一滴的松泪,几乎是完整、真切地容纳了一个时代,而在后辈如我的阅读与抚摸中显露出处于那个时代的人们的挣扎、战栗与抗争。诗篇中绵延不断的"命运"主题成为我一路走来的方向,而我的书写就从这里开始。

第一章　四十年代新诗的潜在主旋律

　　20 世纪 40 年代，敏感的诗人们在未知的巨大黑暗中感受到了外部世界对个体生命的种种压抑与剥夺，企望着阳光刺破厚重的乌云，在诗行中留下了自我对种种遭际的深深困惑及探索，如战争、民族、死亡、偶然、个人力量的单薄、个人与世界的冲突与融合，等等。除此之外，不同区域的政治氛围、政治规范等外在环境时刻都与诗人的心灵发生碰撞与摩擦，而诗人自身的思维及认知方式、情感结构、知识积累等也会影响到诗人面向世界所选择的姿态，这种姿态投映至诗篇当中，影响了整个 40 年代新诗的存在。

　　当环境的挤压愈来愈强烈，"命运"主题终于如"革命"和"战争"主题那样传播起来。它存在于文本的深层，却是诗人心灵的搏斗、生命的战场，是时刻发生的力量，"命运"主题终于成为 40 年代新诗沉默的、却动人心魄的强大旋律。

第一节　"命运"主题的存在基点

　　诗永远活在作为个体的生命过程中，个体与世界的摩擦、撞击在心灵上留下的些微印痕，成为诗人一直以来书写的重要主题，因此，在许多古代诗歌作品中，回荡着诗人们对于个人命运、群体命运及人类命运的种种思索、感悟与慨叹。

　　1.中国古代诗歌中的"命运"主题及表现

　　（1）"马耕情结"与"女子 / 美人""梦境"意象

　　马本是驰骋千里之生物，却被拉来做牛耕之用，因此，"马耕情结"实际上是一种不遇情结，表达了诗人们对于个人命运，尤其是政治命运的感受。中国古代文人有着强烈的政治参与意识，但往往又屡遭排挤，当受挫的种种感受被激发时，情绪和情感就成为不可遏制的创作冲动：书写这种痛苦并追问这种痛苦的来源，勾画出个体在社会中奔走冲突的种种困境。诗人们往往感伤于个人抱负难以实现而在去、留中挣扎徘徊。浪漫主义诗人屈原曰"举世皆浊我独清，众人皆醉我独醒"，用"众"与"我"之间的对峙表达了一颗敏感而宽柔的心灵与这世界的不相容纳，既是骄傲与自诩，又是孤独与悲怆。"不遇"诗歌中，诗人常以"女子（美人）"自比其命运，李贺的《美人梳头歌》中写"美人""背人不语向何处？下阶自折樱桃花"，明写"美人不语"，实写诗人"怀才不遇"；曹植《美女篇》中"佳人慕高义，求贤良独难"，因自己如"圈牢之养物"，故以"美女盛年不嫁"来比喻志士胸怀大志却怀才不遇的境况；阮籍的《咏怀》中"悦怿未交接，晤言用感伤"，实际上是诗人"思见贤圣之君而不可得，中心切至"；辛弃疾的《摸鱼儿》中"千金纵买相如赋，脉脉此情谁诉……君不见，玉环飞燕皆尘土"，以美人迟暮表达自己不被赏识和信任的郁闷与感慨。"不遇"诗还常借助梦境寄托志向。如唐代诗仙李白，一身才华优卓，性情不带甲胄，但几度入朝又屡遭贬谪，即便在《梦游天姥吟留别》的酣然大梦中立志"且放白鹿青崖间，须行即骑访名山。安能摧眉折腰事权贵，使我不得开心颜"，还是遮不住怀才不遇的感慨，心灵上的矛盾冲突反而增加了作品的情感含量。

（2）"布衣情结"与对比抒情方式

《荀子·大略》载："古之贤人，贱为布衣，贫为匹夫。"因此，所谓"布衣"，通常代指平民百姓。许多诗人关注普通平民的命运，以现实主义手法书写社会底层人民在封建社会中的悲惨生活，控诉并追问社会的不公正。诗圣杜甫的"朱门酒肉臭，路有冻死骨"，北宋张俞笔下的蚕妇感伤"遍身罗绮者，不是养蚕人"，二者展现了贫富悬殊、两极分化的残酷现实，以对比的手法表现了两种截然不同的命运，控诉了造成这两种命运的不公正的封建社会等级制度。

（3）"生命意识"

古代人们已经开始对人类生命的有限性和世界的永恒性、人类生命的价值等问题产生了思考，开始探求生命的根本，关注人类的生存境遇及命运趋向，叩问生命存在的价值与意义。庄子《知北游》中感悟"人生天地之间，若白驹之过隙，忽然而已"，孔子慨叹"逝者如斯，不舍昼夜"，屈原《离骚》叹惋"日月忽其不淹兮，春与秋其代序。惟草木之零落兮，恐美人之迟暮"，刘希夷《代悲白头吟》感叹"年年岁岁花相似，岁岁年年人不同"，李白叹息"生者为过客，死者为归人。天地一逆旅，同悲万古尘"，这些诗句表达了人类在这恒久世界中的渺小和无力。有些诗人在动乱的社会生活中体味到了人与外界环境种种无法消融的冲突，如曹操在《秋胡行·其二》中慨叹"存亡有命，虑之为蚩"——生死是有定数的，为之忧虑是可笑的，"命"即为命定的，人是无法改变的；"天地何长久！人道居之短"——天地如此长久，而生命这样短暂，这种情绪类似于陈子昂的《登幽州台歌》中对永恒的思考——人生如白驹过隙，稍纵即逝，而天地亘古不变，人的存在是无法与天地的永恒存在相抗衡的。这样的思考已然超越了具体时空，而具有了抽象的哲学意义。

2. 中国新诗中的"命运"主题及其表现

（1）早期白话诗中对于"布衣情结"的延伸和继承

中国新诗在诞生初期，更多地注重在语言范式方面与古典诗歌的决裂，却相对忽略了对时代主题和艺术观念的变革，因此，在"命运"主题方面拓展不大。例如，胡适的《人力车夫》、刘半农的《相隔一层纸》等，实际还是"布衣情结"的一种延伸和继承，不过其深层意图是寻求社会革命以解放人民、建立平等社会。从形式、手法上来看，早期白话诗"命运"主题在群体命运表达层面上与古代诗歌的差异不是很大。

（2）郭沫若早期诗歌中"命运"主题的新向度

在郭沫若的早期诗歌创作中，"命运"主题溢出了传统既有的含义框架，同时，诗人为"命运"主题寻找或创造了新的抒情形式和意象图式。这一阶段郭沫若的代表作《凤凰涅槃》集中表现了他早期新诗创作中"命运"主题的崭新向度，表现在以下四个方面。

首先，《凤凰涅槃》中的抒情主体是充满生命力、创造力和反叛精神的生命个体，其追求自由解放、渴慕光明新生。诗中凤凰"唱着哀哀的歌声飞去，衔着枝枝的香木飞来"，在丹穴山收集香木，坚定地奔赴烈焰，对自己死亡与新生的命运有着无比清醒的认识。凤凰在熊熊火光和蓬蓬香气中，高唱"身外的一切！身内的一切！一切的一切！请了！请了！"对旧生命的焚毁充满主动性，这一点完全不同于传统"命运"主题中的命运主体。

其次，《凤凰涅槃》浓重的泛神论色彩是其反抗精神的体现，超自然的、拥有绝对主宰权力的上帝被否定，万物即神，也就不存在谁是真正的主宰。文艺复兴时期自然哲学家布鲁诺在《论原因、本原和太一》中说："既然它（神）是万物并且在自身中包含着全部存在，就造成这样一种情况：在任何一个事物中都有任何一个事物。"① 作为人格神、掌握主宰权的上帝被否定并融于万物之中，"居住于宇宙的所有部分之中"。郭沫若以泛神论积极的一面作为其反封建的思想武器，也成为其超越传统"命运"主题的理论来源。

---

① 北京大学哲学系外国哲学史教研室编译：《西方哲学原著选读·上卷》，北京大学哲学系外国哲学史研究室译，北京：商务印书馆，1983：333 页。

再次，《凤凰涅槃》对死而复生的命运趋向充满信心，诗句中充满了彻底毁弃旧的世界（自我）创造新的世界（自我）的迫切渴望，充满了对新的世界（自我）的热烈歌颂和美好想象。在写给宗白华的信函中，郭沫若曾这样写道："很想像凤凰涅槃那样，采集些香木来，把我现有的形骸毁了去，唱着哀哀切切的挽歌把他烧毁了去，从那烧净了的灰里再生个'我'来。"[①] 在《凤凰涅槃》中，郭沫若曾经忏悔学生时代的自己"简直是个罪恶的精髓"，痛悔"我自己的人格，确是太坏透了"[②]，感叹"我的过去若不全盘吐泻尽净，我的将来终竟是被一团团阴影裹着，莫有开展的希望。我罪恶的负担若不早卸个干净，我可怜的灵魂终久困顿在泪湖里，莫有超脱的一日"[③]。写作《凤凰涅槃》之际，郭沫若正身处日本，在身体、生活、经济和精神上都承受着巨大的痛苦和危机，因此，在个人命运层面，诗人憎恶"旧我"而期待"新我"的诞生。在民族命运趋向层面，呼唤着一个尽善尽美的社会秩序的到来。《凤歌》中冷酷、黑暗、腥臭、污秽的"身外的一切"，《凰歌》中悲哀、烦恼、寂寥、衰败的"身内的一切"，诗人都进行了彻底的否定，将旧的世界视为屠场、囚牢、坟墓、地狱，而新的世界新鲜、净朗、华美、芬芳、生动、自由、雄浑、悠久。

应该说，一开始诗人对于世界（自我）的当下命运趋向还有过短暂的犹疑，所以诗人在向宗白华表白自己希望毁弃"旧我"之后又表示："可是我怕终究是个幻想罢了！"《凤凰和鸣》部分的初版本中，诗人在歌咏新生后的新鲜、华美、芬芳、和谐、欢乐、热诚、雄浑、生动、自由之外，还有两节：

我们恍惚呀！

我们恍惚呀！

一切的一，恍惚呀！

一的一切，恍惚呀！

恍惚便是你，恍惚便是我！

恍惚便是"他"，恍惚便是火！

火便是你！

火便是我！

---

① 郭沫若：《郭沫若致宗白华》《郭沫若全集·文学编》，第15卷，北京：人民文学出版社，1990：19页。

② 郭沫若：《致田汉函》，田寿昌，宗白华，郭沫若：《三叶集》，合肥：安徽教育出版社，2000：33-34。

③ 郭沫若：《致田汉函》，田寿昌，宗白华，郭沫若：《三叶集》，合肥：安徽教育出版社，2000：33-34。

火便是"他"！

火便是火！

翱翔！翱翔！

欢唱！欢唱！

我们神秘呀！

我们神秘呀！

一切的一，神秘呀！

一的一切，神秘呀！

神秘便是你，神秘便是我！

神秘便是"他"，神秘便是火！

火便是你！

火便是我！

火便是"他"！

火便是火！

翱翔！翱翔！

欢唱！欢唱！

直到 1928 年编《沫若诗集》时，郭沫若将初版本中的十四个诗节精缩为四节，完全删掉了上述两节。这样的删减去除了原来的犹疑，突出了对于新生的坚信和欢乐，使得新生后雄浑的合唱变得更加统一，色彩明亮单纯而声调更加洪大。这种对于旧事物的彻底埋葬，对于新世界的完全欢迎，属于"五四"这一时代特有的精神特征。《凤凰涅槃》是对于向死而生、超越死亡的生命自由的极度张扬，其对于世界 / 民族 / 自我的新生命明确而坚毅的态度，为"命运"主题增加了新鲜和更加丰富的精神内容。

最后，《凤凰涅槃》采用了冲决一切的抒情方式和汪洋恣肆的语言风格，为"命运"主题创造了前所未有的艺术形式。黑格尔说过："内容和完全适合内容的形式达到独立完整的统一，因而形成一种自由整体，这就是艺术的中心。"（黑格尔，《美学》第二卷，第 157 页）《凤凰涅槃》正是达到了内容与形式高度和谐的统一。"火便是你！火便是我！火便是'他'！火便是火！翱翔！翱翔！欢唱！欢唱！"反复歌咏的句式、层层递进的诗行中，主体与客体融为一体，旧事物被毁弃，而新的价值被张扬，腐朽、黑暗的世界被埋葬，壮美、光明的新世界被高声歌唱。激情昂扬的诗行，呈现了一个磅礴大气的令人向往的世界。

（3）李金发诗歌中的"上帝"意象及其对西方"命运"观念的接收

象征派诗人对形式技巧的关注远远大于对现代思想意识的汲取。然而伴随着对西方意象的大量移植、对各类现代形式的大量挪用，西方"命运"观念也被其潜意识地几乎毫无选择地接收了。

李金发是将象征派诗歌引进中国的第一人。他曾留学法国，去过德国、意大利，20多岁才开始写诗，其风格受到波德莱尔和魏尔伦的影响较深，主要表现内心非理性的寂寞、苦闷，甚至绝望。在《有感》中，李金发写道："生命便是 / 死神唇边 / 的笑"，他用这种令人惊怵的双重比喻来表现个人生存的无力、人生前景的荒凉，生存与死亡犹如近在咫尺；《凉夜如……》一诗因为意象的繁复而呈现多义，但在散漫的众多情绪中我们仍能体会到一种个人命运的痛苦。在李金发的诗歌里，"上帝"一词出现次数较多，如《弃妇》中"靠一根草儿，与上帝之灵往返在空谷里"；《诗人凝视……》中："诗人凝视 / 上帝之游戏 / 雨儿狂舞，/ 风儿散着发"；《燕羽剪断春愁》中："上帝正眼睁这等嘈切之音 / 我们无处躲此罪恶，/ 但愿一饮溪涧之余滴，/ 灵魂就得死所了"；《故乡》中："如兽群的人，悉执着上帝的使命"等。有的甚至直接以"上帝"为题，如《上帝》《上帝之死》《上帝——肉体》。李金发诗歌中的"上帝"的意象，其意义是含混暧昧的，有时指的是客观自然，有时指的是超越自然的统治力量，有时是人生的旁观者，有时又是操纵命运的游戏者。比如，《上帝》实在是一首凝练的佳作："上帝在胸膛里，/ 如四周之黑影，/ 不声响的指示，/ 遂屈我们两膝。"从诗中可见，诗人对于不可捉摸却又无所不在的命运的惶惑。"上帝在胸膛里"仿佛应和了基督徒所言"主在我心中"，并且上帝的力量如同黑夜一样无法抵抗，我们只能屈下双膝而表示顺从。诗中的"上帝"正是不可捉摸的命运，而人被操纵其中。

象征派诗歌中充斥着"弃妇""枯骨""黑夜与蚊虫""荒野"等意象，传达出了象征派诗人在个人存在意义上对自身生命的痛苦、恐怖、悲哀、孤独和绝望的感受。王独清的《我从CAFE中出来》就描写了一个酒醉的浪子无处可去、无家可归，踟蹰在黄昏细雨中的街衢，短小且参差不齐的诗节应和了醉酒浪子歪斜的步伐和低落的心情，"我不知道向哪一处走去，/ 才是我底暂时的住家""我底心内感着一种，/ 要失了故园的浪人底哀愁"，孤独、颓废的情绪回荡其中。但是象征派诗人过分追求暗示功能和比喻的新奇，在给我们多重阐释的同时，也因距离现实生活太大，最终给诗歌意义的传输带来阻碍。

（4）现代派诗人更具现代意味的命运意识

以戴望舒为代表的现代派诗人以一种现代知识分子特有的人生焦虑和痛

苦，在黑暗现实的笼罩下，饱含苦闷、迷惘和沉重的忧伤，将批判的笔触指向扭曲的现实社会与卑微孤独的个体生命，试图寻求人与世界和谐的终点。20世纪30年代现代诗派作品中的一系列形象——戴望舒笔下那"对于天的怀乡病者"，荒废的园林边眺望的"陌生人"，那为追寻一片乐土不倦地飞行着的"乐园鸟"；卞之琳笔下面对沉睡麻木的人们的"沉思者""独醒者"；何其芳诗中荒凉的"古城"、僵死的泰山与长城；废名笔下慌乱的北京街头等，都渗透且传达了一种孤独和寂寞的情绪，一种对于混乱的物质社会中的人类自身精神危机的深深忧虑，是一种更具现代意味的命运意识。

戴望舒的诗歌创作汲取了法国象征主义诗歌的营养，并真正实现了象征主义的中国化："他比较早地注意诗歌的现代化与民族化的结合，与那些欧美诗风甚浓的诗人相比，他的诗有更多民族风味，与那些专注中国民族的通俗诗风的诗人相比，他的诗又更多现代派风貌。"①戴望舒诗歌创作的前期阶段（一般以抗日战争为界而将其诗歌创作分为前后两个时期），其"命运"主题集中表现在以下两点。

首先，戴望舒的前期诗歌以抒发"自我"情感为主，基调低沉忧郁，通过诗歌寻找现代生命个体得以安身与安心的处境，也通过诗歌表达这种寻找的无望与失落。《我的素描》中"悒郁着：我二十四岁的整个的心"，渗透着诗人个人遭际的痛楚，也包含着社会现实的重压。杜衡曾指出："五年的挣扎只替望舒换来了一颗空洞的心，他底作品里充满着虚无的色彩，也是无须乎我们来替他讳言的。本来，像我们这年岁的稍稍敏感的人，差不多谁都感到时代底重压在自己底肩仔上，因而呐喊，或是因而幻灭，分析到最后，也无非是同一个根源。我们谁都是一样的，我们底心里谁都有一些虚无主义的种子；而望舒，他底独特的环境和遭遇，却正给予了这种子以极适当的栽培。"②个人命运与时代、社会的碰撞，合力形成了戴望舒前期诗歌创作中忧郁的底色。

其次，戴望舒前期诗歌创作中虽以忧郁为底色，却也在努力超越中实现了生命个体对于价值理想的追寻，在对个体悲剧命运的抗争中又为诗歌涂抹了一片亮色。这样的尝试与努力使得戴望舒的前期诗歌创作渐渐不再沉溺于"彳亍""雨巷"，而是为现代个体的前进指出了希望的方向。以《寻梦者》为例："寻梦者""怀乡者"是在诗人前期诗歌中常见的抒情主体，比如，《对于天的

① 龙泉明：《中国新诗第二次整合的界碑——戴望舒诗歌创作综论》，载中国社会科学，1996（5）：126–139。

② 杜衡：《望舒草·序》，载现代，1933，3（4）。

怀乡病》《流浪人的夜歌》《乐园鸟》等诗作，但《寻梦者》中，诗人为现代个体命运所绘制的生命图景与众不同，同样是寻梦者，开篇就是"梦会开出花来的，/梦会开出娇妍的花来的：/去求无价的珍宝吧"，中间经历重重艰难，历尽千辛万苦，却是无怨无悔，因为"它有天上的云雨声/它有海上的风涛声，/它会使你的心沉醉"，终于寻到金色的贝，"你的梦开出花来了，/你的梦开出娇妍的花来了，/在你已衰老了的时候"。终于得偿所愿，却已垂垂老矣——这里希望与绝望交织，美好却与丑陋并存，因其美好，所以岁月值得，因岁月流逝，美好也让人心碎。两种色彩、情感的纠缠，生命主体力量的张扬，为诗歌带来了别样的张力，也为个体命运趋向增加了更多的思考和回味的空间，使诗歌趋向生命哲学的高度。

3.时代语境的召唤

不同时期文学的特质也由于其历史和时代所表征的文化场景而不同，因此，新诗创作中"命运"主题的大量呈现也与20世纪40年代这一独特的时代语境有着密切的关系。我们可以选择将20世纪40年代语境中两个重要的关键词"战争"与"革命"作为阐述20世纪40年代"命运"主题的社会历史背景的切入点。

（1）"战争"与死亡、流亡

战争状态是人的一种极限境遇。德国现代存在主义哲学家雅斯贝斯认为，"极限境遇"最能体现人的存在，是帮助人解读存在的"超验密码"。人感知存在不能只凭抽象思想，人只有在具体而特定的"极限境遇"中才最能体会不能以抽象思想表述的存在。人是通过这些超验的密码领会和感知自由的真实的。[1]在战争中，人被抛离于日常秩序之外，首先与战争相伴随的便是死亡，而从科学的角度而言，对死亡的恐惧是人类所遭受的最大的痛苦；其次，战争使得人们"无家可归"，战火毁灭家乡、房屋和土地，人被迫流亡；最后，战争损害经济，造成贫穷、失业等，进一步加剧了人的痛苦。所以莫泊桑这样说："当我听见有人说'战争'一词时，我顿觉惊慌失措，就好像有人在跟我讲魔法或者一个远古、已经绝迹、可憎、骇人、畸形的东西。"[2]

20世纪40年代是中国历史上一个重要的社会转折期和过渡期，也是中国现代文学史上的一个特殊时期。1937—1949年，最明显的时代内容和特征就是战争。从全民族参与的抗日战争，到1946年6月开始的解放战争（或称第

① 徐贲：《人以什么理由来记忆》，长春：吉林出版集团有限责任公司，2008：9页。
② 莫泊桑：《事物及其他》，巫春峰译，广州：花城出版社，2018：270页。

三次国内革命战争），从时间上看，两次大规模的战争前后衔接、烽火连绵12年；从空间上看，两次战争裹挟了中国几乎所有区域、所有人群。战争成为影响20世纪40年代中国文学的重要的、强制性的时代背景，不仅影响了社会政治、经济面貌及中国的社会进展，还影响作家们的生活、创作，制约着作家们的主题设置、题材选择和艺术风格等，深深地影响了中国现代文学的进程，为40年代文学烙上了战火的印记。20世纪40年代，战争不再是偶发的、突然的，而是改变了人们固有的生活秩序，成为另一种日常的生活状态——死亡与流亡，并作为重要内容进入作家们的笔触之下。生命时刻受到威胁，生存环境恶化，安定的创作成为奢侈的愿望，在这样的状态下，对于战争中个体命运的感受、思索、拷问成为诗人们关注的主题。

所以40年代文学不同于其他历史时代文学的最显著、最基本的特点是：它是在"全民族战争"特定条件下的文学，而共同的战争文化语境也使诗歌写作呈现出共同的时代特征。面对前所未有的死亡与灾难，残废与牺牲成为日常场景，动荡的世界给人的心灵带来极大的挤压感，人们感到了极度的不安，同时也对人的命运、生命的意义和传统的社会价值观念提出了深深的质疑。

（2）"革命"与政治选择

与以前的战争时代有所不同的是，20世纪40年代的中国面临的不仅仅是外来的强权侵略、国势危殆，在这一时期的两次战争中，各派政治势力相继建立了不同的政权形式，中国面临着社会制度的重大革命和社会性质的彻底改变，面临着"一次意识形态话语的全面更迭"[1]，因此，国内外的战争更加复杂，斗争更为尖锐。

在20世纪40年代，文学与政治从未如此紧紧地捆绑在一起。美国学者罗森邦曾说："最可能影响一国的政治文化的事件——如战争、经济萧条和其他危机。这些事件彰显了政府的能力，使得人民深深地卷入政治生活中，而且常常测验和检验他们对政治生活的基本感情、信仰和假定。"[2]伴随着战争的推进，中国大地被划分为不同的政治区域：沦陷区、国统区和解放区。值得注意的是，这些区域的界线是不断变动的。比如，随着日寇铁蹄的不断践踏，沦陷区也在不断扩大，而国统区和解放区、上海"孤岛"也相应受到影响。在不同的政治区域，不同的政治统治者推行不同的政治纲领，采取不同的施政方式、

---

① 贺桂梅：《转折的年代——40—50年代作家研究》，济南：山东教育出版社，2003。

② 罗森邦：《政治文化》，陈鸿瑜译，台北：台湾桂冠图书股份有限公司，1984：18页。

政治策略和文化管理方式。

尤其是到 20 世纪 40 年代中后期，国共两党都在不断加强对思想、文学领域的控制，政治斗争和政治革命在这一时期成为社会发展的主流。1942 年 5 月，作为解放区，延安开始"文艺整风运动"，毛泽东发表《在延安文艺座谈会上的讲话》，指出"我们今天开会，就是要使文艺很好地成为整个革命机器中的一个组成部分，作为团结人民、教育人民、打击敌人、消灭敌人的有力的武器"。毛泽东还在《在延安文艺座谈会上的讲话》中指出"无产阶级的文学艺术是无产阶级整个革命事业的一部分"，而我们党的文艺工作"是服从党在一定革命时期内所规定的革命任务的"[①]。《在延安文艺座谈会上的讲话》当然不仅仅是一部文艺理论著作，由于毛泽东中共领导人的身份与地位所决定，它更是共产党制定文艺政策的权威性理论依据，为解放区文学树立起了新的规范。在座谈会后，延安作家们开始进行思想政治改造运动，知识分子面临着从启蒙者到被改造、被启蒙者转变的局面。

1942 年，国民党中央宣传部部长张道藩在《文艺先锋》创刊号发表了《我们所需要的文艺政策》一文，这篇文艺专论以"六不""五要""四原则"为主要内容，第一次明确了国民党所主导的民国文艺政策，是国民党抗战文艺政策的核心文本。政策本身的目的是维持社会稳定、加强思想控制，但张道藩选择在《在延安文艺座谈会上的讲话》发表之后这样的时机，以个人名义而不以中央名义发文：一是为了维持国共合作，二是回应和对抗中国共产党大力推行的文艺运动。1943 年 9 月 8 日，国民党召开五届十中全会，在这次大会上通过的《文化运动纲领》宣传"一个主义""一个党""一个领袖"，力图通过文化建设维护国民党的统治。

越来越紧张、严密的思想和文化控制，让许多知识分子感到痛苦和茫然。在这样的政治语境之下，作家们不同的文学"选择"也就是不同的人生转折，决定了不同的人生走向。未选择的，在为自己将要做出的选择而痛苦，而已经做出政治选择的作家，也未必能够全部顺畅地融合其中，在进入规范的过程中，必然要剥离、修改一些原本已经固定的东西，放弃一些已经习得的东西。正如李健吾 1939 年评论萧军时所说："我们如今站在一个旋涡里。时代和政治不容我们具有艺术家的公平（不是人的公平）。我们处在神人共愤的时代，情感比理智旺，热比冷容易，我们正义的感觉加强我们的情感，却没有增进一个

---

① 毛泽东：《在延安文艺座谈会上的讲话》《毛泽东选集》第 1 卷，北京：人民出版社，1967：804—835 页。

艺术家所需要的平静的心境。"①

在选择与转折中间，个体内心的心灵冲突和精神困境纤毫毕现，愈加突出。诗人是时代最敏感的"器官"，会更多地感受到这种挤压，而这种心灵与世界的巨大撞击成为他们创作的无尽动力，诗人们也在诗行中留下了更多的困惑、伤痛、挣扎与反抗，由此产生了大量以"命运"为主题的诗作，并且表现得更为强烈、集中和广泛，因此成为20世纪40年代新诗研究的一个重要切入点。

综上所述，20世纪40年代新诗的"命运"主题是对传统诗歌及20世纪二三十年代新诗"命运"主题创作的继承与超越，也是对时代与民族呼求的回应，在新的语境中生发出新的内涵、品质，展示出摇曳多姿的存在形态。

第二节　"命运"主题的整体描述

在20世纪40年代这样一个多灾多难的时代，新诗却绽放出众多奇异的花朵。茅盾曾经在1938年说："以全国而言，抗战几年来文艺作品最活跃的，也是诗歌"，"时代的暴风雨来了，诗歌的暴风雨也跟着降临"。②艾青曾经多次提到抗战以来新诗的发展，比如，在《论抗战以来的中国新诗》中提出："中国新诗在抗战期间，经过自己哺育、自己扶持、自己茁壮的努力，今天已临到了一个果实累累的收获的季节。这些果实是滋生在广大的、流血的土地上的，这些果实是以人民的眼泪为露水而丰满自己的……抗战以来，中国的新诗，由于培植它的土壤的肥沃，由于人民生活的艰苦与困难，由于诗人的战斗经验的艰苦与复杂，和他们向生活突进的勇敢，无论内容和形式，都多少倍地比过去任何时期更充实和丰富了。"③艾青在《诗与时代》中给予其高度评价：从抗战以来，新诗的收获，绝不比文学的其他部门少些。我们已看到了不少的优秀作品，那些作品主题的明确性、技巧的圆熟，是标志了新诗发展之一定程序的。那些作品，无论在他们对于现实刻画的深度上还是文学风格的高度上，都是超越了以前的新诗所曾到达的成就的。④绿原在《白色花》序中也说："单就新诗

①　李健吾：《"萧军论"》，载《大公报·文艺副刊》，第547期，1939-3-10。
②　龙泉明：《诗歌研究史料选·这时代的诗歌》，成都：四川教育出版社，1989。
③　艾青：《蝉之歌》，呼和浩特：内蒙古人民出版社，1998：305-306页。
④　艾青：《诗论》，北京：生活·读书·新知三联书店，2012：122页。

而言，随着抗战对于人民精神的涤荡和振奋，40年代也应当说是它的一个成熟期。不但艾青的创作以其夺目的光彩为中国新诗获得了广大人民的信任，更有一大批青年诗人在他的影响下，共同把自由诗推向了一个坚实的新高峰，其深度与广度是20年代和30年代所无法企及的。"[1]

20世纪40年代丰硕的创作成果本身为本书的写作提供了广阔的阅读视野。通过对文本的阅读可以看到"命运"主题的密集分布。以公木1996年主编的《中国新文艺大系（1937—1949）诗集》为例，诗集收集了40年代几乎所有有代表性的或者当时产生过一定影响的诗作，几乎囊括了40年代所有诗歌创作流派——共约666首诗。其中既有柯仲平、李季等延安诗派诗人的作品，也有胡风、阿垅、艾青等七月诗派诗人的作品，而九叶诗派诗人的作品相对较少，还有其他一些不能明确归入某一流派的诗人诗作。这些诗歌或描绘中华民族悲凉动乱的命运现状，如丁力的《赶马车的孩子》；或构想民族未来的光明出路，如《小屋里的晚会》；或深思自我在这个荆棘遍布的世界里的步履维艰，如马作楫的《城》中"我痛哭我沉沦已久的命运"；或触及人类与战争、与世界的普遍冲突以及突围，如马逢华的《诀别》中"我看到一个永恒的质问，/艰涩地出自你们青涩的口唇，/也为我们留下了沉重的课题，/去叩问人类的明白"等，"命运"主题已经成为回荡其中的重要旋律。

浏览式的概括虽然简练却难免失于粗疏，因此，对于40年代新诗"命运"主题给予一个整体描述是必要的。

1. 三大创作群体的崛起

"要了解一件艺术品、一个艺术家、一群艺术家，必须正确地设想他们所属的时代的精神和风俗概况，这是艺术品最后的解释，也是决定一切的基本原因。"[2]1937年的隆隆炮火逐渐蔓延，中国大陆被割裂为三大政治区域：抗日民主根据地、大后方和沦陷区；1945年抗日战争结束，中国大陆遂被分为国统区和解放区两大部分。不同的政治区域各自推行着一套代表不同利益的意识形态，也形成了各不相同的社会政治制度和文艺政策，营造了不同的文化氛围，这些都会对诗人产生不同程度、不同方向的影响。除去政治区域的影响，不同诗人生活、活动的范围也不同。很多人既是诗人，又是奔走于战场上的战士或者是前线的记者，如陈辉与闻捷，而阿垅则在国民党的核心机关做过很长时间的地下工作；有的诗人相对偏安于大后方的高等学府中，穆旦、郑敏、杜运燮

---

① 绿原：《白色花·序》，绿原、牛汉：《白色花》，北京：人民文学出版社，1981。
② 丹纳：《艺术哲学》，傅雷译，北京：人民文学出版社，1981。

都曾经在西南联大读书。但有时也会发生交叉，如在延安，诗人进入鲁艺等学校学习、教书，而穆旦和杜运燮都曾经作为随军翻译参加抗日战争。

正是在这样的背景下，20 世纪 40 年代诗坛逐渐崛起三个轮廓清晰、影响较大的创作群体：延安诗派、七月诗派和九叶诗派。他们在不同的地域，以各自不同的美学追求，共同构建了 40 年代诗坛硝烟之中依旧光辉灿烂的艺术景观。同时，这三个创作群体共同构筑和体现了 40 年代新诗的"命运"主题，以不同意象的组织，以独特的抒情方式，织就了 40 年代波澜壮阔的"命运"画卷。

2."命运"主题的重点陈述

一个特质诗人的出现不仅要有不同于通常意义的诗性感受和体悟，还有赖于他与世界相遇的方式。同样，一个诗歌群体与这个世界相遇的种种景况也影响到他们创作的整体走向。

（1）延安诗派

龙泉明在《中国新诗流变论》中这样定义延安诗派："所谓延安诗派，并不是一个纯地域性的诗歌群体，而是一个诗歌流派。它包括以延安为中心的抗日根据地以及由此不断向四方推进的解放区的诗人，它是在中国共产党的领导下与工农密切结合的新型的诗歌团体。"①

延安是中国共产党党中央所在地，是推动全国团结抗战的中心，是解放区的中心，也是革命人民向往的圣地，同时也是解放区诗歌的根据地。抗战爆发后，以延安为中心并不断向四周推进，在解放区的广大区域内逐渐集结了一支力量壮大的诗歌队伍。这支队伍包括活跃在陕甘宁边区的艾青、柯仲平、光未然、萧三、何其芳、贺敬之、鲁黎、严辰、严文井、公木、吕剑、李季、郭小川、朱子奇、闻捷等；活跃于晋察冀的田间、魏巍、李雷、陈辉、钱丹辉、邵子南、方冰、曼晴、史轮、林采；活跃于太行山区的阮章竞、柯岗、叶枫、高鲁、袁勃、高咏等。诗人们成立了众多诗歌团体，如延安诗歌总会、山脉诗社、铁流社、战歌社、太行诗歌社、晋察冀边区诗会，出版过多种油印或铅印的诗歌刊物，作为发表诗歌的阵地，如《诗建设》《诗战线》《诗刊》《新诗歌》《山脉诗歌》《街头诗》《太行诗歌》《新世纪诗歌》《边区诗歌》《诗风》等。

延安诗派是一个具有开放性的诗歌群体。这体现在延安诗人的活动并不局限于上述某个地区，而且有的诗人参与、从属于多个诗歌团体，诗人们之间的这种流动性，促进了他们之间的交流。

---

① 　龙泉明：《中国新诗流变论》，北京：人民文学出版社，1999：466 页。

延安诗派的诗人们不仅作为延安诗人而存在，而且大都是共产党各级党政、文化、教育、宣传部门的工作人员，以编辑或报刊记者居多，还有诗人活跃于共产党的军事部门，如各级部队。这些诗人既熟悉现实斗争，又拥有坚定的政治信仰。以田间（1916—1985）为例。田间在1938年以前就已创作出版了《未明集》《中国牧歌》等诗集，成为著名的青年诗人。1938年底，田间担任西北战地服务团宣传股的副股长。1939年4月，他辞去职务，专任战地记者，后历任中华全国文艺界抗敌协会晋察冀边区分会的文协副主任，兼任中共北方分局文委委员、边区文救会执行委员、边区文联常务委员、边区诗会主席等职；1943年担任盂平县委宣传部部长。后又担任冀晋区文联主任、《新群众》杂志社社长兼主编、《冀晋日报》编辑；先后担任雁北地委宣传部部长、秘书长，等等。在延安的十年，田间完成了著名长诗《赶车传》和《戎冠秀》，获得诸多赞誉。

延安诗人来自不同地区，却有几乎同样高涨的诗歌创作热情，正如魏巍所说："在诗歌创作上，无论抒情诗、长诗、小叙事诗、街头诗，都大量产生。尽管战争频繁，生活艰苦，有时连桌子、凳子也没有，肚子也不太饱，可是写诗的劲头倒足得很，简直是充满了诗的灵感，直到现在想起来，还使人精神振奋。"[①] 他们经受着血与火的考验，心向革命、心向党，彼此间没有门户之见，正如柯仲平《告同志》一诗所写："啊，同志们！我们有 / 一致的方向，/ 一致的主张 / 我们的团结，像五个指头，/ 共一只强有力的手掌:/ 每一个同志都在自己的岗位上，/ 个个同志的岗位都朝中央。"诗人们在各自的工作岗位上，在艰苦卓绝的斗争生活中，书写了大量异彩纷呈的诗歌作品，有力地推动着解放区诗歌的蓬勃发展。

在延安这一区域，主导性的意识形态是以马克思主义为指导思想，与其相伴达12年的战争则造成了延安要求生存与发展的局面，因此必须调动一切可调动的资源服务于战争，以争取最终的胜利。延安文学在中国共产党的领导下，尤其经过1942年整风运动之后，逐渐形成了统一的、规范的文学生产、组织和传播方式，并确立了统一的创作方向和服务对象等。因此，首先，在生与死、荣与辱、铁与血的搏斗面前，诗人们满怀着充足的信心把战争的现实写进诗里，并且为了鼓舞士气以诗歌作为武器，来宣传和歌颂救亡图存。其次，对于解放区的生活，一方面由于边区的文艺工作已经真正成为党的政治思想工作的组成部分，为了坚定人民抗战必胜的信心，鼓舞人民的抗战斗志，诗人们

---

① 魏巍：《魏巍文集 第10卷 文论》，广州，广东教育出版社，1999。

创作了大量歌颂祖国，歌颂党，歌颂人民领袖毛泽东，歌颂各方面英雄人物，以及歌颂军民和干群鱼水之情，歌颂劳动生产，反映边区各项政策和广大人民群众的斗争生活的作品，以达到"团结人民、教育人民、打击敌人、消灭敌人"的目的。另一方面是因为新民主主义的社会形态使延安成为"一个崭新的社会"，人们在党中央的领导下，"第一次尝受了民主的雨露""到处是一片新生的气象，战斗的气象"。①这种环境的巨大变化也是诗人由衷歌颂的重要原因。最后，整体划一的标准化体制与一切服务于战争及工农兵的方向无疑也是对诗人自由创作的限制，尤其是从国统区奔赴圣地而来的、已经拥有了自己成熟个性的诗人，在转变的同时也在文本中留下了难以克服的焦灼。

（2）七月诗派

七月诗派因胡风主办的文艺杂志《七月》而得名。1937年7月7日，"卢沟桥事变"爆发，日本帝国主义全面侵华战争开始，而中国人民反击侵略的全面抗战也拉开了大幕。为了团结抗日，1937年8月中旬至9月上旬，胡风开始筹办综合性文艺周刊《七月》。之所以取名"七月"，胡风夫人梅志曾回忆说："'七七'爆发了全国性的抗日战争，取这个刊名就是为了纪念抗战，号召抗战，并且坚持团结抗战。"②1937年9月11日，《七月》创刊号在炮火声中诞生，但只出了3期周刊就被迫停刊。10月，《七月》在武汉复刊之际，胡风撰写了《愿和读者一同成长》作为这一期的代致辞："中国的革命文学是和反抗日本帝国主义的斗争（五四运动）一同产生，一同受难，一同成长的。斗争养育了文学，从这斗争里而成长的文学又反转来养育了这个斗争……可以说整个中华民族都融合在抗日战争里面。……在神圣的火线后面，文艺作家不应只是空洞地狂叫，也不应作淡漠的细描，他得用坚实的爱憎真切地反映出蠢动着的生活形象。在这反映里提高民众的情绪和认识，趋向民族解放的总的路线。"③这篇代致辞阐述了《七月》的追求目标。除胡风、艾青外，一群围绕在理论领袖胡风和核心刊物《七月》周围的诗人，主要包括田间、邹荻帆、绿原、冀汸、鲁藜、牛汉、曾卓、阿垅、彭燕郊、杜谷、天蓝、孙钿、化铁、胡征、朱健、徐放、罗洛等。这些诗人在诗歌创作中表现出相对一致的艺术风格，为祖

---

① 魏巍：《晋察冀诗抄·序》，北京：中国青年出版社，1984；绿原，牛汉选编：《白色花·序》，北京：人民文学出版社，2000年2月版。

② 刘扬烈：《诗神·炼狱·白色花·七月诗派论稿》，北京：北京师范大学出版社，1991：4页。

③ 胡风：《愿和读者一同成长》，载《七月》，1937（1）。

国而歌，为抗战而歌，因而形成了一个成绩斐然的诗歌群体，即七月诗派。

七月诗派作为七月派的一个重要部分，自抗日战争初期萌生，至20世纪40年代趋于成熟，是在战火中诞生并成长起来的诗歌流派。七月诗派始终秉承"把诗和人联系起来，把诗所体现的美学上的斗争、人的社会职责和战斗任务联系起来"①，极力张扬对人生、世界的"搏斗"："人必须用诗战胜人类的虎狼／人必须用诗一路勇往直前／即使中途不断受伤。"七月诗人大部分活动于国统区，抗日战争的烽火鼓荡着诗人们的心灵，而国统区黑暗腐败的社会现实又抑制着诗人们激情的喷发。诗人们用敏锐的目光审视世界，关心着祖国和人民的命运，将自己的诗歌融汇于时代的大潮中，回响于民族解放的战号声里。

1944年冬，胡风在重庆开始筹办《希望》月刊，这是《七月》的继续和发展。1945年1月7日，《希望》第1期在重庆出版。胡风在发表的《寄从"黑夜"到"天亮了"的读者们》一文中指出："经过了八年来的苦难和牺牲、战斗和考验，我们终于走到了这历史转换的一天。……这些作品里面所表现的中国人民的痛苦与欢欣、难言的感慨与痛苦的希望，因为是在八年间的大的历史里面所孕育出来的，……我们和读者，要在经过了苦难，忍受着苦难，但却逐渐坚强起来的中国人民里面，追寻新生的路，夺取新生的路。"②这篇文章既表明了《希望》的创刊宗旨，也表明了"七月"诗派新的历史使命。可是，很快蒋介石发动了大规模内战，《希望》在出了两集共8期之后被迫停刊。相当一部分"七月"诗人在延安解放区和延安诗派之间发生重叠。

深重的责任感使得七月诗人在体察民族苦难命运的时候，个体的人首先被消匿，取而代之的则是人的共同体——民族，民族的现状和境遇是他们关注的焦点与诗思的触发点。同时，七月诗人怀着高度的使命感，并且有着深深的自信：在人民的反抗与搏击中，"黎明"的去向是不可逆转的，此时革命圣地延安作为国统区的参照物被纳入诗中，成为诗人心灵的寄托与向往所在。七月诗派还关注个体在民族命运转折中的遭遇，认同个体的献身精神，少数诗人还注意到战争对个人命运造成的影响。

（3）九叶诗派

九叶诗派的名称与《九叶集》的出版密切相关。1981年7月，江苏人民出版社出版了诗集《九叶集——四十年代九人诗选》。诗集选编了辛笛、陈敬容、杜运燮、杭约赫、郑敏、唐祈、唐湜、袁可嘉和穆旦九人创作于20世纪

---

① 绿原、牛汉：《白色花》，北京：人民文学出版社，1981：2页。

② 胡风：《寄从"黑夜"到"天亮了"的读者》，载《希望》，1945（1）。

40 年代的作品，共计 144 首。在诗集序言中，袁可嘉这样回忆流派的最初形成："由于对诗与现实的关系和诗歌艺术的风格、表现手法等方面有相当一致的看法，后来便围绕着在当时国统区颇有影响而终于被国民党反动派查禁了的诗刊《诗创造》和《中国新诗》，形成了一个流派。"① 由于袁可嘉本人即是历史当事人，这样的界定就显得更加可靠，也更有说服力。事实上，也正是《九叶集》的出版推介，人们开始约定俗成地将 20 世纪 40 年代这个具有现代主义性质的松散的群体称为"九叶诗派"。《九叶集》被视为一部诗歌流派选集，而其中集结的这九位诗人即是这一流派的主要代表诗人。

当然，关于"九叶诗派""九叶诗人"这样得到大多数人默认从而约定俗成的称呼，学界也一直存在各种反对、质疑的声音。张同道在"论 20 世纪中国现代主义诗潮"时，以"西南联大诗人群"和"上海诗人群"两个群体来指称这一诗人群体，而并不采用"九叶诗派"这一名字。② 王毅则认为并没有形成以"统一性"为前提的诗歌流派③。邓招华"从最基本的史料和历史文本"，对"九叶诗派"的存在表示质疑。但论者在考察史料时，却弄错了曹辛之的笔名、漏计诗歌篇目④，使得论述不够严密。

此外，也有学者虽然承认"九叶诗派"的存在，但又不愿使用"九叶诗派"的名称，就把这一批诗人称为"新现代派""40 年代现代诗派""中国新诗派"等，洪子诚、刘登翰的《中国当代新诗史》（人民文学出版社，1993 年 5 月版）中使用了"中国新诗派"的说法，蓝棣之既称之为"现代诗派"（《正统的与异端的》，浙江文艺出版社，1988 年 8 月版），又编选了《九叶派诗选》（人民文学出版社，1992 年 2 月版）等。

虽然如上所述，但是关于"九叶诗派"的名称仍然众说纷纭，出于以下两点考虑，本书仍沿用"九叶诗派"这一名称：第一，在 20 世纪 40 年代的确存在以穆旦、郑敏等为代表的虽然风格各异，但呈现出鲜明的现代主义性质的诗人群体；第二，由于"九叶诗派"的名称已经约定俗成，出于方便研究的角度。在使用"九叶诗派"这一名称的前提下，本书将更加严谨地考察其作为话语阵地的出版物及群体的人员聚散，从最大限度上实现对历史事实和本相的尊重。

① 袁可嘉：《九叶集·序》，辛笛等：《九叶集》，北京：作家出版社，2000：2 页。
② 张同道：《探险的风旗——论 20 世纪中国现代主义诗潮》，合肥：安徽教育出版社，1998。
③ 王毅：《中国现代主义诗歌史论 (1925—1949)》，重庆：西南师范大学出版社，1998。
④ 邓招华：《"九叶诗派"质疑》，载现代中国文化与文学，（1）：144–155。

  "九叶诗派"的诗人们与西方现代主义诗歌艺术保持着密切的联系。这首先与"九叶诗人"的身份和工作、生活经历有关。他们大多数人是学习西方文学、哲学的，因而能够直接接触西方现代主义诗歌，如，穆旦大学时就读清华外文系，毕业留校担任外文系助教，除了是诗人，还是一名翻译家；郑敏1943年毕业于西南联大哲学系，1949年到美国布朗大学英国文学系学习；袁可嘉1946年自西南联大外语系毕业，任教于北京大学西语系；辛笛1935年毕业于清华大学外文系，1936年至1939年，在英国爱丁堡大学进修，回国后任暨南大学、光华大学教授，等等。另外，"九叶诗人"在大学学习期间，曾受教于冯至、卞之琳等人，而这二人同时也研究西方文学，有的诗人还曾直接受教于现代主义诗人、批评家燕卜荪，学习英国现代诗歌；辛笛在英国留学期间与艾略特、史彭德等现代主义诗人有过交往。这些诗人对西方现代主义诗歌艺术的了解与学习，为他们的诗歌增加了营养。

  "九叶诗人"不断寻求诗与现实的多重平衡。他们认为：其一，诗要扎根于现实，但又不能拘泥于现实；其二，诗人应将个人的悲欢融合到民族和人民的苦难与命运中；其三，诗歌要反映现实，也应当有自己的、独立的艺术价值。"九叶诗人"建构了中国式现代主义的诗歌与诗论，在当时独树一帜。

  "九叶诗人"多身处高校，但20世纪40年代的中国现状也时刻震撼着他们的灵魂：战乱频繁，民不聊生；政治气候云谲波诡，旋踵即变，残酷的战争环境使人的生死不过俯仰之间。不论是极度混乱的社会秩序，还是空前匮乏的经济生活，以及流离失所的生活状态，还有无所皈依的精神指向，这些都深深地困扰着敏感的诗人们。他们由一些大城市如北京、上海等一路流亡（战乱使这种流亡变得司空见惯），路上的颠沛流离，沿途所见的社会凋敝，以及个人生活的困窘都影响到诗人的创作。因此，九叶诗派"命运"主题首先表现为在创作中结合现代主义，将个体的命运与民族的命运融合在一起，将激烈的内心搏斗与残酷的政治现实交织在一起，展现出一个"在寒冬腊月的夜里"的中国。当然，"九叶诗人"大多来自高等学府，生活相对比较安定，接受过相对系统的大学教育，尤其是对西方现代主义思想的全面接受，这种知识素养使得他们能够更敏锐地感受到时代对于个人命运的挟制和掠夺。所以其"命运"主题又表现为对人类精神生活的困窘处境的认识以及对精神突围的追求。九叶诗歌当然存在着对未来命运的信心与希望，这是作为一个国民对自己祖国和民族命运的最大期许，瞩望明天成为全民族一致认同的共同姿态。但在仔细品读之中，我们似乎可以捕捉到这样一种怀疑：在胡风那里被视为业已孕育在今天的历史必然性（胜利、新生活的莅临），却被穆旦一群降低为一种命运的或然性；

胡风们强调这一必然性的不可阻挡和行为主体应当积极促成它的现实转换（牺牲、献身），穆旦一群却怀疑地指点着这种或然性在当下状况的易受扼杀和自身的脆弱①，这一点突出表现了"九叶诗人"的现代主义品质。

以上仅仅是对三大创作群体"命运"主题表现的重点陈述，对 40 年代新诗"命运"主题的整体扫描，那么，这种种表现如何具体地呈现于文本当中？它们的产生又系之于哪些深层原因？……这些问题才是本书进一步探究的重点，也是本书的主体部分。

---

① 吕进：《文化转型与中国新诗》，重庆：重庆出版社，2000：176 页。

第二章 四十年代新诗"命运"主题现象与艺术形式

　　20世纪40年代的新诗创作丰美而芜杂，纵观五四运动以来的新诗发展史，没有任何一个时期能与这一时期相比，在并不是很长的时间里一下子涌现出如此众多的诗人。诗歌作为抒情性极强的文体，极好地容纳了人们的愤慨、忧伤、战斗的兴奋等复杂而炽烈的情绪。众多的诗歌作品既因时代的限制而体现出强烈的共同色彩，同时也因诗人自身艺术选择的不同而呈现出较为清晰的创作脉络。

　　在40年代新诗中，"命运"主题呈现于不同的意象群落，蕴含着各自不同的内涵。"一首诗中的意象就像一系列放置在不同角度的镜子，当主题过来的时候，镜子就从各种角度反映了主题的各个不同侧面。但它们不是一般的镜子，而是具有惊人的魔力：它们不仅仅反映了主题，而且也赋予主题以生命的外形。"①意象打开主题的广阔空间并为主题照亮道路，而主题规定、制约着意象的选择与组合，并构建不同的意象群落。

第一节　"命运"主题的意象群及其多样内涵

　　抒情是诗歌的本质，而意象则是诗人抒发主观情志的具象载体。艾布拉姆斯指出："'意'（'形象'的总称）用于指代一首诗歌或其他文学作品里通过直叙、暗示，或者明喻及隐喻的喻矢（间接指称）使读者感受到的物体或特性。……意象是诗歌的基本成分，是呈现诗歌含义、结构与艺术效果的主要因素。"②作为诗歌最基本的审美单元，意象将诗人的主观世界与外在的客观世界结合在一起，使得抽象的观念成为直观的视觉图示。正是经由意象的搭建，诗

---

① 汪耀进：《意象批评》，成都：四川文艺出版社，1989。
② M.H.艾布拉姆斯《文学术语词典》，吴松江等编译，北京：北京大学出版社，2009，243页。

人内在的情志寻找到了形状和色彩，而客观世界也有了含义、情感与态度，变得可以被人感知和把握。

美国比较文学家乌尔利希·韦斯坦因在《比较文学与文学理论》中认为："意象往往微不足道，无法从主题学的角度引起人们的兴趣。"同时他又提出"有时有些意象被用作主导动机（Leitmotifs）"，并举出卡洛琳·斯波金拈出"一大串意象"来研究莎士比亚的案例。他指出："特性"和"意象"如果因为没有达到象征的高度而没有转到意义的范围内，就只是附加的或装饰性的成分，只有在它们被有意识地重复或起微妙的衔接作用时，才能成为主题学研究的对象。① 因此，为了表达情感的需要和塑造主题起见，诗人按照一定的美学原则和诗意构思将某些精心挑选和打磨的意象组合在一起，构成相对独立的意义符号系统——意象群。诚如休姆所说："两个视觉意象形成一个可称之为视觉和弦的东西，它们联合起来暗示一个不同于两者的新的意象。"② 意象群的出现使得现代诗歌显现出了格式塔质——意象的复合所产生的崭新整体其意义大于各个部分之和。诗歌作品中不同的意象群体反映了不同的艺术场景，蕴含了不同的审美含义，体现了诗人不同的生命力量。因此，对于诗歌的情感和意义的解读可以通过叩问这些"艺术中的符号"来完成。当我们如开启窗扉般打开这些饱蕴情感的语词，仿佛瞬间照亮了诗歌那幽深而丰富的空间。

通过文本阅读可以发现，40 年代新诗中有三个核心意象出现频率非常高："太阳""大地"与"黑夜"，并且有大量意象围绕在这三个核心意象周围形成了三个意象群。这三个意象群在不同诗歌创作群体中有某些基本的共同点，但更明显的是巨大的差异，通过这些差异，我们可以寻觅到不同创作群体对"命运"主题的不同表现。因此，40 年代新诗"命运"主题在意象层面上主要呈现为这样三组意象群："太阳"意象群、"大地"意象群和"黑夜"意象群。当然，这样的名称只是为了叙述方便而进行了简化，实际上每一个意象群都包含着若干类似的意象。这些意象在不同"场合"的频繁出场，似乎说明诗人可能在这些"景""物"身上寄寓了某种特定且相对稳定的意义，只要在作品中出现了这些"景""物"，那么其中的思想意蕴大致上也就相应地隐现透逸出来。

---

① 韦斯坦因（Weisstein, U.）：《比较文学与文学理论》，刘象愚译，沈阳：辽宁人民出版社，1987：146 页。

② 托马斯·厄内斯特·休姆：《续意度集》，载赵毅衡：《远游的诗神》，成都：四川人民出版社，1985：244 页。

1. "太阳"意象群的"命运"指归

"命运"主题包含对主体生命历程的考察，而生命历程是动态生成的。在剧烈的社会变迁中，巨大的社会力量和社会结构影响生命个体的生活与发展，推动个体生命的走向。在40年代诗歌中，诗人们感受到外在力量对于个人生命走向的推动或改变，而在诗歌中表达出对于个体生命趋向的想象，其中"太阳"意象群成为很多诗人在这一主题范围内的诗美选择。在这一意象群中，"太阳"是其核心意象。"太阳"意象从"光和热"的角度可以生发出"月亮""星辰""火把""灯火""春天"等，从"力"的角度也可以推衍出"闪电"等，从"时间"的角度可以生发出"黎明""春天"等。以上这些意象是对原型意象"太阳"的再现与补充，并包含于"太阳"意象群中。

"太阳神"崇拜是远古先民的诸神崇拜中最为普遍和持久的崇拜。"太阳"意象也是诗歌中经常见到的重要意象之一。郭沫若写于1921年的《太阳礼赞》以太阳象征光明、真理，"光芒万丈地，将要出现了哟——新生的太阳"与"青沉沉的""波涛汹涌着，潮向东方的大海"构成了极大的审美张力，而当"新生的太阳"出现，"从我两眸中有无限道的金丝向着太阳飞放""你不把我照得个通明，我不回去！/太阳哟！你请永远照在我的面前，不使退转！/太阳哟！我眼光背开了你时，四面都是黑暗！/太阳哟！你请把我全部的生命照成道鲜红的血流！"诗人以热切呼唤的语气，祈求"太阳""光芒"对黑暗彻底地驱逐，对个体生命、客观世界"完全"地照射与笼罩，甚至于个体的"消融"。在生命的历程中，太阳与自我的碰撞崩裂出崭新的世界——中华民族的未来，呈现美的、新的中国的气象。

"太阳"意象群落大量存在于40年代新诗文本中，似乎已经成为诗人创作的"集体无意识"。然而作为一种艺术符号，意象的能指与所指之间是松动的，可以由诗人凭借自己独特的艺术创造力独立建立，因而具有一定的任意性，在文本中完全有可能因为与之组接的意象不同而呈现出不同的意义。

（1）七月诗派的"太阳"意象群

鲁迅曾期待的"摩罗诗人"的战斗传统，在七月诗派的创作中得到了淋漓尽致的表现。七月诗派秉承胡风所倡导的"主观战斗精神"，主动拥抱生活、张扬个性，表现出悲壮雄美的现实主义诗风。在七月诗派的诗歌创作中，"太阳"被设置为光的终点，而与之相连接的意象组合呈现出沉雄有力的诗美。

阿垅的《纤夫》写于1941年11月，正是抗战时期第二次反共高潮过后。诗中"衰弱而又懒惰/沉湎而又笨重"的那艘大木船，"逆流、逆风"——构成了一个苦难深重却又气势宏大的象征，中华民族的象征——这艘船将要去向哪里？这个沉重的问题压在每一个读者心里，诗人却指向"那一轮赤赤地炽火飞爆的清晨的太阳"——那是"中国的船""古老而又破漏的船"的方向。然而，通往"太阳"的路途，包含着太多艰辛和磨难：与"太阳"组合在一起的，是"船仓里有五百担米和谷 / 五百担粮食和种子 / 五百担，人底生活的资料 / 和大地底第二次的春底胚胎，酵母"，"那匍匐着屁股 / 坚持而又强进"的纤夫，是"似乎很单薄的苎麻的纤绳"，是"古老又破漏的船"，是"一寸一寸的顽强前进"。这些意象组合在一起，既有新生的渴望，又有决绝的抗争；既有炽热的血的奔流，又有刚劲的力的张扬。"但是一寸的强进终于是一寸的前进啊 / 一寸的前进是一寸的胜利啊，/ 以一寸的力 / 人底力和群底力 / 直迫近了一寸 / 那一轮赤赤地炽火飞爆的清晨的太阳！""太阳"是希望的终点，但那一寸一寸的步伐，步伐里面迸发的抗争、忍耐的力量，才是诗的核心，是七月诗歌"命运"主题最动人心魄的乐章。

天蓝 1942 年发表的《预言》（选自《预言》，希望社）对中华民族未来的命运做出了坚定的"预言"："太阳还将出来，/ 阴雨，是暂时的。// 太阳将永恒地照耀着世界——这一句话写在经典上；/ 你翻开书本看看，/ 书上每一字句都说着这一个信念。"但诗篇最有力量的诗句并不是指出"太阳"是光亮而美好的未来，而是为了这光明和美好，每一个个体、群体和民族所付出的代价——"在阴暗严寒惨酷的季节里""我们人呵，踏着人们自己的尸首做桥梁，走近太阳"，光芒属于"将走过桥梁"的人们，也属于"做着桥梁"的人们。

绿原 1948 年发表的《春雷》（《七月诗丛·集合》）将对于光明未来的热切期待，用"春雷"这一意象表征。春雷炸响之前，世界尚且还是一个"饥饿的冬天的夜晚"，诗人书写戴着雪帽的山头、冰被下面睡觉的河水，尚未飞翔的鸟儿，还没有发芽的柳树，还有那些颤抖的梦：一个孩子梦着冻疮、雪人和年糕 / 一个乞丐梦着在稻草堆里偎着一条狗 / 一个厨子梦着烧不着的湿柴和它的苦烟 / 一个清道夫梦着垃圾箱里白雪盖住破布和骨头 / 一个报童梦着用卖不掉的报纸生火取暖 / 一个士兵梦着白茫茫的旷野上无聊的休战 / 一个流浪汉梦着在刮北风的泥路上翻筋斗……冬天如此漫长，然而它将完毕，因为春雷迫近，"春雷，你来得真好 / 新鲜的生命们正期待你 / 站在一切的顶峰 / 把世界的秘密宣告""撕破那些衰弱的心脏吧，春雷，我们需要大胆的春天，这个世界需要在你起死回生的霹雳里突变！"《春雷》将终点指向"春天"，喻示中华民族将要发生巨大的转折，而在这转折中，寒冬越是严酷越是能够衬托春雷的力量之大。

七月诗人以"太阳""春天""黎明"等意象指代搏斗的"胜利""理想"

的实现，但诗人心灵的关注点已经悄悄发生了挪移，"太阳"只是那艰难历程的终点，重要的却是主体在这"抗争的历程"中的力的扭曲和迸发。只是伴随着外在政治、革命语境的变化，这种紧张、持续、张扬的力被逐渐削弱，"太阳"意象群的色彩脱去滞重、浓郁的外衣而逐渐明快。比如，罗洛《我知道风的方向》（1948年《泥土》第6期）"我走过平原丘陵和山谷／春天，久雨初晴，太阳正好／春风不断地吹着，温柔地吹着／给人带来幸福和欢乐地吹着……"诗中多个意象以不同方式组合在一起：太阳、春风、树木、群鸟、麦穗……共同形成了一个意象群落，而这个方向意味着"幸福""欢乐""自由"。诗人明确而坚定地宣称："我知道风的方向／风打从冬天走向春天／我知道风的方向／我们和风走着同一的道路啊……"风的方向就是历史前进的方向，就是中华民族命运的方向。

附：艾青诗歌中的"太阳"意象群

在七月诗人的作品中，艾青诗歌创作中的"太阳"意象群最为集中也最为典型。"太阳"意象反复出现，成为艾青诗歌的核心意象之一，可以说："艾青一生都在追寻着太阳，从抗战前的《太阳》到抗战时的《向太阳》《火把》；从延安时期的《太阳》《太阳远了》，到新时期的《光的赞歌》，诗人简直成了中国神话中的夸父，不到'道渴而死'决不罢休，难怪有人说艾青是一个太阳崇拜者，他为自己创造了一个太阳图腾。"[①]与"太阳"意象相类似的其他意象，如"火把""光""黎明"等共同组合成一个意象群落。这一意象群在艾青的诗作中占有重要位置，集中表达了艾青对于民族命运的思索与探求。

首先，艾青诗歌中的"太阳"意象已经成为抗战时期最具有积极意义的意象，是诗人对一种个体／民族生命形式的理想化想象。在艾青的诗歌中，"太阳"与"黎明""春天""火焰""霹雳"等组成的意象群共同构成了一个个体／民族命运的喻象世界，将民族／个体再生的渴盼与期望凝注其中。1938年4月，艾青从战火蔓延的北方回到武汉后即创作了长达四百多行的长诗《向太阳》，也是诗人对自己写于1937年的那首《太阳》的回应。《太阳》表达了对于太阳即将出现的期盼和预示，而《向太阳》则是对太阳冉冉升起、天地一派崭新气象的由衷赞美，是由于人类于苦难之中重获再生的巨大欢乐："看我们／我们／笑得像太阳！"诗中，引自《太阳》的六行诗，将这首长诗的时空感和整个情节推向了一个深远的境界。在《向太阳》中，作者将笔触深入人类命运

---

① 汪亚明：《论艾青诗的宗教意识》，载中国现代文学研究丛刊，1996（4）：44-56。

这一宏大主题，以抒情主人公"我"的情感发展和探索足迹作为诗的线索，将不同诗节联系起来，共同象征我们所抵达的"光明"与"温暖"的新世界。第一章"他起来"，诗人直抒胸臆："我起来——/……/挣扎了好久/支撑着上身/睁开眼睛/向天边寻觅/……/我的身上/酸痛的身上/深刻地留着/风雨的昨夜的/长途奔走的疲劳/……/我打开窗/用囚犯第一次看见光明的眼/看见了黎明/——这真实的黎明啊"——"真实的黎明"到来了，为"太阳"的登场做好了铺垫，为命运的乐章准备好了沉着的前奏。而在诗的主体部分，诗人写了民族/个体命运的巨大转折，以及这一转折给诗人带来的巨大的心灵激荡：

> 这时候
> 我对我所看见 所听见
> 感到了从未有过的宽怀与热爱
> 我甚至想在这光明的际会中死去……

这里的"死去"并非诗人消极情绪的显露，反而是诗人内心激情与决心的表现。因为"宽怀"，所以宽宥世界给予的折磨与苦难；因为"热爱"，所以愿意为民族的未来而拼搏奋斗，愿意付出自己的青春与生命。这首诗中的"命运"就消弭了不确定性和不可控性，而成为一个显在的存在物，以"太阳"作为其象征物，成为人们仰望和憧憬的光与暖的所在。

艾青写于1942年1月的《太阳的话》，原载于《文艺月报》（第14期，1942年4月），他用另一种书写角度，写出了诗人对于民族命运的光明未来的理想化想象。诗的开始即是召唤和呼求，让人们打开门窗，让我（"太阳"）进去：

> 我带着金黄的花束，
> 我带着林间的香气，
> 我带着晨曦和温暖，
> 我带着满身的露水。
>
> 快起来，快起来，
> 快从枕头上抬起头来
> 睁开你的被睫毛盖住的眼，
> 让你的眼看见我的到来，
>
> 让你们的心像小小的木板房，

打开它们关闭了很久的窗子，

让我把花束、把香气，

把晨曦、温暖和露水，

撒满你们心的空间。

"太阳"在这里就是光明与希望，"金黄的花束""林间的香气""晨曦和温暖""满身的露水"，这些伴随太阳而来的物象共同组成了一个明亮、温暖、丰富、新鲜的"太阳"意象群，吁求人们打开门窗，迎接"太阳"，"把花束、把香气，／把晨曦、温暖和露水，／撒满你们心的空间"，光明无处不在，而个体生命由此得到救赎和温暖。

其次，"太阳"在艾青的诗歌中是"给予者""主宰者"，而个体则是"受惠者""信奉者"，这一关系类似于上帝与信徒。"太阳"的出现是震撼人心的："从远古的墓茔／从黑暗的年代／从人类死亡之流的那边／震惊沉睡的山脉／若火轮飞旋沙丘之上／太阳向我滚来……"（《太阳》），"太阳"的力量是巨大的，携带光明与温暖，带来幸福的讯息："于是我的心胸／被火焰之手撕开／陈腐的灵魂／搁弃在河畔／我乃有对于人类再生之确信。""太阳啊，你这不朽的哲人，／你把快乐带给人间，／即使最不幸的看见你，／也在心里感受你的安慰。"（《给太阳》）"请他们用虔诚的眼睛凝视天边，／我将给所有期待我的以最慈惠的光辉／趁这夜已快完了，请告诉他们／说他们所等待的就要来了。"（《黎明的通知》）面对"太阳"，"我"只能顶礼膜拜，只能被动接受和抬头仰望："经历了寂寞漫长的冬季，今天，我想到山巅上去，解散我的衣服，赤裸着，在你的光辉里沐浴我的灵魂……"正如陆耀东所说："是太阳给无生物、给生物、也给'我'以活力，使'我'的灵魂再生并产生了对人类再生的确信。'太阳向我滚来'，显现了太阳的伟大，太阳的令人感到亲切，更显出'我'是渺小的受惠者，太阳是伟大的给予者。"[①]

再次，"太阳"与"我／个体"之间类似于上帝与信徒一样的关系，也决定了两者之间不同的地位，太阳强大、伟岸，而"我"卑微、弱小，只能被召唤并向着"太阳"献祭自我，个人的命运被必然地指向"太阳"。写于1940年4月11日的《太阳》一诗最为典型地体现了这一点：

同我们距离得那么远

那么高高地在天的极顶

---

① 陆耀东：《论艾青诗的审美特征》，载中国现代文学研究丛刊，1992（4）：22-42。

那么使我们渴求得流下了眼泪

那么使我们为朝向你而匍匐在地上

我们愿意为向你飞而折断了翅膀

我们甚至愿在你的烧灼中死去

我们活着在泥泞里像蚯蚓

永远翻动着泥土向上伸引

任何努力都是想早点离开阴湿

都是想从远处看见你的光焰

我们是蛾的同类要向你飞

我们甚至愿在你的烧灼中死去

只要你能向我们说一句话

一句从未听见却又很熟识的话

只是为了那句话我们才活着

只要你会说：凡看见你的都将会幸福

只要勤劳的汗有报偿，盲者有光

只要我们不再看见恶者的骄傲，正直人的血

只要你会以均等的光给一切的生命

我们相信这话你一定会有一天要证实

因此我们还愿意活着在泥泞里像蚯蚓

因此我们每天起来擦去昨天的眼泪

等待你用温热的手指触到我们的眼皮

诗中的"太阳""高高地在天的极顶"，而"我们"流着渴求的眼泪匍匐在地，两种姿态高低、强弱分明。诗中"只要你会说：凡看见你的都将会幸福 / 只要勤劳的汗有报偿，盲者有光"，让人想到《圣经》中的一句话：神说，要有光，于是有了光。围绕在"太阳"意象周围的"蚯蚓""飞蛾"两个意象，一个生活于黑暗地下，一个盲目地飞向光明；一个想离开阴湿一睹光焰，一个愿折断翅膀甚至烧灼而死。在艾青诗歌的"命运"书写中，个体生命如此卑微，坚信并等待光明的垂青。

（2）九叶诗人的"太阳"意象群

九叶诗人似乎并不如七月诗人和延安诗人那样密集地描写"太阳"。他们多将"黎明"置于"黄昏"和"雾""黑夜"之后淡淡掠过，而缺少七月诗人那种蓬勃的、无法抑制的"力"。

1948 年夏的辛笛正身处上海，作为文艺界领导人之一而从事文艺活动。

这一时期辛笛创作的《春天这就来》（选自《中国新诗》第三期）以象征的手法对民族未来的命运做出思考和探索："春风／吹在大太阳的麦田里／吹醒了我的国家，我的人民"，诗人以自然界的更替呼唤新中国的诞生，所以说："春天这就来"，但诗的开头"冬天你走不走去？"诗的结尾"和平，和平／就该永远冻结在／阴黑无底的鼠穴里？"反问的语气的确加大了情感的力度，但似乎缺少更多确信的力量。

郑敏的《春天》（选于《诗集 1942—1947》）同样是在呼唤着中华人民共和国的诞生，但更寓意着中华人民共和国诞生必须经过苦难的奋斗、拼搏：

> 它好像一幅展开的轴画，
>
> 从泥土，树梢，才到了天上……
>
> 又像一个乐曲，在开始时用
>
> 沉重的声音宣布它的希望，
>
> 这上升，上升终成了，
>
> 无数急促欢欣的声响。
>
> 我们都在倾听这个声音，
>
> 它的传出把冷硬的冬天土地穿透，
>
> 它久久地等待在黑暗的地心，
>
> 现在向我们否认有一只创造的手。
>
> 像一位舞蹈者，
>
> 缓缓地站起，
>
> 用她那"生"的手臂
>
> 高高承举：
>
> 你不看见吗？枯枝上的几片新叶，
>
> 深黑淡绿让细雨浸透了一切。

在诗的第一节中，以"展开的轴画"和"一个乐曲"作为比喻，指代春之美好，春天开启了生命的蓬勃，"这上升，上升终成了，／无数急促欢欣的声响"，而这开启希望的"沉重的声音"，要穿透"冷硬的冬天的土地"、要在"黑暗的地心"久久等待。最震撼的是诗作中最后塑造的一个意象："枯枝上的几片新叶／深黑淡绿让细雨浸透了一切"——"枯枝"与"新叶"并存，诗人在这里看到了光明和新生的希望，但这希望并未形成强大的力量，它在方生未死之间，一边是黑暗和寒冷的深渊，一边是温暖明亮的春天。这首诗以明媚的希望徐徐展开，也呈现了美好、明丽、温暖的春天，但作者更想启迪人们去感知、理解、接受这一切背后的经历。春天的到来必须经历并克服"黑暗"和"冷硬"，生命必须忍受孤寂、死亡，这是自然万物与人类共同的生存法则。诗歌中鲜明的色彩对比，为诗句带来了更加丰富的含义及更加浓郁的情感。

在陈敬容1946年10月写于上海的《从灰尘中望出去》中，开头以哀怨悲愤的笔触，哀哀地唱着"脱不尽的枷锁，唱不完的哀歌"：不可见的刀斧刻下不磨的痕迹／十载飘流，抹不尽乱离的泪滴;／国情和人事，翻不尽的波涛，／凋尽了童心，枝枝叶叶，／全是悲愤和苦恼。／脱不尽的枷锁，／唱不完的哀歌，／冷风里难以想象阳春的煦和。在诗的最后，诗人以"一角蓝天"作为未来希望的象征，成为盛纳个体生命与民族未来的所在：一切在厚重的尘灰下蜷伏／从灰尘中望出去：一角蓝天。这一角蓝天虽然微小单薄，却是生命重新生发蔓延的沃土，是厚重灰尘下蜷伏的人们心底的暖意和光芒。陈敬容还有一首1947年4月写于上海的优秀诗作《力的前奏》：

歌者蓄满了声音
在一瞬的震颤中凝神

舞者为一个姿势
拼聚了一生的呼吸

天空的云、地上的海洋
在大风暴来到之前
有着可怕的寂静

全人类的热情汇合交融
在痛苦的挣扎里守候
一个共同的黎明

这首诗中，"黎明"是共同的期望，但这首诗的特点就是以"静"写"动"，前三个诗节中出现了四个意象：歌者的声音、舞者的姿势、风暴前的云和海洋，这四个意象如同被定格一般，在骤然的静止中蓄满了巨大的张力，"凝神""拼聚呼吸""可怕的寂静"，正是在积蓄力量，然后力量一步步推进，推进到最后、最高，直至"全人类的热情汇合交融"，而"在痛苦的挣扎里守候／一个共同的黎明"。袁可嘉曾阐释这一意象展现方式："有一些诗人喜欢从许多不同方面来接近主题，通过结晶在一个或两个核心的意象的上面，这些核心意象显著地突出在众多伴随意象之间，清晰、明朗、闪光，给诗的全体一个结晶，如果每一个单独的诗行可以比作一层波浪，那么它或它们就是开在波顶的浪花，收拾起各方面来的分力，给我一个全体。"①陈敬容的这首诗，将"力"蕴蓄于瞬间的静止之中，"其要旨在造成感觉的强度"，它召唤人们坚定信念，守候光明，忍耐沉闷却能突破沉闷，将社会斗争的哲学与自然界的普遍哲理合为一体，体现了诗人含蓄、饱满、克制的诗美风格。

九叶诗人中的"太阳"意象群远没有达到七月诗派其中的密度，偶尔出现"黎明"的上升，也多是铺陈心灵的迷惘、徘徊与挣扎，是与苦闷自我的打拼、对迷惘情绪的极力挣脱，是对灵魂"焦渴"的微薄慰藉，"自然是一座大病院，/春天是医生，阳光是药/叫疲敝的灵魂苏醒，/叫枯死的草木复活……尽管想象里有无边的绿，/可是水，水，水啊，/我们依旧怀抱着/不尽的渴"。九叶诗人同样向往光明、期盼光明与温暖，"现在我听见黑夜拍动翅膀/我想攀上它，飞，飞，直到我力竭而跌落在/黑夜的边上/那儿就有黎明/有红艳艳的朝阳"，他们诗中的"太阳"意象群较之于七月诗人们更加内敛和克制，似乎更带有一种自我精神悲剧的"赎救"意味。

（3）延安诗派的"太阳"意象群

延安诗歌是太阳之诗、光明之诗。在延安诗人的作品中，"光""太阳""黎明""春天"等意象几乎随处可见，成为延安诗人表达"命运"主题的主要核心意象群落。魏巍在长诗《黎明风景》中写道："有一种鸟，/我不知道她的名字，当我听到她的鸣声，/大地就降落了黎明。"这种黎明鸟，"她呀，/她只爱那走向黎明的队伍，/她是一只黎明的鸟，/哪怕走到天边，/她也要跟着我们/把黑夜叫亮"；这种黎明鸟，即使翅膀被蒙古风吹断，"她也要把吹散的羽毛，/献给太阳。""太阳""黎明"成为无数人前仆后继、抛头颅洒热血追求和渴慕的目标，成为人们为民族未来描绘出的理想图景。

首先，他们多将"太阳"与"武器"类意象（刀刃、枪声等，以及派生出的"鲜血""战场"等意象）并置，意味着主体对外界障碍的"暴力"克服（或称之"群体革命"）。这些意象具有炽烈的色彩和温度，或直接与战场相关，可以激发人的亢奋情绪、点燃人们的昂扬斗志，而这些是改变主体命运的先决条件。诗人用简短的句式、澎湃的感情组织成为诗篇，以群体的、粗大的声音在近乎粗暴的喊叫中产生无与伦比的鼓动的力量。诗中频繁出现"我们"作为

① 袁可嘉：《论诗境的扩展与结晶》，载《经世日报·文艺周刊》，1946-9-15。

抒情主体，即使以"我"自称的，也多呈现群体性而削弱个体性。比如，林采在《黎明》中歌唱道："我们的无敌的马刀，／照射出万道金光；／我们的高亢的歌，／在广阔的平原上飘荡。"

邵子南是活跃在晋察冀边区的一位诗人，曾主编刊物《诗建设》。他的《就是这样——讲给敌人的哨兵》句式短促有力，比喻新奇鲜明："我们立得挺挺的，／像一把出鞘的刀，／一根上弦的箭，／一点不假！／就是这样，／一点不假！／好比一杆耀眼的旗，／立在全世界的日光下／好比历史在行进，／谁也拦不住它！……"战士的姿态挺拔有力，像"刀"、像"剑"、像"旗"，立于全世界的日光之下——这样的力量是不容置疑的、无法摧毁的，如同"历史在前进"这样的真理性存在。诗人在《死与诱惑》中这样描写一个宁死不屈的战士的心跳："他，没有死／他，变成一道电光，／透穿一切心壁，／照亮黑暗。／他是真理，／大众的精英的真理。""战士"等于"电光"、等于"真理"，再一次表达了这种光明的不容抹杀，这种真理的无可辩驳。

其次，延安诗人将"奔赴""迎接""挺进"等动态意象（这些意象大都具有一种时间或空间的指向性）与"黎明""春天""旗帜""向日葵"等"太阳"类意象组接，而主体所向披靡、战无不克——"让我们迎接即将到来的黎明"。这样的意象组合传达出一种隐含意义：胜利是毫无疑义的，命运已经丧失了多向性，消失了一切可以左右它的力量（或者说任何障碍力量都可以被克服）而呈现出明确的指向。力航在《雪野，洒下点点鲜血》中把战士洒下的鲜血比作火种："这是点点火种，／它将把积雪溶化，／它将把阴云烧出彩虹／迎来金光万道，迎来醉人的东风。"个体的牺牲换来的是"万道金光"，是"醉人东风"，而这一方向确凿无疑。

诗人管桦在《行军》中写到抗战之艰辛：

望不尽的草原，望不尽的大路，

无边的白雪，静静的波浪，

长长的行列，钢铁的城墙。

炮车隆隆，刀枪儿响亮

战马啸啸，铃环儿叮当。

汗水变成冰，鬓发结白霜。

渴了吞冰雪，大风做衣裳。

然而，诗人也指出：

艰苦的路程，是通向胜利的路程，

打了个歼灭战，又打个歼灭战

走没了太阳，又走出了太阳

这里的"太阳"既是实际意义上的太阳，指革命战士朝夕赶路，日夜奋战，又指代着民族的光明未来。

再次，延安诗人将"太阳"与"死亡"意象组合，表现出对英雄个体命运的认识：革命中个体的"死亡"因为目标的高大而成为促成光明诞生的奉献，是英雄的作为（这一点在七月诗人的诗中也有所体现）。陈辉在诗中宣称：如果战死沙场，"他的生命，/给你留下了一首/无比崇高的'赞美词'"——以对个体生命的放弃来换取群体利益的"阳光"，这也是诗人对社会的反抗方式之一，或者是诗人提倡与鼓动的反抗方式之一。

在延安诗人笔下，个体是需要在祖国、民族这些群体中获得存在感和归属感的。比如，陈辉在《为祖国的歌》里歌唱道："我们的祖国呵，/我是属于你的，一个紫黑色的/年轻的战士。""我的晋察冀呀，/也许吧，/我的歌声明天不幸停止，/我的生命/被敌人撕碎，/然而，/我的血肉呵，/它将化作芬芳的花朵/开在你的路上"（《献诗——为伊甸园而歌》）诗人把晋察冀革命根据地这块"新生的土地"比作圣经中的伊甸园，"每一条山谷里/都闪烁着/毛泽东的光辉。/低矮的茅屋，/就是我们的殿堂。"在这里，"生活—革命，人民—上帝！"为了捍卫这里的自由和光明，诗人牺牲自我，将自我献祭于国家、民族，将血肉化作营养大地的芬芳的花朵，"而我的歌呀，/它将是/伊甸园门前守卫者的枪支。"陈辉本人也以革命行动实践了自己的诗句，他于1937年加入中国共产党，1938年到达延安开始诗歌创作，次年诗人赴晋察冀敌后抗日根据地，1941年到涞涿，曾任青救会主任、区委书记、武工队政委。1944年，因被叛徒出卖，陈辉被围困在涿县韩村，突围过程中顽强抗击，拉响手榴弹而壮烈牺牲，用自己的鲜血将一首大诗书写在了中国大地之上。正是由于延安诗人的革命行动与诗歌写作的重合，个体命运与民族命运的共同性，因此，在他们的诗里，充满了昂扬的战斗激情，没有属于个人的哀叹，没有悲观消极的情绪，即使是书写苦难，也充满了催人奋进的激情。

林采的诗充满一往无前的奋勇与豪壮，《向前进攻》中："即使战士的白骨筑成高山，/即使生命的血流汇成大海，/即使你身旁的同志扑倒在一边，/我们还是要一样的勇敢。/向前进攻！"军城的诗大义凛然，歌唱沐浴于"火"和"血"中的"英雄"，诗歌洋溢着必胜的昂扬格调："祝福你——/你火中跳舞的姑娘，/祝福你——/你血里游泳的战士/你们是很幸福的//儿孙们将以羡慕的眼光，/来看望你们的年代；以英雄的诗篇来赞美你们……叹息和眼泪，／我们——没有！……世界——你是我们的呀！／日子——你是我们的呀！"

魏巍长达三十六节的叙事诗《黎明风景》书写了边区军民如何"咬紧牙关，度过困难"，突破"黎明前的黑暗"，迎来黎明新生的曙光。作者说过："这篇带有悲歌性质的长诗，却是我在艰苦年代的真实的生命之子。"[①] 诗中出现了各种各样的人物形象，其中作为典型的是二班长，用手榴弹"将自己全身挂满"，扑向敌人，不幸壮烈牺牲：

> 在他的眼瞳上，
> 映画着黎明的山岳，
> 也映画着红霞漫流的天空。
>
> 他像一棵春天的树呀
> 抖落了满树花瓣，
> 归还他生身的乡土。

这里的"死亡"充满了诗意的光辉和浪漫主义的色调，死亡不是可怖的，而是充满为理想献身的万丈光芒。诗人宣称：

> "革命给每个战士
> 准备好的伟大的人格，
> 都要在痛苦里来完成！"
> "让我们心里黑夜的暗影，
> 快快陷落，
> 我们才能成为黎明的人！"
> "只要你怀着黎明的信念，
> 向前走去
> 太阳呵，它愿和勇士
> 携手同行！"

方冰在《歌唱二小放牛郎》中写到王二小的牺牲："干部和老乡得到了安全，／他却睡在冰冷的山巅，／他的脸上含着微笑，／他的血印照着蓝的天。"因为民族命运的光明未来，个体的死亡就有了寄托。"血"与"蓝天"的交相辉映既意味着光明与理想的宝贵，也渗透着主体奋力迎接光明的献身意识，以及由这种意识所产生的痛苦情绪与崇高感，正如艾青的《时代》中，"我看见

---

① 魏巍：《黎明》·后记风景，北京：作家出版社，1963：185 页。

一个闪光的东西 / 它像太阳一样鼓舞我的心, / 在天边带着沉重的轰响, / 带着暴风雨似的狂啸, / 隆隆滚辗而来……我忠实于时代,献身于时代,而我却沉默着 / 不甘心地,像一个被俘虏的囚徒 / 在押送到刑场之前沉默着 / 我沉默着,为了没有足够响亮的语言"。

最后,延安诗人将"太阳"类意象与"延安"意象结合,"太阳"成为理想生活———一种崭新的政治生活的代名词,传达着诗人巨大的欢乐:主体与其周边环境的融洽、和谐。何其芳到延安后,曾叹道:"延安的空气,是宽大的空气、自由的空气、快活的空气。"①艾青1941年抵达延安时也曾经这样说道:"我这个'流浪儿'终于回到了'娘'的怀抱。"②其中包含的感恩和依恋之情不言而喻。延安诗人经常采用对比手法表现个体在两种政治环境内的不同命运:如王炜写纺车,"在黑暗的严寒的深夜里",它唱的是"被压抑着无告的绝望的歌",而在"新的光辉的土地上",它"歌唱着劳动妇女的魅力、夸耀、希望和勇气",借纺车来证明解放区劳动妇女命运的巨大变化。鲁藜在《延河散歌》之三的《山》中写道:"我是一个从人生的黑暗里来的 / 来到这里,看见了灯塔。"这极好地代表了那个时代诗人们的一种普遍心态。20世纪40年代中后期,田间的《赶车传》,贺敬之的《我走在早晨的大路上》,长虹的《边区是我们的家乡》等作品,都以颂歌体式表现了人民命运天翻地覆的改变,充满了改天换地的自豪与信心。在以上一系列颂歌的解读中,我们可以发现诗中似乎渗透出这样一种意向:民族的解放(战争的结束、新政权的建立)意味着个体幸福的到来。个体命运与群体命运完全重合,甚至剔除了任何缝隙和分裂的可能性,而生命主体与外界环境也是完全融合的:黎明正在来临,"走向期待了一个黑夜又一个黑夜的人们 / 带来——我们所期待的自由与和平"。

徐明在《我登上了革命的大船》(1938)中写道:"远远看见红霞中的塔影, / 好像海洋里出现桅杆, / 啊,这就是延安, / 我登上了革命的大船。 / 脱掉身上褪色的长衫 / 草鞋军装我很爱穿, / 从此是大船上一个水手, / 经过风浪将变得更加勇敢。"诗人将自己比作水手,将延安比作大船,个体找到了归属,而这个归属是充满阳光与温暖的所在:"民主像一阵春风, / 把痛苦与寒冷,吹得无影无踪! / 太行山人民的生活, / 像春天的花, / 开得又香又红。"(徐明的《民主》)

---

① 何其芳:《何其芳选集》,第1卷,成都:四川人民出版社,1979:242页。

② 文天行:《中国抗日文学概览》,成都:四川大学出版社,1996:15页。

2."土地"意象群的"命运"载体

土地崇拜精神在中国文化中源远流长。有土地，才有疆土；有国土，才有民族生存的领地。《荀子》曰："无土则人不安居，无人则土不守。无道法则人不至，无君子则道不举。故土之与人也，道之与法也者，国家之本作也。"①《易经》以地为坤："至哉坤元，万物资生，乃顺承天；坤厚载物，德合无疆，含弘光大，品物咸亨。"②《说文解字》曰："土，地之吐生万物者也。""重浊阴为地，万物所陈列也。"③《管子·水地篇》曰："地者，万物之本也，诸生之根菀也。"④土地能生长万物、供养民生，故中国古代帝王对之顶礼膜拜，称土地为"社稷"，后"社稷"又被当作国土的象征，指代国家，故山河国土被称为"江山社稷"，国家灭亡常被称为"社稷沦亡"。

"土地"意象在 20 世纪的中国文学史上，大概可以概括为两支流脉：一支是以"土地"这一实物为中心，展开政治、阶级斗争的叙事。在这类作品中，"土地"负载了革命、政治、权力等复杂意义。另一支是超越"土地"实体，而关注"土地"的精神内涵的现代书写。在这类作品中，土地意象超越实体，而在哲学文化层面，成为一种抽象的诗意构成。

在 20 世纪 40 年代的抗日战争中，随着日本侵略势力的不断扩张，铁蹄践踏华夏大地，所到之处生灵涂炭，领土归属问题更加凸显，做土地的主人还是做亡国奴，就决定于脚下的土地是否自由。因此，这一时期诗歌中的"土地"意象与传统诗歌中的"土地"意象相比，有着更为复杂的内涵，更容纳了显著的"命运"意义。

"命运"问题就是对主体生存状态与生活际遇的发现与反思。"土地"意味着博大、缄默，营养、花朵、稻谷及稗草，也意味着承受风暴、掠夺与挤压，与之意义相近的还有"故乡/乡村""母亲""田野"等意象。在"土地"的载体上，"命运"铺展开来，因此，"土地"作为"命运"载体，容纳了诗人对于个体与民族命运的种种观察、思考。"土地"与"人民"，尤其是"农民"的联系以一个被剥夺和被蹂躏的形象，包含了诗人对民族苦难命运的体察，对战争、灾乱的揭露与反抗。这一点是 20 世纪 40 年代几乎所有诗人所共有的。艾青的《雪落在中国的土地上》《我爱这土地》《复活的土地》、胡风的《为祖

---

① 王先谦：《荀子集解》（上），北京：中华书局，1988：260 页。

② 赵奎：《易经本义》，北京：九州出版社，2015：501 页。

③ 许慎，张三夕，刘果：《说文解字》，长沙，岳麓书社，2005：286 页。

④ 管仲：《管子》，长春：时代文艺出版社，2008：240 页。

国而歌》、任钧的《据说这儿还是中国的领土！》、田间的《战争的抒情小诗》之《棕红的土地》、苏金伞的《我们不能逃走——写给农民》、穆旦的《饥饿的中国》、杭约赫的《复活的土地》、苏蓬庐的《土地篇》等都以"土地"作为核心意象，以鲜明的国家立场表达对民族命运的深深忧虑。

（1）延安诗人的"土地"意象

在延安诗人笔下，"土地"意象有多层次内涵：首先，"土地"大多是人物活动展开的外在处所，诗人们多用直接描写的手法展现它的存在状态；其次，"土地"象征祖国、共产党等宏大而坚韧的形象，诗人们在捍卫国土的同时，也在寻找民族的方向。

邵子南《故乡的诗章》曾得到田间较高评价，田间认为其描写生活的情节并"结合甚至最紧密地拥抱在我们的主题里及其周围"[①]。这首诗写了自己"奇异的"故乡，那"美丽的、奥秘的、绿色的国土"，但"我不爱我的故乡"，"我爱上了异乡的人民，/用刀子参加斗争；从异乡走向异乡/我歌咏，向我的各地来的伙伴"。诗中"故乡"首先实指家乡，其次实际包含政治含义，将故乡和我的伙伴们所在的"异地"进行对比，表达的是政治方向的选择，或者是对于"故乡"那信仰不同的王国的否定，而期待着"你变成我的伙伴们的王国"。

陈辉的《献诗——为伊甸园而歌》中的"土地"是"新的伊甸园"，是已经建立了人民民主政权的抗日根据地的象征，"我的晋察冀呵，你的简陋的田园，你的质朴的农村，你的燃着战火的土地，它比天上的伊甸园，还要美丽！""你是在战火里新生的土地，你是我们新的农村。每一条山谷里，都闪烁着毛泽东的光辉。低矮的茅屋，就是我们的殿堂。"土地意象与象征物之间的链条简单直白，充满赞扬与认同的情感。在陈辉的《到柳沱去望望》和《六月谣》中，"土地"承载了苦难、悲伤，被践踏、被侮辱、被损害，而诗人呼吁年轻人"保卫我们的土地"。

诗人丹辉的《孕育新的中国》（1939年6月草于河北易县北娄山村）将旧中国比作"肺病的过去"，而我们在勇敢地战斗，"把火热的诗句/写给民众，用粗野的声音/呼喊着/前进"，用枪、用笔，在光彩的土地上，"孕育一个新的中国"。

---

① 田间：《"战争的风俗诗"及其它——我对邵子南底诗的一些感想》，载晋察冀文艺，1942（3）。

我们

早已从暖房里

跑出来，

背叛了

肺病的

过去。

今天

像热带的森林一样，

我们

在光彩的士地上，

勇敢地

战斗。

把火热的诗句

写给民众，

用粗野的声音

呼喊着

前进！

而且

在壕沟里

向敌人开枪，

从尸骸堆

拖出受伤的俘虏，

告诉他们

谁是他们的敌人！

同志，

让我们战斗吧！

在跳跃的生活里，

孕育

新的中国！

管桦的《还乡河上》第一个诗节书写了"土地"之上的深重苦难："还乡河上 还乡河上 / 枪弹呼啸，大炮轰响，/ 土地在马蹄下震荡，/ 烈火卷走了村庄。/ 沉重的乌云，遮盖了田野，/ 灾难压在国土上。/ 还乡河上 还乡河上，/ 血红的落日，滚滚的波浪，/ 好像鲜红的血流，/ 涌出大地的胸膛。/ 风卷着黄沙在田野上悲号／灾难压在国土上。"第二个诗节，诗人写了这片土地上的战斗："还乡河上 还乡河上／号角在吹战马长嘶。／在这广大的土地上／战斗的旗帜飞扬。／冲过烟尘，冲过火网。／子弟兵奔向战场。"

这样的"土地"书写在延安诗人笔下非常多见，描绘苦难——寻找出路，成为"命运"主题，是在延安诗人"土地"书写中的典型呈现。比如，军城《山地里的赞语》想象未来："那时／每一座山都要牧放着牛马与羊群／曾经叫行人烦闷的冗长的大沙滩／会竖立着迷天的大森林／诗人们愉快的旅行在浓荫而松软的沙路上／巨大的工厂在四处建立着／它的烟突比山的高峰更高更高／万吨的轮船开进了沙河唐河／开进我们山地来了。"为了这一未来，"为着守卫这山地／我将战死在山地里／（像千万的战死者一样）／请把我埋葬在这里吧"，对于这个命运的出口，或许要经由艰苦的战斗、无数的牺牲才能获得，但它的确凿性却不容置疑，正如诗人丹辉在《这条路》（1939 年 9 月写于河北易要北管头村中）所宣称：

> 这条路是最艰苦的，
>
> 像小船在风浪中前进一样。
>
> 然而路的尽头
>
> 便是民主共和国，
>
> 那时候，我们可以放下
>
> 肩上的第一副重担子，
>
> 在自由和幸福里
>
> 很饱很暖地生活啊！

诗人甄崇德的《秋播——我们的日子》展现了充满生机与希望的"土地"，我们黑油油的土地，在秋收之后，"摊开了宽阔的躯体"，等待"颗颗麦种一落地，就像埋下了金子"。而这种子"它伴着阳光、霜雪、风雨，／在大地怀抱中孕育""发芽、长叶、吐穗、结果，／迎接着那丰收的日子"。而"那时，战争也在前进，／向着东北，向着胜利！"整首诗充满了乐观积极的情绪，对未来的胜利充满信心和希望。

（2）九叶诗人的"土地"意象

首先，九叶诗人笔下的"土地"意象超越了自然地理意义上的"土地"概念，而包含了更为丰富的文化和政治内涵。土地负载苦难、养育生命，也埋葬生命；既是生命的摇篮，也是生命的归宿；是精神的栖息之地，也是心灵的荒芜之地。

穆旦《在寒冷的腊月的夜里》（写于 1941 年 2 月，原载《贵州日报·革命军诗刊》1941 年 6 月 9 日）最为典型地体现了九叶诗人"土地"意象的这一意义向度。诗作首先为我们展示了一幅 20 世纪 40 年代中国农村的画卷：

　　在寒冷的腊月的夜里，风扫着北方的平原，

　　北方的田野是枯干的，大麦和谷子已经推进村庄，

　　岁月尽竭了，牲口憩息了，村外的小河冻结了，

　　在古老的路上，在田野的纵横里闪着一盏灯光，

　　一副厚重的，多纹的脸，

　　他想什么？他做什么？

　　在这亲切的，为吱哑的轮子压死的路上。

这是一幅带有宿命意味的图景：村庄荒凉冷清，田野干枯，河流冻结。在这几乎让人窒息的场景中，一盏灯光闪烁，映出厚重多皱的脸：这是中国的土地、中国的农民。诗人选择了寒冬腊月这一时节，这是中国农村和农民最为寂清的时节，追问着：他想什么？他做什么？

　　风向东吹，风向南吹，风在低矮的小街上旋转，

　　木格的窗子堆着沙土，我们在泥草的屋顶下安眠，

　　谁家的儿郎吓哭了，哇——呜——呜——从屋顶传过屋顶

　　他就要长大了 渐渐和我们一样地躺下，一样地打鼾，

　　从屋顶传过屋顶，风这样大

　　岁月这样悠久，

　　我们不能够听见，我们不能够听见。

　　火熄了么？红的炭火拨灭了么？一个声音说，

　　我们的祖先是已经睡了，睡在离我们不远的地方，

　　所有的故事已经讲完了，只剩下了灰烬的遗留，

　　在我们没有安慰的梦里，在他们走来又走去以后

　　在门口，那些用旧了的镰刀

　　锄头，牛轭，石磨，大车

　　静静地，正承接着雪花的飘落。

这一段中首先回答了上一节的问题，也终结了这样的疑问。在永不停息的风声中，生命开始、成长，然后寂灭，"一样地躺下，一样地打鼾"。这厚重多皱的脸成为中国农民的形象，集体无意识地终日耕作，然后死去，一代代绵延下去，从祖先到子孙后代，贯穿绵长的历史和悠久的岁月。而在这共同

的命运面前，"我们不能够听见，我们不能够听见"，表达了人与人、一代与一代之间的互不相通，彼此隔膜，更加凸显了个体生命的无助。在第三个诗节中，这种悲凉被放大，炉火熄灭，"所有的故事已经讲完了／只剩下了灰烬的遗留"，人们亦沉沉睡去，只有雪花静静飘落。飘落的雪花将两个世界——现实与过往之间的界限模糊掉，不同的时空被并置、弥合，祖先和子孙的生活图景也被重叠，那些用旧了的原始的农具——镰刀、锄头、牛轭、石磨、大车属于历史，也属于现在，但共同承担着时光的尘埃。由黄土孕育的农耕文明以最原始的方式绵延并最终归于寂灭。曾经鲜活，终于沉寂，鲜活是短暂的，而沉寂是永恒的，世世代代，命运露出它尖利的牙齿，啃噬着无数个体。

这首诗以寒夜大雪为契机，将一代又一代农民的生命全景式地展现在我们眼前。荒村图景象征着中国农耕社会的衰败，腊月寒夜象征着生命的困厄之境。由此，诗中雪夜村庄的寂静瞬间，穿越现实而指向了更加深远的历史，使得作品具有了哲学的品质：这是一个村庄蛮荒的生存史，也是中国农民的精神史，更是中国大地上的个体命运史。正是在这样的历史背景中，原始粗陋的生存状态在茫茫然生死的轮回中产生了悲剧性的冲击力量，深渊一样的宿命在原始荒凉的生存状态中产生了粗犷苦涩的诗美效果。

以"土地"意象关注"命运"，在穆旦其他作品中也占有相当比重，如"悲壮滴血的六十行长诗《赞美》，歌唱民族深重的苦难和血泊中的再生"[1]。然而仔细阅读这首诗，却发现里面的情感并非单纯或者通常意义上的"赞美"。无论是第一个诗节中"说不尽的故事是说不尽的灾难"，还是第二个诗节中"同样的受难的形象凝固在路旁"的农夫，或是第三个诗节中"饥饿，而又在饥饿里忍耐"的人们，或是第四个诗节中"这倾圮的屋檐下散开的无尽的呻吟和寒冷"等。这片土地是苦难的，这片土地上日复一日、一代又一代耕作着的人们是苦难的，苦难不仅仅来源于战争，还来源于中国由来已久的社会形态和中国人的集体无意识。这样的命运并未在当下被改变，即便个体"再一次相信名词，溶进大众的爱"，最后也只能"看着自己溶进死亡里"。个体被无名的群体裹挟，最终走向消亡的终点，这再一次实践了中国社会中的个体命运遭际。正如谢冕所指出的："他（穆旦）让人看到的不是所谓'纯粹'的技巧的炫示，

---

① 巫宁坤：《人生本来是一个严酷的冬天——穆旦逝世二十八周年祭》，载李怡，易彬：《中国文学史资料全编 现代卷 穆旦研究资料上》，北京：知识产权出版社，2013：72 页。

而是给中国的历史重负和现实纠结以现代性的关照。"①穆旦对于被压榨、被利用、被遗忘的"渺小生物"的个体命运，投注了自己的关注和省思，这一点在"四十年代新诗"中是难能可贵的。

其次，九叶诗人还将"土地"意象与"废墟""旷野"等意象叠加，开拓了诗意创造的另一种空间。穆旦的《荒村》、唐祈的《时间与旗》、唐湜的《骚动的城》、辛笛的《生死的城》等作品中丰富的"废墟""旷野"意象成为诗人对战争中人的命运归宿的一种象征与诗化描述，这与西方现代主义的"荒原"有着惊人的相似，不论是制度的破碎、神经的紧张、意识的毁灭，还是信仰与热诚的丧失，都已经不再是单个人的毁灭，不再是一个中国的灾难，而成为人类毁灭命运的一幅真实图景。

穆旦的《荒村》在文字层面上以朴素的语言，直白地描写了乡村中一片荒芜的景象，写出了旧中国农村的凋敝与破败。在穆旦的"荒村"中，生机与死亡并存，美好与丑恶并置，荒村因此而更加荒诞。"他们哪里去了？""历史已把他们用完：/它的夸张和说谎和政治的伟业/终于沉入使自己也惊惶的风景。"在历史巨大的车轮碾压之下，个体命运的悲剧性再一次被彰显出来。

穆旦的《在旷野上》写于1940年8月。《在旷野上》的三个诗节中，"我"穿梭于过去、现在与未来的不同时空中，徘徊于幻想与现实中。诗中时而充满希冀的光芒，时而陷入绝望的深渊，不同质地的情感不断切换、纠缠，为这首诗增加了"非中国"的、驳杂冲突的诗意和美感。

当我缢死了我的错误的童年

（那些深情的执拗和偏见！）

我们的世界是在遗忘里旋转，

每日每夜，它有金色和银色的光亮，

所有的人们生活而且幸福

快乐又繁茂，在各样的罪恶上

积久的美德只是为了年幼人

那最寂寞的野兽一生的哭泣

从古到今，他在遗害着他的子孙们

诗人否定过去，"缢死""错误的童年"，但同时又说那些"执拗和偏见"是深情的；诗人描述的人们的生活是幸福、快乐又繁茂的，但又指出"在各样

---

① 谢冕：《一颗星亮在天边——纪念穆旦》，载李方：《穆旦诗全集》，北京：人民文学出版社，1996：22页。

的罪恶上"。诗人一边不断建设美好，然后又不断解构美好；建立信仰，然后又推翻信仰；幻想自由、纯净，幻想自我如同太阳神"驾着铠车驰骋"于旷野之上，一边怀念"绿色的呻吟和仇怨"；一边赞美春天的生命们用了"碧洁的泉水和崇高的阳光"，不断地舒展，一边痛切地发现："仁慈的死神呵，给我宁静。"

在旷野上，我独自回忆和梦想：
在自由的天空中纯净的电子
盛着小小的宇宙，闪着光亮，
穿射一切和别的电子的化合，
当隐隐的春雷停仁在天边。
在旷野上，我是驾着铠车驰骋，
我的金轮在不断的旋风里急转，
我让碾碎的黄叶片片飞扬，
（回过头来，多少绿色的呻吟和仇怨！）
我只鞭击着快马，为了骄傲于
我所带来的胜利的冬天。
在旷野上，在无边的肃杀里，
谁知道暖风和花草飘向何方，
残酷的春天使它们伸展又伸展，
用了碧洁的泉水和崇高的阳光，
换来绝望的彩色和无助的夭亡。

然而我的沉重、幽暗的岩层，
我久已深埋的光热的源泉，
却不断地迸裂，翻转，燃烧，
当旷野上掠过了诱惑的歌声，
O，仁慈的死神呵，给我宁静。

在穆旦的这片旷野上，生命萌发、伸展枝桠、蓬勃生长，但同时又不断被摧残、被打击，并最终被毁灭。在诗人的怀疑与否定中，个体归于虚无，生命重归宁静。"我"终于从虚妄的幻想中清醒，对于真理和未来，诗人都产生了怀疑，从而一切归于破灭和虚空。因此，这片旷野、这片精神的家园一片荒芜，心灵被放逐而无所依傍。穆旦诗歌中的这片旷野与艾略特式的荒原具有同构性，对个体命运产生了深深的怀疑和绝望，不同的是，穆旦诗中的情感更加繁复，色彩更加驳杂，诗的力量更加强劲和撼动人心。

杭约赫的《复活的土地》将"土地"意象从乡村延伸到了城市。这首诗发表于 1949 年，在人民解放战争的隆隆炮声中，"七月动笔，十月付梓"，诗人几乎是一气呵成，最终完成了这首六百余行的巨型政治抒情诗。全诗分为"序诗""第一章：舵手"；"第二章：饕餮的海"；"第三章：醒来的时候"。"复活的土地"作为一个整体意象，容纳了诗人对世界及民族命运的沉思，对于人类命运的展望，呼唤人的觉醒以带来土地的复活。诗人对"最后一片被束缚的土地"上的种种腐败、丑陋，进行了详尽的描写，由此，土地的复活才更具必要性，而旨在"复活新的伊甸园"的战争，才更加符合人类正义。"高大的建筑物——化石了的 / 巨人从所有的屋脊上升起，/ 它令你掉落帽子，燃烧起欲望，/ 也使人发觉自己不过是一只 / 可怜的蚂蚁。生命的渺小 / 也如同蚂蚁"，这样的诗句揭示了现代社会中个体被异化却渺小无力的状态。

（3）七月诗人的"土地"意象

七月派理论领袖胡风曾经反复强调：艺术的生命是时代的生命所给予的，忠实于艺术须得用忠实于时代做前提。[1]因此，"土地"意象在七月诗人生命与激情的灌注中被赋予了一种历史的沧桑感和现实的严峻感，充满着对悲苦命运的不甘与抗争。

首先，七月诗人的"土地"意象作为厚重、苦难命运的载体，容纳着伤痛、悲苦和激愤。艾青《雪落在中国的土地上》（创作于 1937 年 12 月 28 日，发表在 1938 年 1 月出版的胡风主编的《七月》杂志上，1939 年 1 月收录在诗集《北方》）中："雪落在中国的土地上 / 寒冷在封锁着中国呀……""饥馑的大地 / 朝向阴暗的天 / 伸出乞援的 / 颤抖着的两臂"，这样的诗句浮雕般地刻画了 20 世纪 40 年代中国农村大地的凋敝和战争造成的伤痕与痛楚，"……假如我们能以真实的眼凝视着广大的土地，那上面，和着雾、雨、风、雪一起，占据了大地的，是被帝国主义和封建地主搜刮空了的贫穷。"[2]诗人没有局限于描述和感叹，而是将自我的苦痛融入其中："躺在时间的河流上 / 苦难的浪涛 / 曾经几次把我吞没而又卷起 / 流浪与监禁 / 已失去了我的青春的 / 最可贵的日子……"诗人将自己的个人命运与国家、民族的命运紧紧联系在一起，将自我

---

① 胡风：《〈七月〉编校后记》载《胡风评论集》（中），北京：人民文学出版社，1984：177 页。

② 艾青：《为了胜利——三年来创作的一个报告》载《艾青全集》，第 3 卷，石家庄：花山文艺出版社，1997：122 页。

心灵与时代精神融为一体，情感更加充沛和炽烈。面对苦难中国的命运趋向，诗中传达出了难以抑制的恐惧、迷茫和深深的忧虑，正如诗人自述："于是我在战争中看见了阴影，看见了危机……我以悲哀浸融在那些冰凉的碎片一起，写下了《雪落在中国的土地上》，不幸地发现了：中国的路／是如此的崎岖／是如此的泥泞呀。"①

其次，七月诗人的"土地"意象还呈现为"母亲"的形象，并作为诗人们选择的另一种视角切入对中国命运的观察。人类对于自己的母体原型有着天生的依赖与爱恋之情，而对于象征着生死枯荣的"土地"有着同样的崇拜。土地如同母亲一样孕育万物、包容一切，因此成为各民族文化中的普遍性原型。七月诗人笔下的"土地"意象与多灾多难的祖国联系在一起，暗合了荣格所谓的"土地母亲"的原型。卡尔·荣格认为："母亲象征物是初型的，给人一种有关起源、自然、负有间接创造任务的东西，一种本质与物质、物性、下体（子宫）和生命机能等的提示。同时它也使我们想起了潜意识的、自然的和本能的生命，想起了生理范围，就是居住和容纳我们人的地方，因为母亲是一个容器、一个掌管携带培育的中空体（子宫），因此，也可以说是代表着意识的基本。"②

七月诗派中的"母亲"是卑贱的、辛劳的，在备受压迫和凌辱的命运中挣扎。化铁的"母亲"是一个洗衣妇："她是从另一个世界里爬出来；／从肥皂泡沫里爬出来／从浆硬的衣裳堆里爬出来／从富人们替她造好的窄门里爬出来／用她自己的那双粗糙而裂缝的佣人的手／茧！我的母亲。"（化铁《请让我也来纪念我的母亲》）；鲁藜的"母亲"："虽然很老了／但你的枝桠还负载着窝巢／为了一切新的生命／你挡着风雨和冰雪／你在深夜里温暖着孩子的梦／你在清晨召唤着曙光和晨风……"（鲁藜《母亲》）；曾卓的"母亲"是被丈夫遗弃的农家女："从此一座阴暗的小楼／就是您的世界，／您在油污的厨房里／洗衣、切菜、煮饭，／或是俯身坐在窗口／缝补和刺绣。"（曾卓《母亲》）；牛汉的"母亲"有着坚忍的品质："母亲穿一身黑布衣裳，／从老远的西北高原，／带着收尸的棺材钱，／独自赶来看我：／听说／我死了，／脑壳被砸烂……"（牛汉《在牢狱》）；阿垅在《无弦琴》③的内封中题词："献给——三个平凡、痛苦而又崇

---

① 艾青：《为了胜利——三年来创作的一个报告》载《艾青全集》，第3卷，石家庄：花山文艺出版社，1997：122页。

② 荣格：《探索心灵奥秘的现代人》，黄奇铭译，北京：社会科学文献出版社，1987：22页。

③ 阿垅：《无弦琴》，北京：中国文联出版公司，1998。

高的灵魂",其中就有"被痛苦和心脏病压倒,死得突然而又平静"的妈妈,和"以第三期肺病结束了劳苦、微贱、善良和她的期待"的母亲。妻子自杀、岳母病故,正当诗人痛感"仿佛一个社会整个底力量,一下都撞到我胸上来"[①]时,在家中"只有这一个""对我是重要的"母亲的不幸离世,屡遭打击的阿垅在激愤中呐喊出这样的诗句:"这个必须击碎的世界!"

七月诗人对"母亲"的怀念、眷恋既是个体真实情感的抒发,也投射了诗人对祖国、人民的炽热情愫,"母亲"们的命运超越了个体的命运而呈现出时代赋予的共识。诗人们将对母亲的感恩拓展为对祖国、对民族未来命运的深深忧虑。母亲、大地、祖国三者叠加为一,从而在更阔大的境界中完成了游子对生命归宿的追寻。1948年流落至浙江天台的牛汉曾经在致信好友郗潭封时写道:"你母亲的生活比我母亲的生活还要惨淡……我们不会忘记这一群屈辱的人们,只有,只有这一条路,在四处嚣声和笑声中(别人的)默默的行进,我是决不会甘心倒下的。"[②]雷蒙则向"母亲"宣布:"母亲啊/你会相信有这一天/母亲啊/我们在争取这一天。"化铁则在思考:"请让我也来纪念我的母亲吧!/(你古老的国土,/你的人民的光辉呀,)但她的唯一的儿子应该拿什么给她呢?"这正是诗人对祖国许下的铮铮誓言。

再次,七月诗人们通过吟咏"土地",试图表达对"土地"的热爱,献身"土地"的赤诚意愿,并以"土地"意象传达出对民族觉醒的期待,对未来光明道路的信心。"土地"意象负载了七月诗人们宏大的爱国情怀。

艾青的诗歌就把祖国命运与土地崇拜紧密而恰当地结合一起,"在起点上与我们的民族多灾多难的土地与人民取得了血肉般的联系"[③]。例如,《我爱这土地》:"假如我是一只鸟,/我也应该用嘶哑的喉咙歌唱:/这被暴风雨所打击着的土地,/这永远汹涌着我们的悲情的河流,/这无止息地吹刮着的激怒的风,/和那来自林间的无比温柔的黎明……/然后我死了,/连羽毛也腐烂在土地里面。/为什么我的眼里常含泪水?/因为我对这土地爱得深沉……"诗人"以土地"象征祖国,以"鸟"自喻,鸟用嘶哑的喉咙歌唱土地,即使死了、腐烂了也要融入土地中,与之化为一体,表达了诗人对祖国至死不渝的爱恋。在

---

① 阿垅:《阿垅1946年5月17日自重庆》,载阿垅,陈沛,晓风辑:《阿垅致胡风书信全编》,北京:中华书局,2014:127页。

② 牛汉:《命运的档案》,武汉,武汉出版社,2000:83页。

③ 郑成志:《曲折的展开:20世纪30年代自由诗理念研究》,厦门:厦门大学出版社,2016:92页。

《复活的土地》中，诗人期待着："我们曾经死了的土地，/ 在明朗的天空下 / 已复活!/……/ 苦难已成为记忆，/ 在他温热的胸膛里 / 重新旋流着的 / 将是战斗者的血液……"在这里，诗人以"土地"的"复活"传达出诗人对农民、民族觉醒的期待，对未来光明道路的探索，而这种以对土地觉醒复活为中心的意象群，成为艾青表达对祖国人民深沉的爱的基本符号，意味深长。

另外，七月派诗人不仅仅发现"土地"上的苦难，还从"土地"本身发掘出了改造大地的力量：纤夫、绿草、种子、根……这些力量型、坚韧型、生命力充沛的意象与"大地"同时出现，展示着主体对苦难命运的挑战，对生命根须和人生信仰的紧握和坚守。

命运有两种不同的表现形式：幸运与厄运。在不幸的命运面前，主体具有自主性、能动性的一面，争取生存、发展就意味着要进行不屈的抗争。阿垅的《纤夫》诗中的"纤夫"意象就是匍匐在"大地"上的艰难行进者，"匍匐着屁股 / 坚持而又强进 / 四十五度倾斜的铜赤的身体和鹅卵石滩所成的角度"，这些充满紧张感和韧性的语句、意义密集的意象都涨满了"力"。化铁的《暴雷雨岸然轰轰而至》写道："暴雷雨不过是一次酷热的结果…… / 原是从地面升起……在暴雷雨底后面还有温暖的像海水一样的蓝天 / 还有拖着身体的柔美的白云，/ 还有雀鸟，/ 还有太阳的黄金"——人的生命承受了一次破坏的摧折与巨力的摇撼，却在经历浩劫之后更强大了起来，更敏感地感知到了生命的美好。诗歌后半节的轻快，是洗刷大地上的污垢之后的清洁，是对于巨大痛苦的超越，因此，"这是一个诗人象征了全体人民，一首诗代表了一部血战"，[①]诗人欣喜地看到"我们的曾经死了的大地，/ 在明朗的天空下 / 已复活了! ——苦难也成为记忆"。因此可以看出七月诗人同延安诗人一样认同民族命运转变的必然性和主体对环境的可把握性，但他们同时认为战争是使民族更加强大的一次浩劫："让没有能力的，腐烂的一切在炮火中消灭吧；让坚强的，无畏的，新的，在炮火中生长并且存在下去。"[②]

彭燕郊的长篇抒情诗《春天——大地的诱惑》是郊野土地上的生命浩歌：

冒着黑油

瘫软了身体

---

① 江锡铨：《力之美——"七月诗派"综论之一》，载江苏教育学院学报，1997（4）：46—51。

② 艾青：《忆杭州》，载吴子敏编选：《〈七月〉〈希望〉作品选（下）》，北京：人民文学出版社，1984：596 页。

沉醉在春风里
似乎要溶解了
那是先民的血汗膏润过的
贮满了我们吮吸的乳汁的
她曾经经过无数次的战乱
难以计数的苦难
一年一度的寒冷
荒烟与瓦砾的岁月

而今天她还健壮着
伸展得那么广袤
到底是中国的土地呵
中国的土地是强韧的呵

在曾经饱受磨难的土地上，"谷物""禾苗"形成了"绚烂 / 充满希望的郊野"，为这片土地注入了青春蓬勃的力量。

最后，七月诗人将"土地"意象与"生命"组合在一起，进一步加深了对于"命运"主题的表达。"土地"是生命的萌发处，却也是生命最后的归宿。对命运的思考首先就是从人的感性的生存状态和生活际遇的反思开始的，而人的生存或死亡亦是题中之义。

七月诗人将"大地"与"生命"融合在一起，表达了对主体与"大地"同是献身精神的认同："走吧，走吧 / 这二十五岁的年轻还必须在土地上开花"，这种乐观进取的人生态度也沉淀为诗歌的浪漫情怀和现实精神。这与延安诗人对"太阳"的追求十分相似。艾青的《吹号者》对吹号者发出了最热烈的礼赞："他寂然地倒下去 /……他倒在那直到最后一刻 / 都深深地爱着的土地上，/ 然而，他的手 / 却依然紧紧地握着那号角；// 在那号角滑溜的铜皮上 / 映出了死者的血 / 和他的惨白了的面容；也映出了永远奔跑不完的 / 带着射击前进的人群 / 和嘶鸣的马匹，/ 和隆隆的车辆……"诗中隐约透漏出的悲哀与忧伤不仅没有削弱诗歌动人的力量，反而使诗歌更人性化。彭燕郊的《春天——大地的诱惑》中，作者将自我融入行走在这片土地上的"我们"，愿意"为可爱的大地 / 献出生命 / 献出火热的血液 / 能够为她受难 / 能够毫无保留地 / 效忠祖国 / 效忠战斗"，而"为这些愉快地殉道的 / 也只有我们呵"，对于生命的献祭，我们没有哀伤，更不见恐惧，而是以一种积极的信念呼唤着春天的降临、大地的觉醒。诗人的内心激情昂扬，激荡沸腾，在黑暗中执拗地歌唱光明与自由。

七月诗人作品中的"大地"与"这一个生命"的奇异组合，这种组合渗透出个体在战争及战争所造成的氛围中受到的伤害，反映了诗人超越民族与阶级的人道主义与人性观念，使诗歌超越了民族复仇的激烈情绪而臻于更深沉、更辽阔的哀痛。当然，这种创作是很少的，夹在缝隙间极易消失和被同化的。例如，阿垅的《誓》就强调了生命对人的唯一性："折去花枝之处／是不会再开一朵花的"，第四节是一长段重叠的、悲愤的吁求："不是不要／我要爱情的啊／要春天的日光和春天的风／要向大平原上走去的那宽敞和自由啊／要人和人之间的幸福和和平啊／要红熟的苹果林和烈香的兰花园啊……"这是每一个生命个体生存和发展的正常需求，充溢着生的意志与爱的祈求，但诗人随后又表示放弃："但是我现在不要了！"这实际上形成了无奈的悖论：不是不要，而是个体无法得到，或者无法独自得到。诗人最终还是以个体的被戕害换取了"燃烧的火种"，然而其中的婉转曲折从侧面展示了一颗伤痕累累的心灵，一个无法自足的灵魂。再如，彭燕郊的《家》的副题是"给一个在动乱中失掉家的人"，以"蜗牛"象征流亡之人，在动荡的岁月里难以保持自我的完整："小小的蜗牛／带着他小小的家／世界是这样广大／而他没有占有任一寸土地"，而当他的家成了碎片时"一颗砂子可以伤害他／一片单叶对他也太锋利了／一道道堆叠起来的伤痕／也许多少会给他增添一点自卫力量……"最后一节，诗人感喟"可能习惯于轻快／并不比习惯于沉重容易"。这首诗可以理解为谴责侵略者对中国人民的暴行，但诗中"残暴者"也可以喻指任何一种外来的险恶力量、一种强权意识、一种失败挫折、一种心灵的伤害等，也就是说，这意味着一种毁灭性的强大力量而个体无法抵御，只能在伤害、毁灭中积攒力量，无助地蜷缩在命运的掌心。这种毁灭所带来的"轻快"实际上是一种被剥夺后的空虚：爱、自我、情感的丧失，即对"大地"的丧失，因而这种"轻快"比沉重的负担、不可推卸的责任都要让人无法承受。这更深一层的内涵，使这首小诗避免了题材的时空局限性。

3."黑夜"意象群的"命运"象征

《说文·夕部》："夜，舍也。天下休舍。从夕，亦省声。"一个恰当的意象将有可能独立地表达出某种情感或者意义，而通过与其他意象的组合又可以丰富其情感与意义的含量。"黑夜"作为一个自然意象，指代时间中的一个片段，与白昼相对峙又相连接，是白昼的前身和终点；其色彩往往指代死亡、压抑、神秘等，成为苦难与死亡的象征，可以诱发人在心理上的黑暗和痛苦的体验，从而可以引起恐惧、孤独等不良情绪；从其存在状态来看，它意味着睡眠、安静、栖息。

置于 20 世纪 40 年代的血色背景下，诗人们重新打量自身的生存环境与民族前景，直面黑暗，寻求光明。"四十年代新诗"中的"黑夜"意象成为广义的隐喻，站在了正义、善良、美好等词语的对立面，集中了与之相反的几乎全部含义。这一时代的转折色彩正如"黑夜"与"光明"之间的对峙与转化，"黑夜"意象也因此符合此时此地人们的期待心理，而与"太阳"意象一样成为"共用性意象"。

（1）延安诗人的"黑夜"意象

在延安诗歌中，这一意象或者为纯粹的时间装置，或者设置为"太阳"意象的对比性存在，意指广大人民遭受外来侵略与反动力量压迫的悲惨境遇，愈发显示出"太阳"意象的鲜明特征，使读者形成了巨大而强烈的情感落差，加深其审美印象，同时唤起人们的抗争意识。

曼晴的《打灯笼的老人》与方冰的《拿火的人》是两首有着异曲同工之妙的作品，都书写了黑夜之中、征途之上的引路人。"黑夜"是诗作情绪弥漫的背景，也是与"火"或"灯笼"相对立的象征性意象。《打灯笼的老人》中"在这漆黑漆黑的夜里，在这风雪扑打着路人的夜里"，一位"披着破旧而又单薄的棉衣"的老人，"站在路旁打着灯笼"，"照着被大雪封埋得难以辨认的路"。在这动人的场景中，诗人激动地宣告：

啊！你打灯笼的老人啊

现在你该放心了吧！

我们的队伍在你的灯光照耀之下，

统统的走来而又前进了。

方冰的《拿火的人》就像一幅色彩鲜明、线条明朗的画卷，更是一个意义内敛、蕴藉深厚的整体象征。诗作开篇感慨"山里的路 / 是难走的"，然后描绘了一个"天上再张起阴云""山谷里卷起的风 / 像饥饿的狼群"的黑夜。在这样的黑夜里，手执艾火的引路人出现了，"那拿火的人，照例走在前边，火星子被风一吹，发出哔剥的响声"。黑夜与火光形成了鲜明的对照，黑夜愈加凶险，而火光愈加明亮。"方冰在诗篇里，不仅使我们看见了火绳哔剥的火星，闻见了艾火的香气，而且使你感到这不是一个人在活动，这是一个庞大的、有严格组织的人群在活动，仿佛使你看到在晋察冀的山野、在晋察冀的夜里，有无数拿火的人在你前面行进。"[1]黑夜成为一个整体的象征物，而"拿火的人"成为冲破黑暗的勇者，成为带领人们走向光明的人。

---

① 魏巍：《晋察冀诗抄·序》，北京：中国青年出版社，1984。

"黑夜"意象与前述"太阳"意象的对立性存在，是延安诗人经常采用的写作方式。比如，林采的《黎明》，将"金色的阳光"与"那黑夜封锁的城"并置，并希望"在黎明以前／把敌人消灭在黑夜的城"。方冰的《红灯》也是其中的典型。诗篇开头所写："每天晚上，透过黑暗，／在远远的山那边，／在封锁墙根前，／出现一盏红灯。它频频地闪耀着，／那么期望，那么热切／像有无限的话语，／向解放区倾吐。"黑夜作为弥漫性的罪恶存在，被否定／被诅咒，而"金色的阳光"成为夜色中摇摇晃晃的希望，成为敌占区人们内心的向往。玛金的《夜行》中："眼前只是短暂的黑夜，／而我的心里有永恒的火光"——短暂与永恒、黑夜与火光，二元对立式的意象并置，突出了黑夜之可憎与光明之宝贵。魏巍的《午夜图》则通过午夜时分、战斗来临之前，一个坐在火边的战士的描绘，歌颂了八路军战士的沉着、勇敢，揭示了人民必胜的光辉前景。诗作从一个具体的场景出发，从一个沉稳迎战的战士的身影出发，最终在一个黑暗夜晚中"一堆红艳艳的灶火"前，看到了民族巨人般的身影和未来光明的希望："哦哦，红火边坐着一个巨人，／像风里的树影跳跃在大地，／那跳跃的红色的火光，／飞满他一身。"一面是明亮的火光，一面是无边的暗夜；一面是紧张的战前准备，一面是从容的火前休憩，诗歌在这鲜明的对比中产生了强烈的艺术张力，并化实为虚，由对一位从容迎战的战士的歌颂上升到对中华民族伟大力量的歌颂，由一幅午夜图上升为一幅象征中华民族光明未来的希望图。

"黑夜"与"太阳"相联系并进行对比，凸显了黑夜的沉重、窒闷，同时也凸显出光明的珍贵、美好。但在延安诗人一些诗篇的意象组合中，也存在含义比较外露、表达上欠含蓄等问题，因而虽然张扬了主体战胜黑夜、迎接黎明的积极性，艺术效果却也打了折扣。

（2）七月诗人的"黑夜"意象

在七月诗派作品中，"黑夜"也是一个非常重要的意象。七月诗派从时间上大致可以分为前后两个时期：前期（抗战时期）是指从1937年《七月》杂志创刊到1944年底；后期是指从1945年1月胡风出版《希望》杂志到1949年（解放战争时期）。这两个时期，由于语境不同，"黑夜"意象也呈现出不同的意义指向，在"命运"主题的表达上也体现出不同的向度。

邹荻帆的《黑夜》是组诗《春天的歌》中的一首短章："黑夜点灯并不是有罪的／燕子有没有三月的青空／蜜蜂有没有开花的林子。"[1]意象之间跳脱不

---

① 邹荻帆：《春天的歌》，《七月诗丛·意志的赌徒》，生活书店，1942。

拘，黑夜点灯可以突破黑暗，正如燕子于青空翩舞，蜜蜂于花间采蜜，生命的自由空间需要努力争取。在《意志的赌徒》这部诗集中的《晨》结尾写道："假若夜里还冷，／我一定要到冬夜的野地跑一跑，／学一个放牛的野孩子，／在荒草地上放一把火，／让暖气袭来，／让火光把黑暗划破。"在这里，诗人想象自己是一个野孩子，以光和火划破黑暗，带来温暖，呼唤黎明，迎接解放。1941年在《他躺在金黄色的稻草床上》①中慨叹："海一样的黑夜，／东方是黑，／西方是黑，／遥远，遥远，也是黑……"此时的邹荻帆想去延安而不得，在诗中呼唤着光明，痛斥着黑暗。

1946年，邹荻帆写了《繁华的夜》，惊叹："夜，有这样的繁华。／有灯火的地方／是晚会／琴弦响着／是秧歌，磨坊／和／木纺轮／还在工作，溪水／还在流响……"诗中表现了诗人对理想的执着追求和热切的献身精神，诗人不禁反思："世界上活着了我／是为了什么""我仰起头，／纵使我望不见什么／也会想到——／一切的峰顶／有战士的岗，／冰凉的／刺锋上／亮着／高高的／北斗星。"最后，以深切的呼喊结束诗篇："他们沉默地喊着／夜呵／醒过来！"在这里，"夜"是另外一种景象，是繁华的夜，充满了生机与希望的夜，是开启黎明、迎来胜利的夜。这首诗是诗人真情的自然流露，是随着社会形势变化和诗人认识的变化而产生的作品。诗人自述：1946年4月，我有机会随从新闻记者和美国新闻处的人员与"三人停战小组"一道到了中原解放区一行。这本是我长期所渴望的。我们在宣化店只停了几天，又同"三人小组"到附近地区走了几天，回到武汉后，写了以《春天》为题的一组诗，反映宣化店的情况，抒写自己的感受。这就是《繁华的夜》《这里有春天》和《万人大会》……并注明是写于宣化店。由于当时的情况，我不得不化名为"杨令"，仍然寄给了胡风。很快几首诗于同年6月在第二期《希望》上发表。②解放区一行给诗人带来了崭新的感受，也给诗人带来了对于未来的无穷的信心与希望。"夜晚"意象不再是单一的否定性意义，在中国的北方，它获得了新的含义。

彭燕郊的《夜歌》中的"夜晚"有着明晰的自足意义，也有着丰富的象征意义。"温柔而博大的夜"指代祖国母亲，与"凄苦的土地"之间的组接，指代备受侵略、多灾多难的祖国；而即将到来的"三更夜"，又指代民族的黎明即将到来，苦难深重的祖国将迎来光明、温暖。多层含义的叠加为"夜晚"意象覆盖上了朦胧美。

---

① 原载于《自由中国（复刊）》，1941：1卷。
② 邹荻帆：《往事琐忆——怀胡风先生》，载《随笔》，1989（4）。

《童话》是绿原出版的第一个诗集，是时年约19岁的诗人于1941—1942年间创作的各类诗作总汇。在这部诗集中，"夜"与"梦"是两个频繁出现的意象。20首中有13首诗都使用了"夜"意象，9首中使用了"梦"意象。"绿原所选择和描绘的意象，其恰切与精巧、生动与美妙，在现代诗歌史上都属于优秀之列。然而更使人叹为观止的是，绿原能在一首诗中不仅表现出意象的多侧面和多层次，而且随着诗人情趣的转移，其意象的色彩、音调及其他具相都瞬即变幻，使人如观万花筒一般。"①以《神话的夜啊》为例：这首诗饱含高昂的战斗激情和对胜利充满信心的乐观情绪，充满了对"新鲜生命""呼吸空气"的企盼。开始的夜是"荒凉""凄惨"的："潮湿的 / 昏眩的夜呀 / 枭旅行 / 蝙蝠回家……的夜呀 / 闪电锯断乌云 / 雨滴象木屑 / 凄然而落……的夜呀 / 磷火纺织着 / 惨绿的唾沫……的夜呀"，这里以繁多的比喻和丰富的想象描绘了一个晕眩、潮湿的夜。当诗人想到"常从夜间开始"的战斗，而想好好睡觉以迎接黎明时，夜又变得迷人："夜是一个赌徒 / 有无数颗珍珠 / 和一枚银币…… / 有小河在喃喃做梦 / 有玉蜀黍像宝石放光 / 有虫乐在交响……"在将要鸡啼的黎明时分，夜又变成了"苍白的 / 病了 / 摇摇摆摆……的夜"。诗中"夜晚"意象繁复多变，为读者创造了蕴藉的多样含义。后期，随着诗人自身的成熟和时代的变化，绿原逐渐形成了冷峻犀利、浓烈强劲的诗歌创作风格。他在孤愤中控诉黑暗、抗争罪恶："在中国的黑夜，/ 在用血洗着仇人的尸体的时候，/ 我要唱最后一支可怕的悲歌：/ 一支用痛苦的象形文字写成的悲歌"（《复仇的哲学》），情绪激昂，热烈豪壮，气势宏大。

杜谷的《夜的花朵》中对于"夜晚"有着丰富而奇幻的想象："今夜，天上像有豪华的酒宴 / 繁星交列着银色的灯烛 / 今夜，天上仿佛三月的果园 / 海上开满洁白的水仙。"这样的诗句将现实与梦幻融为一体，诗意盎然，色彩绮丽。"明天，阳光将要燃烧你们的窗帘 / 从沉睡中起来，你们会看见 / 原野上到处开出了花的树……"这样的诗句充满力量，"燃烧"一词赋予阳光以动作，表达光明必将到来，必将驱逐黑暗，照耀人间的伟大力量。这首诗里，"夜晚"并非单一的黑暗，萎弱的黄花将在黎明灿然绽放，仿佛生长在大地的伤口之上，蘸着痛苦的盐，依旧在阳光里肆意芬芳。

牛汉《落雪的夜》（1947）则从一个友人送自己一包木炭引发联想，想到了同样寒冷的北方，从而将一首质朴的小诗升华为个体与祖国唇齿相依的表达。"我可以为你的温暖 / 将自己当作一束木炭 / 燃烧起来"，这是诗人对祖国

---

① 张如法：《绿原研究资料》，开封：河南大学出版社，1991：383页。

炽热的爱。"落雪的夜"成为现实中国的一个隐喻，而一包木炭成为连接想象与现实的桥梁。

七月诗人笔下的"黑夜"还作为一种外部活动环境与"战斗"结合在一起，通过人们在黑夜中的战斗生活凸显"人"崇高的战斗精神与乐观情绪。胡征的《我回来了》是一支集体的赞歌、团结的赞歌，诗歌写的是红军西征路途上，几个挂彩的战士掉队而跋涉于荒漠之夜的故事，最后，当我埋葬了渴死的战友，熬过了沙漠的黑夜，终于在曙光中见到了自己的队伍和自己的同志：

> 我走过了艰难的夜
>
> 走过了没有光的夜
>
> 没有水的夜
>
> 渴死人的夜
>
> 我走过了险恶的夜
>
> 大风沙的夜
>
> 孤独的夜
>
> 我受尽了孤独的折磨
>
> 夜的折磨
>
> 我受尽了脱离党的苦痛
>
> 脱离队伍的苦痛
>
> 脱离同志的苦痛
>
> 现在
>
> 我随同黎明的启程
>
> 随同太阳最早的光辉
>
> 找到了队伍
>
> 找到了母亲
>
> 我呵
>
> 我回来了…

诗中的"夜"是死亡之夜、孤独之夜，而伴随黎明的光辉而来的则是温暖的组织、熟悉的战友。这首诗中刻画了战士在让人绝望的沙漠之上、风沙弥漫的黑夜里的心灵搏斗，如同浮雕一样给人留下了深刻的印象，全诗语言质朴、感情深挚。

冀汸写于 1939 年 11 月的长诗《跃动的夜》共 300 多行，以写实的笔调写一个人在夜里由城市回到乡间所见的壮伟景象，写到了战士、工人、农民等人群集合、工作、劳动等场面。诗作是"以朴素而真切的形象语言歌颂了流血的土地所蕴藏的中国人民不可凌侮的精神力量，迄今读来仍觉虎虎有生气，仍令人神往于诗人对祖国母亲的伟大梦想所发出的热情呼唤"①。诗中那群"蓬蓬勃勃的生命"仿佛要以"火的跳跃""血的奔流"冲破暗夜的包围，而"我"被深深震撼，回到家中，"凝着泪，欢喜的泪"，一刻也不停息地／写完乐我底诗"，而此时，"听，鸡声四野／已经唱出了黎明"。诗人在表现"人"与"黑夜"的关系中，突出表现了人对环境的改造作用，不断歌咏"生命的力"，表达了"把我们生命的火把，投向黑暗的中国"的诗歌姿态，凸现了中国人民在抗战中的顽强的生命力，对中国的明天寄予了殷切的希望。

（3）九叶诗派的"黑夜"意象

九叶诗派的"黑夜"意象的意义内涵、审美特质及表现能力，与延安诗人、七月诗人相比，既有相通的契合之处，也有非常显著的不同。

首先，诗人自觉地将感情凝结于深沉的意象里，"黑夜"不仅是民族苦难命运的整体象征，也作为人的厄运的象征渗透着诗人对人类命运的形而上的思考。

在穆旦已经出版的诗歌作品中，我们会发现"黑夜""黑暗""痛苦"等词汇出现的频率非常高，尤其在1943—1948年的穆旦诗作中，这三个词的使用最为频繁。同时，关于穆旦诗歌的"黑夜"意象，学界已经有众多研究者进行过研究和讨论，如，段从学的著作《穆旦的精神结构与现代性问题》，将"黑夜"作为现代性生存困境的隐喻来进行探讨："在穆旦这些早期作品中，黑夜始终是最为引人注目的核心的意象，黑暗则是现实世界的基本底色。《夏夜》和《冬夜》是直接写黑夜的。在《夏夜》中，一切都是'黑暗，寂静'的，充满了令人难以忍受的窒闷。"②实际上，穆旦的"黑夜"意象贯穿于其整个诗歌创作中，几乎决定了诗人创作的基本情感基调。

穆旦的《漫漫长夜》（1940）开头即奠定了全诗阴郁、悲哀的调子："我是一个老人。／我默默地守着／这弥漫一切的，昏乱的黑夜。"在这黑夜中，老人"醒了又睡着，睡着又醒了，然而总是同一的，黑暗的浪潮……同一的陆沉的声音碎落在／我的耳岸：无数人活着，死了。"失却了气力只能躺在床上静静等候的老人，看着这堕入黑暗的世界，无数卑劣的灵魂、想念和期待"我的健壮的""战争去了"的孩子们，而"黑夜／摇我的心使我不能入梦"，"为了想念和期待，我咽进这黑夜里／不断的血丝……"此时，"黑夜"被作为隐喻而使用，指代"黑暗""痛苦"，情感浓郁，意义丰富——衰老与健壮、卑劣与高

---

① 冀汸：《灌木年轮》，北京：人民文学出版社，1995：232页。

② 段从学：《穆旦的精神结构与现代性问题》，北京：人民出版社，2014。

尚、苟活与牺牲，为"黑夜"添加了驳杂的含义。

穆旦的《在寒冷的腊月的夜里》（1941年2月）中北方的小村庄荒凉而沉滞，是苦难中国的缩影。当"父亲"疲倦的一生即将结束，新生儿的哭声并未带来新生和希望，他将和父亲一样劳作、疲惫、麻木和呆滞——这是民族的不幸，也是人民的厄运。诗中渗透了诗人强烈的生命悲剧意识——"当多年的苦难以沉默的死结束 / 我们期望的只是一句诺言 / 然而，只有虚空"。

穆旦的《活下去》（1945）反思了战争中人的生存境遇，表达了一种骚动不安的生命意识，以及一种搏斗中的灵魂的"倔强"和"刚强"。这一时期时局动荡，诗人感受到了时代对个人的碾压与摧残。在写给唐振湘的信中，穆旦这样说："我们这边都在谈论、关心，而且呈现动摇，很大的苦闷压在人的心上，前后左右都悲观。"[1] 这样的悲观、苦闷渗透于这首诗中：

活下去，在这片危险的土地上
活在成群死亡的降临中，
当所有的幻象已变狰狞，所有的力量已经
如同暴露的大海
凶残摧毁凶残
如同你和我都渐渐强壮却又死去，
那永恒的人

死亡中求生存，这样的生命现实悖谬而悲哀、真实而恐怖地存在于20世纪40年代的中国大地上。在向艰难险恶的人生的顽强突进中，生命的意义得到了升华。因为所谓生命的永恒，并不是指肉身能够长存，而是指个体生命的长度突破时间的限制。生命的意义在于要"活下去"，在"希望，幻灭，希望，再活下去"的生命的抗争中：

希望，幻灭，希望，再活下去
在无尽的波涛的淹没中，
谁知道时间的沉重的呻吟就要坠落在
于诅咒里成形的
日光闪耀的岸沿上；
孩子们呀，请看黑夜中的我们正怎样孕育
难产的圣洁的感情。

---

[1] 唐振湘，易彬：《由穆旦的一封信想起……》，载新文学史料，2005（2）：126-130。

诗篇结尾出现的"黑夜"意象，不再仅仅是一个时间状态或者情绪体验的表达，而是一种整体的、无所不在的生存境遇的象征。"黑夜"是孕育生命的力量，也是控制生命的力量，"黑暗"与"圣洁"交错在一起，成为个体生命的心灵所必然包含的内容。痛苦折磨心灵，也成长心灵；黑夜埋葬光明，也诞生光明。而这样的"丰富的痛苦"，才是个体生命不可抹杀的底色。

生活颠沛流离的穆旦发现了时代的困境与深渊，并通过自己独特的诗歌语言，锻造了属于穆旦的"黑夜"意象。与这一意象并置的"圣洁"维度带有宗教意味，与绝望的生存体验共同构成了"历史黑夜"的基本层面。《活下去》以"黑夜"的隐喻标识了20世纪40年代这一历史时刻，为中国新诗创造了"历史黑夜"这一诗性体验。王佐良曾经说："穆旦对于中国新写作的最大贡献，照我看，还是在他创造了一个"上帝"。他自然并不为任何普通的宗教或教会而打神学的仗，但诗人的皮肉和精神有着那样的一种饥饿，以至喊叫着要求一点人身以外的东西来支持和安慰。"① 穆旦诗中的"上帝"即是精神的痛苦，是个体生命永恒的主题。

当九叶诗人将"黑夜"与"都市"并置，发现的是同样的压抑。袁可嘉《冬夜》（1947）中"冬夜的城市空虚的失去重心"，人人自危不知去向何方，在离乱中抱紧自我，隔着玻璃相互窥探，连测字先生都"不曾测准自己的命运"。

其次，具有超越性的是九叶诗人并未局限于"黑夜"的本义和直接指向的象征意义，而是充分发挥诗歌语言的不确定性，赋予"黑夜"以层次丰富的歧义性与含混性。他们注意其他意象的适度引入和点染，通过意象群落构成一种立体的而非平面的、跳跃的、非直线的组合关系。

九叶诗人将"黑夜"派生出其他意象或者与其他意象叠加、交叉和融合，如袁可嘉的《穿空唉穿空》中夜与火车的叠映形成了"视觉的和弦"，为想象打开空间。在诗人看来，人生就像"载一列失眠，虚幻，鬼火"的"夜火车"，历经多少艰难险阻，到头来也只能是噩梦初醒，叫苦而已。人生没有出路就像穿山甲迂回穿土钻泥样，"人迹到处未必是路，/怕只是一串高坡拾低坡"，又像"夜航船天似海，海似天，你都不必管"。因为一切努力皆属徒劳，"反正你只是穿空唉空穿！"然而，就在这似乎一切皆空中，诗人却盛赞小贝壳："小贝壳，谁能如你纤尘不染，浪花波纹也自成图案。"空虚里依然有善与美的存在。

---

① 王佐良：《王佐良：一个中国诗人》，载《文学杂志》，1947,2（2）。

"黑夜"作为意象,本身所传达的意义是有限的,而穆旦的创作为"黑夜"意象构造起与其他词的关联、差异、层级、对比等,并产生了新的或者更加丰富的含义,如穆旦诗中的"黑夜"与"黑暗"意象。"黑暗"意象有时与"黑夜"意象重合,如"而那未成形的黑暗是可怕的/那可能和不可能的使我们沉迷"(《诗八首》)。有时"黑暗"与"阴影"相近,表示现实的困境,如"在阴影下你终于生根,在不情愿里/你终于成形"(《被围者》)。在《时感四首》(1947)第四首中,"黑暗"等同于连绵的绝望:

> 我们希望我们能有一个希望,
>
> 然后再受辱,痛苦,挣扎,死亡,
>
> 因为在我们明亮的血里奔流着勇敢,
>
> 可是在勇敢的中心:茫然。
>
> 我们希望我们能有一个希望,
>
> 它说:我并不美丽,但我不再欺骗,
>
> 因为我们看见那么多死去人的眼睛
>
> 在我们的绝望里闪着泪的火焰。
>
> 当多年的苦难以沉默的死结束,
>
> 我们期望的只是一句诺言,
>
> 然而只有虚空,我们才知道我们仍旧不过是
>
> 幸福到来前的人类的祖先,
>
> 还要在无名的黑暗里开辟新点,
>
> 而在这起点里却积压着多年的耻辱:
>
> 冷刺着死人的骨头,就要毁灭我们一生,
>
> 我们只希望有一个希望当作报复。
>
> 1947 年 1 月

希望升起,又转而破灭,黑暗连绵不绝,而在这"黑暗"中,所有的希望、热忱都化为泡影,所有的勇敢终究是"茫然",一切都是"虚空",宛如一场大梦。即便如此,诗人仍是"要在无名的黑暗里开辟新点",在绝望中保留希望的火种。这样的意象组合构成了穆旦笔下 40 年代中国现实的诗意表达。

穆旦写于 1945 年的《忆》,将"黑夜"这一意象织进"白色的花""四月的黄昏""都市的楼台""主""伤感""赞美"等词汇构成的网中并使其有机地融为一体。在这首诗中,穆旦静坐于窗前,回顾过往:

> 多少年的往事,当我静坐,
>
> 一齐浮上我的心来,

一如这四月的黄昏，在窗外，
糅合着香味与烦扰，使我忽而凝住——
一朵白色的花，张开，在黑夜的
和生命一样刚强的侵袭里，
主呵，这一刹那间，吸取我的伤感和赞美。

在过去那些时候，我是沉默
—如窗外这些排比成列的
都市的楼台，充满了罪过似的空虚，
我是沉默一如到处的繁华
的乐声，我的血追寻它跳动，
但是那沉默聚起的沉默忽然鸣响，
当华灯初上，我黑色的生命和主结合。

是更剧烈的骚扰，更深的
痛苦。那一切把握不住而却站在
我的中央的，没有时间哭，没有
时间笑的消失了，在幽暗里，
在一无所有里如今却见你隐现。
主呵！淹没了我爱的一切，你因而
放大光彩。你的笑刺过我的悲哀。

诗歌第二节末尾出现了诗作的中心句："当华灯初上，我黑色的生命和主结合"——生命是"黑色"的，并且"充满了罪过似的空虚"，生命的"中央"是如此的"幽暗"且"一无所有"。对于眼前的"到处的繁华"，诗人无心欣赏，却感受到那"更剧烈的骚扰，更深的痛苦"，只有与"主"结合，才能获得救赎，才能在一无所有中有所把持。个体生命需要"主"的光辉的映照，只有与"主"结合，个体生命才能重新获得蓬勃生机，激发无穷活力，才可以获得拯救。在这首诗中，诗人表达了对于自我的省察与弃绝，而选择了对"隐现"的"主"的全面皈依。然而，这种坚定的信念可以使人的心灵重新获得人生的"把握"，而不至于沉溺于虚无中，这个"隐现"的"主"同样可以"淹没我爱的一切"，从而对人的命运产生某种威胁，"你的笑刺过我的悲哀"。

杜运燮的《粗糙的夜》运用类似于电影蒙太奇的手法：
今夜的天是低而重的，

一两颗灰黄的星像带脓的小疮，

大风乱拨着树的头发，

小山像在暴风雨的海洋上。

诗歌选取城镇穷巷中的景象：小巷、路灯、积水、行人，然后是远处的天低而重，星光稀疏暗淡，洋车夫收车离开，一个"满腔愤懑的年轻人／踏进后方一个崎岖的夜"，最后是一个触目惊心的比喻"路灯吊死者的眼睛"。许多意象的并置、交错构建了"黑夜"这一整体意象，从而产生了更大的情感力量。

袁可嘉的《旅店》除标题外，诗中没有一处提到"旅店"二字，却又处处在写"旅店"。现实生活是"远方的慌乱，黑夜的彷徨"，"无情的现实迫我们匆匆来去，留下的不过是一串又一串噩梦"，正是这样的现实，激发了诗人的"眼睛永远注视着远方"。诗人笔下的"旅店"不再是对旅店外在形象的简单刻画，而着力表现对一种可以依赖的社会力量与人生信念的寻觅，描绘着"黑夜"中人们的企望。

陈敬容的《力的前奏》（1947年创作于上海）中，"三个连续而又各自独立的暗喻本身已经创造了一种强大的艺术氛围，最后一个思想的引爆就凝聚了极大的能量"[1]。"歌者""舞者""云""海洋"等似乎与"黑夜"并无关联的意象，都在内在思想的支配下组合构成了整体象征，表现了人民群众为争取自由光明所贮存的伟大力量："全人类的热情汇合交融／在痛苦的挣扎里守候／一个共同的黎明"。同时，诗中不确定性意象的创造，也增加了诗歌的抒情性与弹性。

西方现代主义诗歌和中国现代主义诗歌给予九叶诗人以潜移默化的影响，他们也以创作实践暗合了里尔克的诗歌美学："将事物从常规习俗的沉重而无意义的各种关系里，提升到其本质的巨大联系之中。"[2]九叶诗人笔下的"黑夜"不仅仅是中国命运的"黑夜"在自我心灵上投下的巨大阴影，是"从真挚的人民生活（包括各阶层的人民生活，没有知识分子的自卑感，也不特别奉承小私有者农民）里获得力量，提高并纯化人民的生活意识，正视一切痛楚的呼喊与绝望的挣扎，给出一种有浓厚的心理与社会生活的交错意义的悲剧式的表现"[3]，也是从个体命运的"黑夜"散射于群体命运的"黑夜"，因此更多地带

---

[1]　孙玉石：《面对历史的沉思——关于中国现代主义诗歌源流的回顾与评析·九》，载《文艺报》，1987-7-18。

[2]　里尔克：《给一个青年诗人的十封信》，北京：生活·读书·新知三联书店，1994。

[3]　王圣思：《"'九叶'诗人"评论资料选》，上海：华东师范大学出版社，1995。

有心灵化和个人化的色彩，而心灵的黎明的到来更为艰难，更带有精神化和悲剧化的色彩，对黑夜的突围也就触及对人在混乱世界中生存的方式和意义的寻找。正如陈敬容《黄昏，我在你的边上》中所写："黄昏，我绕了一个圈子／依旧回到你的边上／现在我听见黑夜拍动翅膀／我想攀上它，飞，飞／直到我力竭而跌落在／黑夜的边上／那儿就有黎明／有红艳艳的朝阳。"

第二节 "命运"主题艺术形式分析

罗杰·福勒的《现代西方文学批评术语辞典》中指出"主题"的传统含义是"不断重复出现的题材因素"，但在现代它同时涉及内容与形式，并强调这个词的形式方面。他还指出"主题"常常被认为不是一部艺术品的"偶然原因"，而是特定事件（events）、意象（images）或符号（symbols）的一个部分，并认为我们可以通过寻绎意义（inference）而理解主题。[①] 同时，形式也从来不是单独存在的，它应该是一定内容的形式，是内容的延伸。"四十年代新诗"在为"命运"主题创造了不同的意象群落的同时，也为这一主题的表达寻找到了恰当的艺术形式和抒情方式。

1. "命运"的民歌体／仿民歌体叙事实验

每个时代都有其相对独立、稳定并为人们约定俗成、共同运用的诗体形式，不断演变的诗体既承袭了前人的成果，又依据本时代人们的生活习惯、心理需求和思想感情而有所突破和创新。20世纪40年代抒情诗较发达，而叙事诗、讽刺诗相对薄弱，但在抗战时期叙事诗却大量涌现并且不乏佳作。茅盾在1937年写的《叙事诗的前途》一文中就指出："这一二年来，中国的新诗有一个新的倾向：从抒情到叙事，从短到长。二三十行以至百行的诗篇，现在已经算是短的，一千行以上的长诗，已经出版了好几部了。"[②] 因而抗战时期被认为是中国叙事诗大战的黄金时期。骆寒超在《论中国现代叙事诗》中指出："卢沟桥事变爆发则标志着中国现代叙事诗进入第三个阶段。"[③] 同时指出这一阶段也是叙事诗的成熟和繁荣时期，"当卢沟桥的炮声伴着我们这个古老

---

① 罗吉·福勒：《现代西方文学批评术语辞典》，成都：四川人民出版社，1987：284页。

② 茅盾：《叙事诗的前途》，载杨匡汉，刘福春编：《中国现代诗论（上编）》，广州：花城出版社，1985：315页。

③ 骆寒超：《论中国现代叙事诗》，载《文学评论》，1985（6）:78-92。

民族进入了炮火硝烟的时代，一场对日本帝国主义的侵略做全面反抗的战争便开始了。中国诗人，只要还有一点爱国心和正义感的，无不把自己诗思的视角转向了这个轰轰烈烈的时代，而现代叙事诗也终于迎来了一片大繁荣的景象。"一种诗体形式的形成并流行，归根结底是适应了一定时代的社会需求的。在战争时代，自由灵活的抒情诗可以抒发饱满的激情，却无法表现史诗的气魄，无力表现更多惊心动魄的人与事，而叙事诗或带有较重叙事意味的抒情诗反而更适合，因为"长篇叙事诗和戏剧都有一种历史的功能，从一首'歌'中产生不出任何东西……人们可以从长篇叙事诗和戏剧里选择一位英雄做自己的榜样，但是没有一个人能让一首'歌'决定他的生活"[①]。力扬在《叙事诗——政治讽刺诗》（1939 年 10 月 9 日发表于《新华日报》）中也提出："我以为叙事诗是会被大众所爱好而接受的，因为它必须具备一个完整的故事的缘故……但正因为它至少要具备这些条件，一首叙事诗的完成是比较艰苦的。一个诗人要现实描写出当代各种人物的典型及和这些人物密切相关的政治变动与思想趋向等，当然比写一首随心所欲的抒情诗要艰苦得多的。"[②]姑且不论力扬对抒情诗写作的看法是不是有一定偏颇，其提出的叙事诗的故事完整性的特点还是值得肯定的。

"命运"主题似乎更常见，也更适合安置于戏剧、小说等以叙事见长的文体，因为它需要以情节的推移、冲突的展开来铺展人与外界环境的相互作用，以此探讨命运之究竟。叙事诗弥补了诗歌在"命运"主题表现方面的明显弱点，而叙事诗的巨大发展也因此成为"命运"主题存在于 40 年代新诗的一个突出特点。

力扬的诗歌《射虎者及其家族》（《文艺阵地》1942 年第 7 卷第 1 期）是一部具有史诗品质的家族叙事诗，以一个家族的遭遇作为民族命运的象征，思考、探索中华民族的出路。这首诗包含"射虎者""木匠""母鹿与鱼""山毛榉""白银""长毛""虎列拉""我底歌"八个部分，从曾祖父——一个勇敢的射虎者写起，记述了射虎者及其子孙四代人的悲苦命运：他们终生勤劳，却受尽剥削与欺侮，老虎、长毛、瘟疫、水灾、兵祸、地主……这些外在的力量或者让他们丧生，或者欺压他们。射虎者家族的史诗，也是中华民族的史诗；射虎者家族的命运，同时也是 20 世纪上半叶中国底层劳动人民的悲苦命运。这首诗为探索诗歌叙事功能做出了尝试。诗中"木匠"部分有一节写得颇为动人：

---

① 埃米尔·施塔格尔：《诗学的基本概念》，北京：中国社会科学出版社，1992。

② 力扬：《叙事诗——政治讽刺诗》，载《新华日报》，1939-10-9。

他给别人造着大屋

却只能把黑暗的茅屋造给自己

当他早该做爸爸的时候

还是把斧头当作爱妻

他像有遗恨似的摔下大斧

也找起了镰刀和锄头

走向茅草与森林的海

寻觅未开垦的处女地

一年以后，他找到了两个恋人

一个是每季可收割一石谷的稻田

另一个是那刚满十四岁的看起来像他自己的女儿的未婚妻

这一节虚实结合，有繁有简。陆耀东曾赞誉道："由于作品意在表现先辈们为探寻生活之路所经历的种种艰苦，故对这些历程不做细细铺陈。这里，以诗的特有方式叙事，精粹简约的笔墨和跳跃的情节非常适度，看似平常，实际上达到了诗艺的精美境界。"①

在"叙事诗"这一大的框架下，40年代延安诗派的叙事诗创作特别值得深入探讨，其理由如下：一则相对于其他区域，解放区长篇叙事诗创作晚于国统区，成就则好于国统区，而真正代表长篇叙事诗的成熟和最高成就的，还是1946年以后在解放区出现的民歌体叙事长诗；二则以延安诗派创作的叙事诗作为窗口，更能窥见20世纪40年代这一时代语境对"命运"主题的挟制，因为相对于国统区、沦陷区而言，在一个集中、统一的政权管理下的、树立明确的创作目标与方向的文学创作中，更能凸现诗人主体对外在环境的感知与表现力度。

（1）"命运"与"翻身"

在延安诗人创作的长篇叙事诗中，人民的命运由奴隶变为主人的巨大转变，即"翻身"情结贯穿于众多诗作中。李季的《王贵与李香香》，阮章竞的《漳河水》和《圈套》，张志民的《王九诉苦》《死不着》，田间的《赶车传》，

---

① 陆耀东：《40年代长篇叙事诗初探》，载《文艺评论》，1995（6）：78—92。

李冰的《赵巧儿》等，在当时颇有影响。

《王贵与李香香》（"北方文丛"海洋书屋版第二辑之一）被誉为是体现毛泽东文艺思想的力作。诗歌采用了陕北"信天游"的形式，以王贵和李香香的爱情故事为线索，塑造了两个勇于反抗、勇于争取自由和幸福的青年人物形象。佃农出身的王贵，其父因为交不起租子被崔二爷活活打死，自己也被拉到崔二爷家做工，受到崔二爷的压榨和剥削；土地革命在当地开展以后，王贵参加了农民赤卫队，有了革命意识。他立场坚定，面对崔二爷软硬兼施的拉拢，坚持自己的革命立场。李香香是农民的女儿，容貌美丽，爱憎分明，同时也有一颗金子般的心。她与王贵坚贞不渝的爱情是将个人爱情与阶级爱憎联系在一起的。面对崔二爷的淫威，她进退有据，有勇有谋，最终救出了王贵，与其终成眷属。诗中，当王贵与李香香这对有情人在共产党领导的革命斗争中打倒了恶霸崔二爷，迎来了解放与自由，"王贵才说了一句话：'咱们闹革命，革命也是为了咱！'"《王贵与李香香》将主人公的命运与革命的命运紧密结合在一起，并将主人公的生活历程和革命的战斗历程处理为同一过程，爱情的悲欢与革命的发展密切关联，从而使读者清楚地看到：农民的翻身解放、爱情的甜蜜、婚姻的幸福都与革命紧紧相连，劳动人民的个人命运与整个阶级的革命事业唇齿相依、血肉相连。这个爱情故事真正表现的是："不是闹革命穷人翻不了身，/不是闹革命咱俩也结不了婚！/革命救了你和我，革命救了咱庄户人。/一杆红旗大家扛，/红旗倒了大家都遭殃。"形象地表明了中国共产党领导的革命斗争是农民翻身获得幸福的保证，而其中个人性格等主观、偶然因素在爱情及人生命运转折中几乎没有发生作用。这与其说是一种"翻身"情结，不如说是延安诗人政治情结的一种实现：以"命运"的巨变宣传歌颂共产党领导的革命和新的民主社会。

这一时期同样成为经典的还有阮章竞的《漳河水》（原刊于《太行文艺》第1期，1949年5月1日）。《漳河水》是一部关于妇女解放的颂歌，也是一部妇女的"翻身歌谣"。诗歌反映了太行山区漳河边上荷荷、苓苓、紫金英三个劳动妇女在新、旧社会中爱情和婚姻生活的不同遭遇，以及在建立民主政权后为争取幸福生活所做的斗争，体现了农民尤其是农村女性在获得平等自由的政治地位后，在思想上的一次大"翻身"——打破了传统封建思想对妇女的束缚，使女性获得了与男性同等的平等与自由。作品分为"往日""解放"和"常青树"三部分。"往日"写的是三个女性在封建制度和包办婚姻约束下的艰难生活："荷荷配了个'半封建'，/天天眼泪流满脸！/苓苓许了个狠心郎，/连打带骂捎上爹！紫金英嫁了个痨病汉，/一年不到守空房！"；"解放"写的是三个妇女获得了解放与自由，可以追求自己的爱情，为自己的婚姻作主；"长青树"则写了三个妇女的彻底解放，再也不受封建婚姻的束缚。

《漳河水》塑造了三位善良、美丽的女性形象，并探讨其不同性格和命运发展。她们曾经渴望爱情与美满的婚姻，但封建制度、封建意识却将她们的梦想化为泡沫，"断线的风筝女儿命，事事都由爹娘定"，父母之命媒妁之言的旧式婚姻做法在旧中国非常普遍。诗人笔下的这三位女性是中国千千万万劳动妇女的缩影，她们在旧社会的悲剧命运正是那个时代劳动妇女的共同命运。只有在共产党的领导下，她们才能冲破封建礼教的藩篱，取得政治和经济上的解放。因而，在解放战争即将胜利之际，三个受压迫的女性获得了彻底解放，投入到了热火朝天的生产劳动中去：

> 万年的铁笼砸碎了
>
> 自由天飞自由鸟，
>
> 解放了的漳河永欢笑。

通过这三位女性解放前的悲苦遭遇与解放时的翻身斗争，诗人对两种制度下劳动妇女的命运遭际做了鲜明的对比。女主人公们在新、旧社会截然不同的人生态度与命运，固然出于诗人的有意安排，因此带有一定的戏剧性和理想化色彩，但也在一定程度上反映了当时妇女打破封建思想束缚、争取平等自由的新面貌。

表现农村土改和农民"翻身"运动的叙事诗作品，较有影响的还有张志民的《王九诉苦》《死不着》《野女儿》等，这几首诗都收录进了张志民的诗集《天晴了》（读者书店，1949年版）。《王九诉苦》通过王九家破人亡、流离失所的悲惨遭遇，说明了农民"翻身"的必要性和正义性。《死不着》最初发表时有一个副标题——五十七岁翻身农民死不着的回忆。全诗由"五十七年阴间过"和"我活了"两部分组成，分别刻画了"死不着"在翻身前的悲惨生活以及翻身后的幸福生活。这样翻天覆地的命运转变是无数穷苦农民的缩影，这样的诗篇表现了解放区的新生活、新气象。

（2）"民歌体"试验范本

延安诗人创作的许多出色的叙事诗同时又是民歌体试验的范本。《王贵与李香香》曾有"长篇乐府"之誉，诗人相当于把几百首"信天游"圆熟自如地连缀成章，革命的政治内容和民族形式的运用相当完美地统一起来。诗作既吸收了传统民歌"信天游"的营养，同时又有多方面的突破。诗中大量运用比兴手法，如写香香"一双大眼水汪汪，就像那露水珠在草上淌"，增强了语言的形象性和表现力；注重民族化、大众化，语言平易简朴，节奏流畅明快，大量运用通俗易懂的口语，甚至移用许多民间谚语和成语，如"荒年怕尾不怕头，十九年春荒人人愁"等。因此，陆定一曾称许它是"用丰富的民间语汇来作诗，内容、形式都好的"的"一首诗"。[①]郭沫若也认为这是"天足的美""文学的大翻身"[②]。李季是成功的，虽然也有一些瑕疵（如事象和场面的零碎），但内容与形式的缝合应该说是相当和谐的。

《漳河水》则采用流传在漳河两岸的多种民谣形式，如诗人所说："这些片段的歌儿原无题名，也无章段和小题。因故事发生在漳河两岸，民间歌谣中常用头一句做题名的，故名'漳河水'。""题名是有了，但这篇东西，是由当地许多民间歌谣凑成的，代表这些歌儿的总的形式叫什么呢？每个词儿都注明采用的是什么调吧，如'开花调''刮野鬼''梧桐树''绣荷包''打寒虫''大将''一铺滩滩杨树根'，还有好多失名的。"[③]诗人将这些歌谣杂采成章，使其自由灵活并富于变化，恰切地运用于诗篇当中。

在这一阶段，许多诗人开始有意识地下乡收集、整理民歌，并动手创作民歌体/仿民歌体叙事诗。著名诗人艾青在回顾自己的创作时说："这个时期，我的创作风格起了很大的变化，交识了一些劳动人民里的英雄人物，……学习采用民歌体诗。"[④]艾青的前期创作应该属于七月诗派风格，但自1941年赴延安之后，其创作就逐渐融入了延安诗派（与田间诗风相似），他于1943年运用简单、明快、大众能听懂的语言写成长篇叙事诗《吴满有》。这首诗对当时政治工作的开展起到了很好的激励作用，但其弱点也很明显：故事情节的推进缺乏诗人心灵的同步推移、人物形象的塑造虽详尽却失于琐碎，诗人更像一篇新闻人物通讯的讲述者，更加明显的是语言风格的不统一，情节冗长。有人评价说：艾青在延安民歌体实验中，"竭力使自己的诗格律化，通俗易懂，为群众所利用。尽管这只是一种尝试，收效也不卓著，但是毕竟使他的创作比以前更朴实了，语言形式也更加明确与单纯，从而进一步避免了以前某些作品中语言暧昧、拗口和含混不清的弱点"[⑤]。无论如何，诗人诗歌中丧失的或者剥落的宝贵成分却比获得的要多。田间的《戎冠秀》也出现了几乎同样的困境：随着

---

① 陆定一《读了一首诗》，载张器友，王宗法等编：《李季研究专集》，福州：海峡文艺出版社，1985：325页。

② 郭沫若：《〈王贵与李香香〉序》，载张器友，王宗法：《李季研究专集》，福州：海峡文艺出版社，年版，第328页。

③ 阮章竞：《漳河水·小序》，北京：人民文学出版社，1977：17页。

④ 艾青：《艾青选集（三）》，成都：四川文艺出版社，1986：206页。

⑤ 杨匡汉，杨匡满：《艾青传论》，上海：上海文艺出版社，1984：170–171页。

叙事成分的增多，抒情成分被稀释，人物概念化，语言缺乏弹性。《赶车传》则只完成了第一部。

2. 喷发式的抒情手段

喷发式的抒情手段是指现实生活直接被诗人提炼为审美情感，并不借他势、无所依傍地直接抒发出来，从而产生一种直捣人心的艺术冲击力量。其中诗人的情极真、意极切，并将这极度浓缩的、积淀着深厚的理性内容（历史的、社会的、时代的）的一腔真情，在极度饱和的状态下，以诗人独有的力量卷起感情的风暴，袭击阅读者的心灵，从而引起阅读者心灵的战栗与共鸣。

20 世纪 40 年代是抒情诗的年代，其抒情诗数量是惊人的。总体而言，延安诗派的抒情诗要盛于其他诗派，但也最为集中地反映了这一时期抒情诗创作的弊病："大多采用赤裸裸的表现方式，大多在直抒胸臆的宣言式的呐喊中又加入了大量的议论式陈辞，这就造成了一种时代所需要的气氛，容易产生现时性的鼓动效果，但因此也给诗歌带来了一种突出的毛病，那就是感情浮泛浅陋。"①

在七月诗人的创作中，诗歌的抒情更为饱满和真切，他们的诗歌能够较好地处理具象与抽象、点的捕捉与面的烘托及情绪节奏的合理关系，同时能够把握对象所包含的历史内容，因此避开了空洞、浮泛的旋涡，激荡着昂扬的主观情感，充盈着旺盛的生命活力，容易产生强大的感染力。

首先，七月诗人认为诗是人的内在心理世界的展现，认为文学创作是主、客观的融合。主体要反映和认识客体，就必须要以高昂的主体精神去拥抱、融入现实，诗人对生活的感受应该是一种"战斗底欲求"，诗歌应该是诗人对于客观世界的主观抒情，是感情白热化的产物。胡风用"肉搏""突进""相生相克""拥抱"等紧张性的词语描述这一过程，其根本出发点是强调作家的热情和创造力。因此，七月诗派反对"空洞的狂叫"与"淡漠的细描"，而主张"用坚实的爱憎真切地反映出蠢动着的生活形象"②。"诗就是作家在现实这火石上面碰出的自己底心花。战争使作家有了太多的悲痛、太多的兴奋、太多的欢喜，不能不……把这些歌唱出来。"③

其次，七月诗人认为诗歌即是情绪、感觉的载体，情绪、感觉是诗意的

---

① 龙泉明：《中国新诗流变论》，北京：人民文学出版社，1999：439-440 页。
② 胡风：《胡风评论集（中）》，北京：人民文学出版社，1984。
③ 胡风：《民族革命战争与文艺——对于文艺发展动态的一个考察提纲》，载张传敏：《七月派文献汇编》，北京：高等教育出版社，2015：2 页。

基本构成，因而七月诗人在写作中尤其强调情绪的动力作用："诗，总该是诗人底主观的精神作用所迸发出来的情绪底火吧？总该是纯然的意志底力量的表现。"①"文学底路，现实主义的文学底路，一向是，现在是，将来也永远是要求情绪的饱满的。"②他们贬斥那些"仅仅能看见表面上的东西，仅仅用自己的冷淡的灰暗的心情（主观）去看见世界灰暗的外表的"诗歌写作为"文学上的客观主义"③。

最后，七月诗人主张以情感融化和涵纳思想。方然提出："诗歌'政治性'与'艺术性'的统一，就在于'思想'与'情绪'彼此打成一片"④，朱霞则认为："作者底思想，必须渗透于其感情，内凝于其感情，并借感情的表现而表现。"⑤

在七月诗人的诗歌创作中，对这一抒情方式的运用又显示出各自的特色。

胡风是一个优秀的文艺理论家、著名的编辑人和文艺活动家，其诗人身份似乎应当排在这三者之后，但胡风去世前却肯定地提出，自己"首先的主要的是诗人"⑥。抗战期间胡风出版了诗集《为祖国而歌》（南天出版社，1943年版），诗集中有6首诗，是关于抗战的"急就章"。《为祖国而歌》中，诗人宣称：

迎着铁底风暴

火底风暴

血底风暴

歌唱出郁积在心头上的仇火

歌唱出郁积在心头上的真爱

也歌唱掉盘结在你古老的灵魂里的

一切死渣和污秽

① 吉父：《马凡陀的山歌》，载张传敏：《七月派文献汇编》，北京：高等教育出版社，2015：410页。

② 胡风：《论战争期的一个战斗的文艺形式》，载张传敏：《七月派文献汇编》，北京：高等教育出版社，2015：3页。

③ 余林：《论文艺创作底几个基本问题》，载张传敏：《七月派文献汇编》，北京：高等教育出版社，2015：229页。

④ 方然：《释"过程"》，载张传敏：《七月派文献汇编》，北京：高等教育出版社，2015：195页。

⑤ 朱霞：《感觉与作家——我底心在那里，让我底脑也在那里》，载张传敏：《七月派文献汇编》，北京，高等教育出版社，2015：213页。

⑥ 王丽丽：《在文艺与意识形态之间——胡风研究》，北京：中国人民大学出版社，2003：549页。

为了抖掉苦痛和侮辱底重载，

为了胜利，

为了自由而幸福的明天，

为了你呵，生我的、养我的，

教给我什么是爱，什么是恨的，

使我在爱里恨里苦痛的，

辗转于苦痛里，

但依然

能够给我希望给我力量的

我底受难的祖国！

(1937 年 8 月 3 至 4 日遥见敌机在南市轰炸的时候)

诗歌情绪激昂悲壮、浑厚粗犷，表达了诗人期盼中华民族在战争中浴火重生的愿望。诗歌感情激越，饱含悲愤与热泪，是一个战士的铮铮誓言，更是中华儿女的拳拳之心。《血誓》借俄罗斯的"怒火诗人"马雅可夫斯基，呼唤中国的诗人们为"被枷锁着 / 被奸污着 / 被虐杀着的"祖国"歌唱出"中华儿女的"叫喊""血仇"和"血爱"……

胡风的诗常用比喻，并且多用明喻、暗喻，而少用借喻，喻体常选择气势博大的事物，造成明丽、雄浑的气势，喜用"博喻"。例如，"我们是一颗颗的心 / 我们是一腔腔的血 / 我们是一根根的神经 / 我们是一粒粒的谷……毛泽东 / 一个新生的赤子 / 一个初恋的少女 / 一个呼冤的难主 / 一个开荒的始祖"。博喻的运用为诗歌增添了强劲的力度，显示了其刚劲的言语风格。

化铁的诗数量很少，但几乎每一首都喷溅着生命的激情，阿垅当年就这样称赞他："诗人是人类的赤子，而诗是无邪的语言……他有着发于无罪而被虐待的人底岸然的胸部的轰声，——那是万窍怒号的世界之声，人民战争底异军突起之声！"①《暴风雨岸然轰轰而至》是一首慷慨激昂、燃烧的诗，阿垅欣赏化铁从生活的深处发扬主观战斗精神，创造出全新的诗的语汇："岸然，这是一种从生活而来的性格和力量，一种从战斗而来的风姿和气魄，以及在诗，是美学上的突起，在语言，有文字学上的凸出。"②绿原的诗作常常萌发于对现实的敏锐体察与深入思索，将壮烈之情与深沉之理紧密交融，他的《给天真的乐观主义者》《你是谁》富热情于冷峻，正如周良沛指出的："它在愤发中又不

---

① 阿垅：《人·诗·现实·化铁片论》，上海：三联书店，1986：211 页。

② 阿垅：《人·诗·现实·化铁片论》，上海：三联书店，1986：211–212 页。

乏凝重而抹有一层歌德诗式的庄严和静穆。"①牛汉在创作中自觉地实践着诗是诗人"主观战斗精神的燃烧"这一艺术观，他注重本体生命本能的冲动，钟情于那些宏阔的、富有冲突性的自然事物，对时代的关注则集中表现为强烈的责任心和拯救意识———拯救苦难、拯救现状、拯救整个民族。他的诗歌充盈着阳刚之气、蕴涵着生命的力度美。

3. 戏剧化策略

最早、最充分和最自觉地表现"命运"主题的文学形式应该是戏剧。而诗歌的戏剧化策略是指在诗歌创作中采用戏剧的一些表现手法，如戏剧性独白与对白、戏剧性结构、戏剧性情境等，包容更多的意识冲突，并将思想成分诗意地渗透于艺术转换的过程中。这种策略的运用加强了诗人对"命运"主题的表现力度。

在中国新诗坛，新月派诗人已经开始尝试新诗化、戏剧化，闻一多、徐志摩就在诗中多次运用"戏剧独白"的抒情方式，卞之琳还将这一策略的运用视为新诗现代化的标志。20 世纪 40 年代，九叶诗派则明确提出"新诗戏剧化"的策略，这一口号主要针对当时诗坛的宣传说教诗与感伤诗，他们认为"戏剧化"主张的理论前提，是现代人生日趋复杂丰富，人的意识也随之变得更加复杂，要捕捉表达这种人生现实，单一的感伤抒情或空洞的说教都是无济于事的，因而必须扩展诗歌的表现方式，让它融入更多元素，以求诗歌对人类意识揭示的最大化。当然，所谓"新诗戏剧化"只是一种比喻性的说法，是强调新诗创作对于戏剧美学的方式的借鉴，而并非要求把新诗都写成戏剧。艾略特认为，"哪一种伟大的诗不是戏剧：……谁又比荷马和但丁更富戏剧性？我们是人，还有什么比人的行为和人的态度能使我们更感兴趣呢？"②袁可嘉则进一步指出："人生经验的本身是戏剧的（充满从矛盾求统一的辩证性），诗动力的想象也有综合矛盾因素的能力，而诗的语言又有象征性、行动性，那么，所谓诗岂不是彻头彻尾的戏剧行为吗？"③按照袁可嘉的说法，"戏剧化"的根本要义在于其"表现上的客观性与间接性"，这正符合戏剧的间离效果。诗人只有通过"戏剧化"的表现性和间接性的原则，使自己"不至粘于现实世界，而产

---

①　周良沛：《七月诗选·序》，成都：四川人民出版社，1984：2 页。

②　艾略特：《伊丽莎白时代四位剧作家》，载《艾略特文学论文集》，李赋宁译注，南昌：百花洲文艺出版社，1994 年版。

③　袁可嘉：《谈戏剧主义——四论新诗现代化》，载《大公报·星期文艺》，1948-6-8。

生过度的现实写法"①。

从上面的内容我们可以得出：伴随着人与外界冲突的加剧，诗歌需要扩展，而戏剧的一些元素被引入诗歌中，无疑契合了诗歌对这一"命运"主题表现的需求。

在对穆旦、郑敏等诗人作品的阅读中，我们可以体会到"诗人的心理体验和情感内容已经过滤、升华为一种理性精神，但同时又浸透着与这理性精神处在极度矛盾、极度冲突中而显得更深邃、更强烈、更无可名状的潜意识心理"②。这种种自我内心的剧烈冲突已经不能为客观描述与感伤抒情所容纳，诗人于是"将痛苦的内审与对时代的宏观把握高度融汇为一个互为表里的综合性视角"③。这种视角在作品中呈现为一个较为复杂的抒情角色：它随着诗情的变化发展而不断发生变化，有时甚至出现类似戏剧性的多角色对话或单声部独白，而诗人则隐于幕后，或以某种戏剧性角色出场。这种综合性抒情视角，实际上就是诗人高度自觉地将自我融汇于社会历史，而又将社会历史置于深度的自我观照之下的结果，也就是如穆旦所说"把自我扩充到时代那么大"④的结果，是诗人表达自我冲突的主动选择。

穆旦的《从空虚到充实》中混合了戏剧性独白与对白，充分展现了人在战争状态中的种种复杂心态；《防空洞里的抒情诗》则把许多人的对白打乱次序地并置，好像一个舞台上充满了各种声音与人物，最大限度地表现了一个动荡时代与人的脆弱心灵的猛烈撞击，以及心灵中的崩溃与坚持。陈敬容的《逻辑病者的春天》以悖论的方式展开，创造性地选择冬与春交汇、历史与现实交汇这个时空交叉点，从横的环视与纵的反顾中，对历史的积垢、现实的尘埃及人生诸态进行细微体察，不仅画出生活的脸谱，而且画出"它的背面和侧面，而尤其是内容"⑤，集中表现出现代社会中人生的矛盾与错乱。

---

① 袁可嘉：《谈戏剧主义——四论新诗现代化》，载《大公报·星期文艺》，1948-6-8。
② 子张：《四十年代现代诗派的抒情策略》，载山东师范大学学报，1996（2）：76。
③ 子张：《四十年代现代诗派的抒情策略》，载山东师范大学学报，1996（2）：76。
④ 杜运燮：《穆旦诗选·后记》，载穆旦：《穆旦诗选》，北京：人民文学出版社，1986。
⑤ 成辉，陈敬容：《和唐祈谈诗》，载《诗创造》，1999（6）。

第三章　四十年代新诗"命运"主题的精神内涵

前文所述种种，不论是对意象群落进行一般的内容归纳和含义描述，还是对不同抒情方式、诗歌体式的分析，都是对一种现象的发现和表层梳理，是对文本呈给我们的"显在"的描述，而这并非本书的最终目的，也没有真正深入问题的实质，即导致这些意象群落及其内涵产生的根本原因究竟是什么？为什么会采用这样的抒情方式而不是那样的？究竟诗人出于一种什么样的动机、在什么样的情感状态中创作出这些诗篇？如果不能从以上阐述与挖掘中追溯这些现象出现的深层动因，那对这些意象群落、抒情方式的考察顶多就是在纯粹的艺术技巧的层面上进行探讨，而难以展开富有成效的本质剖析，也无法解释和解决根本问题。本文将在前文已做整体描述的基础上先以流派为单位进行简要分析，后选择这一流派"命运"主题表现最突出、最有代表性的诗人进行个案解读。

第一节　"延安诗人"与"命运"的复调表达

诗人选择并锤炼意象，以恰当地表达主题。诗人主体在创作实践中的遭遇及内心动荡对诗歌文本的思想内蕴、艺术品质有着重要影响，因而在意象的选材中，可以窥见诗人的思维及内心精神心理结构、思想文化视野、艺术气质与才情等主体意识方面的特征。既然诗作中一定要有诗人主体精神的介入，那么这种主体精神是怎样的？在不同经历的诗人群体中，如延安诗派诗人和"来延安的诗人"的精神内涵又呈现出怎样的不同？在各个不同的历史阶段，诗人主体精神的显现又经过了怎样的发展变化过程？这些变化又体现了怎样的时代意义？这些问题值得我们进行深入探究。

1942 年初，延安整风运动开始，但当时文艺整风实际上并没有真正开展起来，事实上，延安文艺界已经有一些问题亟待解决。因此，为了解决延安文艺界出现的一些问题，更好地实现文艺工作对于革命工作的辅助配合，毛泽东决定召开座谈会。会前，毛泽东做了大量准备工作，与周扬、丁玲、舒群、欧阳山、草明、何其芳、陈荒煤等文艺界领导人、理论家、作家进行了多次谈话或者通信。1942 年 5 月 2 日下午，座谈会正式举行，约 90 人参加。毛泽东在延安文艺座谈会上发表了讲话，包括"引言"和"结论"两部分。"引言"是毛泽东在 5 月 2 日第一次大会上的讲话，提出了文艺工作者的立场、态度、工作对象、工作和学习五个问题是当前亟待解决的问题；"结论"是毛泽东 5 月 23 日在第三次大会上所作的总结报告，以"文艺为群众"和"如何为群众"这两个问题为中心，提出了文艺"为什么人的问题，是一个根本的问题，原则的问题"的著名论断，并明确提出"文艺为工农兵服务"的基本方针。《在延安文艺座谈会上的讲话》（以下简称为《讲话》）的内容可以概括为"一纲六目"，"一纲"是指《讲话》始终围绕"为工农兵服务"这个中心展开，"六目"指的是为实现"一纲"而必须解决的六个问题：文艺与革命、普及与提高、文艺与生活、文艺与群众、文艺的今与古，文艺批评的政治标准与艺术标准等。《讲话》成为其后中国无产阶级文学发展的理论纲领和指导方针。《讲话》文字稿的正式发表是在座谈会一年多之后的 1943 年 10 月 19 日，即鲁迅逝世七周年的这一天，《讲话》在《解放日报》公开发表，并迅速传播，引起极大的社会反响。

　　《在延安文艺座谈会上的讲话》中提出的首要问题就是"文艺为谁服务"，毛泽东认为"……党的文艺工作，在党的整个革命工作中的位置，是确定了的，摆好了的；是服从党在一定革命时期内所规定的革命任务的"，是作为"整个革命机器中的'齿轮和螺丝钉'"运行的。座谈会与《讲话》的目的就是要明确知识分子的身份，明确知识分子与党的革命事业之间的关系。在这一基础上，《讲话》确定了知识分子在革命队伍中的位置和功能，也因此要求知识分子进行自我改造，进行身份的彻底转变：从阶级立场、思想情感和审美趣味等方面，将小资产阶级的知识分子融入工农兵群众之中："什么叫作大众化呢？就是我们的文艺工作者的思想感情和工农兵大众的思想感情打成一片。"毛泽东以自己的切身体会为例，来说明知识分子的改造问题："那时，我觉得世界上干净的人只有知识分子，工人农民总是比较脏的。知识分子的衣服，别人的我可以穿，以为是干净的；工人农民的衣服，我就不愿意穿，以为是脏的。革命了，同工人农民和革命军的战士在一起了，我逐渐熟悉他们，他们也逐渐熟悉了我。这时，只是在这时，我才根本地改变了资产阶级学校所教给我的那种资产阶级的和小资产阶级的感情。这时，拿未曾改造的知识分子和工人农民比较，就觉得知识分子不干净了，最干净的还是工人农民，尽管他们手是黑的，脚上有牛屎，还是比资产阶级和小资产阶级知识分子都干净。这就叫作感情起了变化，由一个阶级变到另一个阶级。"①在毛泽东的叙述中，以"我"/他们（工人农民）、"脏"/"干净"这种色彩鲜明的情感、二元对立式的话语表达了知识分子进行转变的必要性和方法。

在《讲话》指导下进行的延安文艺整风运动继续向纵深发展。许多文艺工作者按照《讲话》精神开始回顾自己的过往，进行批评与自我批评（《解放日报》发起了"创作思想与道路"的征文，以刊登文艺工作者自我批评的文章），并在写作实践中进行调整。

然而，这样的调整对于诗人们来说，并非都是顺利和有效的。对于延安革命根据地鲁迅艺术学院（以下简称鲁艺）等艺术院校培养的年轻诗人以及在解放区里土生土长的诗人们来说，如贺敬之、李季、张志民这样成长于北方农村，本身就受传统农民文化影响较深，对这样的调整就没有很大负担，相对容易和顺畅，并且这批诗人从一开始就作为解放区的新生力量和代表性方向备受扶持与重视。但对于另外来自国统区或沦陷区的诗人如何其芳、艾青等来说，情况就不一样了：他们在进入延安革命根据地之前已具有一定的知名度，是有着相当影响、风格较为成熟的诗人，进入延安以后作为延安解放区作家的主体力量，并在一定意义上代表着延安解放区文学的艺术水准。面对适时需要的调整，诗人们内心产生动荡，并体现在自己的作品中，形成了这一时期的"命运"主题的复调表达。

1. 贺敬之、李季与柯仲平

同所有艺术创造者一样，当诗人的创作动机既包含着清醒的理智，又无法避免无意识活动的参与时，可能有缺乏性体验的作用，也可能包含着丰富性体验的推动。强烈的社会意识和政治责任感促使延安诗人在血与火的年代里自觉地服膺于革命斗争的需要，诗歌对他们来说，与其说是表达心灵的最直接的载体，不如说是他们面对现实所选择的一种更锐利的武器，这是延安诗派创作的本质和最基本的美学思想。从这种美学思想出发，他们更关注民族在战争中的发展趋势，一致认定"前方"为胜利的终点，并认为这是必然的、没有歧义的到达。也正是由于这种表达的诉求，使得"光明"与"暴力"在他们的诗歌

---

① 毛泽东：《在延安文艺座谈会上的讲话》载《毛泽东选集》，第三卷，北京：人民出版社，1968：866 页。

中纠合在了一起，呈现出紧张却明亮的战斗色彩。更为特殊的是延安诗人的典型创作心态——在朗诵诗运动中，萧三称柯仲平为"喇叭呐喊诗人"，自己则公开宣布："我的诗诚哉是非常粗浅，/只希望，读下去，顺口顺眼。/不敢说大众化和通俗化，/但求其，写出来，像人说话……我情愿被开除'诗人'之列，/将继续这样唱和这样写。"①这样的创作心态很有可能使诗歌跌入情感粗俗化的深渊。其次，"太阳"与"延安"的意象组合似乎渗透了一种丰富性体验的无意识流露："朝圣者"们到达延安之后受到了热烈的欢迎和极大的尊敬。陈学昭到延安后，"边区政府招呼我们到了——粉饰得干干净净的土窑洞里，/又给我们安排好了吃喝，/分给我们荒地，/借给我们工具，/让我们耕种。"柯仲平"觉得延安什么都是圣洁的，每条河水与山谷，都可以写成圣洁的诗，延安比但丁写的天堂好得多，我要描写比天堂高万倍的党"，他站在延安街头大声朗诵："青年，中国青年，/延安吃的小米饭，/延安穿的麻草鞋，/为什么你要爱延安？/青年回答：我们……/只怕吃不上延安的小米饭，/不能到前方抗战；/只怕取不上延安的经典，/不能变成最革命的青年。"②"一切都是美好的，有意义的"③——这种丰富性的心理体验为诗人创作提供了激情，而诗歌写作又可以宣泄、输导这种巨大的心理能量。这样的诗歌表达了一种和谐：诗人与外界环境的绝对和谐。

在延安诗人中有这样一部分诗人，他们成长于延安这片革命热土之上，没有承当什么因袭的重担，因此他们的写作立场、审美态度等与新的人民的文艺的要求之间彼此契合。在这样的前提下，他们才能在《在延安文艺座谈会上的讲话》的指导下迅速创造出了符合人民利益和趣味的劳动人民自己的新文艺。贺敬之、李季就是其中的代表性诗人。

（1）贺敬之："延安，我真正生命的开始"

贺敬之，1924年出生于山东枣庄一个贫寒农家，16岁奔向延安，17岁加入中国共产党。1940年，在奔赴延安的途中，贺敬之即以《跃进》为题写了四首诗。这组诗以艾漠为笔名，被胡风选入《七月诗丛》第一集。

在延安鲁艺学习期间，贺敬之完成了他的第一部诗集《并没有冬天》，随

---

① 萧三：《萧三诗选》，北京：人民文学出版社,1985：165 页。

② 柯仲平：《延安与青年》，载《柯仲平诗文集》，第1卷，北京：文化艺术出版社，1984：79 页。

③ 朱子奇：《延安和绥德的〈新诗歌〉及其他(代序)》，载朱子奇、张沛：《延安晨歌》，西安：陕西人民出版社，1984。

后，又创作了第二部诗集《乡村的夜》。这是贺敬之诗歌创作的第一个阶段，这一阶段他的诗歌主要是对旧世界的诅咒、反抗和对新世界的憧憬。这些他进入延安后的早期作品还是"延河散歌"似的吟唱，发表于 1941 年的长诗《走在早晨的大路上》曾产生一定影响；同时他写下的追忆童年和故乡的作品，以揭露国民党黑暗统治为主要内容，底色灰暗压抑。在这么短暂的时间里，诗人似乎走向了两个不同的艺术世界，也表明诗人在艺术追求上处于一种摇摆状态。

1942 年 5 月召开的延安文艺座谈会，贺敬之当时只是一名不满 18 岁的小学员，还没有资格参加。在延安文艺座谈会期间，他几乎每天都能听到参加会议的何其芳、周立波老师及时传达的内容，并满腔热情地投入到对讲话精神的学习和实践活动中。这期间有一段他日后经常谈起的记忆，就是座谈会结束一周后，毛主席亲自到鲁艺来讲演。毛主席所讲的内容有二：一是以柳宗元的著名散文《黔之驴》为喻，告诫知识分子不要看不起工农群众，外来干部不要看不起本地干部；二是提出了"小鲁艺与大鲁艺"这个人民文艺美学的重要命题，指出在鲁艺学校学习虽然是必要的，但这毕竟是个"小鲁艺"，还必须到"大鲁艺"当中去，"大鲁艺"就是广大人民群众和广阔的社会生活。贺敬之后来曾经撰文回忆道：

这是一次通俗而深刻的历史唯物主义讲话。从那以后，延安文艺座谈会精神在我们的思想和感情上扎下了根。虽然当时因为年轻，理解得并没有那么深刻，但这个思想在我以后的学习和工作中每每都起到了关键作用。

在延安整风之前，我追求革命，但革命究竟是怎么回事？怎么去革命？文艺跟革命、国家命运甚至人类命运有什么关系？对这些问题的认识我还很朦胧，有时甚至是错误的。直到这次座谈会后，我的世界观、人生观和文艺观才开始形成和确立，所以说延安决定了我的一生，是我真正生命的开始。[①]

延安文艺整风和座谈会之后，贺敬之完成了《笑》和《朝阳花开》两部诗集，进入诗歌创作第二个阶段，也是贺敬之开始探索、继承、突破与创新的阶段。在这一阶段，诗人开始将自己的抒情个性与时代思潮、人民心声紧密关联。1943 年，毛泽东的《在延安文艺座谈会上的讲话》正式发表，从贺敬之以后的创作方向来看，这一事件对他产生了至关重要的塑造作用。也就是从这一年开始，贺敬之的创作明显地向"大众化"方向发展：《我的家》《罗峪口夜

---

① 贺敬之：《延安，我真正生命的开始》，中央电视台、陕西广播电视台、《大鲁艺》摄制组等：《大鲁艺 五集大型文献纪录片》，北京：中国民主法制出版社，2014：245 页。

渡》《行军散歌》《送参军》等作品有意识地取法民歌创作方法，真正开始了"文艺为工农兵服务"的创作实践。

可以说，从一个充满憧憬与梦幻的少年到一个自觉的无产阶级文艺战士，从悲愤郁结的创作风格到民谣体写作，贺敬之的转变似乎没有太多的犹豫与内心冲突，他很快地认同了《讲话》中的理论观点并付诸实践。这似乎要归于诗人出身于农民家庭，中学教育由于战争而中断，16岁到达延安进入鲁艺学习，从一开始创作就立足延安，他的几乎所有文学知识、文学理念都来自这里。而毛泽东作为党的最高领导人与诗人景仰的领袖，他的《讲话》中的精神则给予了贺敬之以最终、最根本的指引，这种影响在贺敬之后期政治抒情诗的创作中仍然存在，并被诗人一再提及、奉为圭臬。这种影响也使得他虽然曾经在《七月》发文，却幸运地避开了50年代对"胡风集团"的批判。

就像贺敬之在诗中所自豪宣布的那样，贺敬之已经成为"延安人"。所以40多年后76岁的诗人重回延安时，仍能激动地宣称："我在延安生活了6年，这是我一生中最宝贵的从少年到青年的一段时间。我是在1945年抗日战争胜利后的一片欢乐声中离开的。40年之后重返延安，确实好像'分别十年又回家'一样，自然内心感到非常高兴，非常激动。看到宝塔山，不由得想起延安那些'小米养活我长大'的艰苦岁月，想到慈母般的党对我们这些年轻人的关怀和培养。回到旧居桥儿沟，又受到老乡们的热情款待，真觉得'满心的话登时说不出来，一头扑在亲人怀'。又看到延安的新貌，更加有一种'对照过去我认不出了你，母亲延安换新衣之感。"①

（2）李季："太阳出来遍地红"

李季的遭遇与贺敬之非常相似。1922年，他出生于河南省唐河县一个贫苦农民家庭，幼时即跟随父母迁居于镇上，农忙时则返回乡下。10岁那年，李季母亲去世后遭继母虐待，他因而常流落在小镇上的穷苦艺人中间，从热闹非凡的鼓儿词和高台曲（曲子戏）里寻求寄托。稍稍长大之后，李季又大量阅读话本、野史小说。这样的生活经历从两方面影响了李季：一方面，李季一直与贫苦农民有着密切关联，从小就对农民、农村有着深厚的感情；另一方面，民族、民间文艺对李季影响颇深，以其自然率真、刚健清新的民间品格和审美趣味，潜移默化地培养了李季的艺术品位。

1936年，14岁的李季因故退学，后在地下党员黄子瑞的介绍与帮助下，

---

① 贺敬之：《关于继承和发扬延安文艺传统问题——答〈延安文艺研究〉问》，载鲍晶：《让历史告诉未来：解放区文学研究论文集》，天津：天津社会科学院出版社，1991：10页。

于 1938 年七八月间："像夜幕笼罩下的一只幼蛾,飞扑向闪耀着太阳般光辉的宝塔山下……"(《乡音》)在延安抗日军政大学(简称"抗大")第一分校学习3 个月后,他就加入了中国共产党,获得了全新的政治生命。1942 年到延安后,李季第一次读到尚未正式发表的《讲话》,眼前豁然开朗。1943 年春天,李季怀揣《讲话》来到了三边工作。1946 年,李季的杰出长篇叙事诗《太阳会从西边出来吗?——三边民间革命故事》先是在油印的《三边报》上连载,后在9 月 22 日至 24 日在《解放日报》(延安)改名《王贵与李香香——三边民间革命故事》连载①。这首长诗一发表就引起了人们的热烈关注,在解放区引起了巨大反响,受到当地人民群众的喜爱,成为中国现代文学史上实践"文艺为工农兵服务"的第一个硕果,茅盾认为这首诗"是一个卓越的创造,就说它是'民族形式'的史诗,似乎也不过分"。

(3)柯仲平:"以后必然是更加努力"

柯仲平 1924 年开始文学创作活动,参加了创造社、狂飙社。抗战前出版有长诗《海夜歌声》、大型诗剧《风火山》。1927 年,他出版了长篇讲演稿《革命与艺术》。1935 年,他赴日本留学,1937 年 8 月秘密回到武汉,11 月来到延安。

早期的柯仲平作为后期创造社诗人之一,其诗歌风格与创造社的浪漫主义有着天然而密切的联系。例如,他创作于 1924—1926 年的抒情长诗《海夜歌声》,表达了对于黑暗现实的憎恨与反抗,对光明、自由的热烈追求与向往,但也有孤独的"空漠""悲凉"。出版于 1930 年的诗剧《风火山》标志着诗人思想与创作的巨大进步,讴歌了如火如荼的工农革命,但由于"缺乏实际斗争的经验,只有无限的革命狂热",因而诗中充满空洞的标语口号式的呼喊和对于武装斗争的罗曼蒂克式的幻想。

因此,柯仲平与贺敬之、李季不同的一点在于,柯仲平在进入延安的时候就已经是一位有着稳定风格和相当影响的诗人了。进入延安后的柯仲平面对实际工作的需求以及《在延安文艺座谈会上的讲话》对于文艺工作者所提出的要求,诗人就需要进行自我调整。

在柯仲平对于自我创作道路的调整过程中,毛泽东对其有着重要影响。

---

① 黎辛接受访谈时称:题目是我改的。最早的题目叫《红旗插到死羊湾》,我感到没劲,请他改,他改为《太阳会从西边出来吗》,较省劲,又显一般化。我提出改为《王贵与李香香》,李季表示同意——黎辛:《这时也是延安文艺最活跃的时期之一》,载张军锋:《延安文艺座谈会的台前幕后:上册·口述实录》,西安:陕西师范大学出版总社有限公司,2014 年 10 月版,第 163 页。

柯仲平初到延安就受到毛泽东的亲切接见。毛泽东在了解了柯仲平的经历后说:"我看你今后不能光埋头写诗,要做点文艺的领导工作。"听到柯仲平说没做过领导工作之后,毛泽东又说:"做不了还学不了? 要读点马列主义,放下知识分子的臭架子,密切联系群众,甘当群众的小学生……我们的文艺是抗战的、民族的、大众的,要让老百姓看得懂、听得懂,喜闻乐见;要联系斗争实际,首先作家就要下去生活,改造自己的世界观……象牙之塔要砸烂,诗……也要上街,一切服务于抗战……"①与毛泽东的会面对柯仲平的创作和文艺道路产生了重要影响。柯仲平在担任边区"文协"的领导后,毛泽东又曾多次约见。每次谈话都使柯仲平激动、兴奋,几乎"吃不安,睡不宁"。柯仲平是延安文艺界最早探索新诗民族形式的诗人。1938 年 4 月底,柯仲平创作了长篇叙事诗《边区自卫军》,全诗朴素、晓畅、通俗、明朗,从民歌和说唱艺术中吸收了有益的成分,反映了边区自卫军的战斗生活和翻身农民的精神新貌,是解放区诗坛上最早出现的描写农民斗争的长诗。在毛泽东的鼓励下,这一作品在中央机关的理论刊物《解放》上破例连载。1942 年 9 月,毛泽东决定将《解放日报》改版,还特意聘请柯仲平为该报副刊主要撰稿人,并且明确规定:"每月一万二千字,以大众文艺及文化为主,其他附之。"

柯仲平在《边区自卫军》的"自序"中曾这样写道:"这首诗写成后,曾得到一位同志的崇高的鼓励。我除深致感谢外,以后必然是更加努力的。"②毛泽东对柯仲平的期望、关心、支持、鼓励,坚定了柯仲平探索民族化、大众化诗歌道路的勇气和信心。也正是在毛泽东的直接关怀下,柯仲平一到延安就找到了正确的前进方向;正是在毛泽东文艺思想的指引下,柯仲平能够在创作中深入民众、结合民众。而长期的革命斗争工作与民间生活熔铸了他的诗情,滋养了他的诗风,使得他的调整顺畅而轻松,从而被成长于延安的老作家柯蓝称为"一个最早在'文艺为工农兵服务'的大道上,留下自己的足迹、终身高举毛泽东文艺思想红旗、并为之献身的老战士"③。

柯仲平转变后的诗风深刻影响了一部分延安文学青年,如魏巍、杜鹏程、柯蓝、胡征、朱子奇、闻捷、延泽民等,他们都曾将柯仲平尊为自己最早的文学导师。柯仲平对大众化诗歌的探索与实践也成为落实毛泽东同志《讲话》的

---

① 王琳:《狂飙诗人柯仲平》,北京:中国文联出版公司,1992:143 页。

② 柯仲平:《边区自卫军》,北京:生活·读书·新知三联书店,1950。

③ 柯蓝:《怀念之树长青》,载《柯蓝文集》,第 4 卷,石家庄:河北人民出版社,1996:393 页。

标杆性、可供仿效的典范。

2. 何其芳与艾青

任何人的心理结构都不是一成不变的，不会只有一个固定的模式，随着外部和内部信息条件的变化，必然会影响其心理图式的稳定。当兴奋的红晕渐渐从脸颊褪去，人们发现延安年轻的肌体里还存在着一些人们不愿去正视的病灶与细菌。正如周扬所言："人进入一种未知的生活，开头总是感觉得很新奇的，但几经接触之后，实际便渐渐露出它的本来面目，被你借幻想所渲染上的辉煌色彩很快褪去，一切都显得平淡，甚至厌烦了，你看见了你不愿看的东西。战争中有血，有残酷，肮脏、愚昧、黑暗已然在农村中占有势力。"①《讲话》则要求知识分子进行彻底的自我改造，不仅从阶级立场，更要从思想情感到审美趣味等各个方面与无产阶级工农群众保持一致。诗人们意识到必须调整自己的创作方式与方向才能真正适应、融入延安创作的群体中，而这种调整对于一些诗人来说，显得并不那么轻松。

（1）何其芳："你的名字是一个问号"

1948年除夕，在河北西柏坡中共中央机关工作人员的聚会中，毛泽东从人群中走向何其芳，微笑着用手在空中画了一个问号，说："何其芳，你的名字是一个问号。"这句话"对于其芳来说，几乎成了他一生的谶语"②。

1938年7月，担任中学教员的何其芳和卞之琳找到早已成为共产党员的沙汀，希望一起奔赴延安。当他们到达延安之后，何其芳像个孩子一样投入其中。在鲁艺的一次座谈会上，何其芳这样表达自己初到延安时的感受：

"说到缺点，我却还没有发现。我才到两天。呼吸着这里的空气，我只感到快活，仿佛我曾经常常想象着一个好的社会，好的地方，而现在我就像生活在我的那种想象里了。"③

诗人在《答中国青年社的问题：〈你是怎样来延安的〉》一文中曾说：

"到了这里，我却充满了感动，充满了印象。我想到应该接受批评的是我自己，而不是这个进行着艰苦的伟大改革的地方。我举起我的手致敬。我写了《我歌唱延安》。"④

---

① 周扬：《文学与生活漫谈》《周扬文集》，北京：人民文学出版社，1984：330页。

② 贺仲明：《何其芳评传》，南京：南京大学出版社，2012。

③ 何其芳：《我歌唱延安》载蓝棣之：《何其芳文集》，第2卷，北京：人民文学出版社，1982：178页。

④ 何其芳：《一个平常的故事》，蓝棣之：《何其芳全集》，第2卷，石家庄：河北人民出版社，2000：83页。

在初到延安的何其芳看来，延安的空气是"自由的空气。宽大的空气。快活的空气。""所以我说延安这个名字包括着不断的进步。/ 所以我们成天工作着，笑着，而且歌唱着。"经历过一段时间的斗争生活及前线生活之后，在《一个平常的故事》（1940）中，何其芳称《画梦录》"那本小书，那本可怜的小书"，并充满喜悦地宣告："我完全告别了我过去的那种不健康、不快乐的思想，而且像一个小齿轮在一个巨大的机械里和其他无数的齿轮一样快活地、规律地旋转着，旋转着，我已经消失在它们里面了。"①1942 年 4 月 13 日，何其芳和鲁艺其他几位教员受到毛泽东的接见，毛泽东询问了文艺工作中的诸多问题，二十几天后，文艺座谈会召开，毛泽东做了讲话。谈到思想改造问题时，何其芳立即在会上发言表示："小资产阶级知识分子的灵魂是不干净的。他们自私自利，怯懦，脆弱，动摇。听了毛主席的教诲，我感到自己迫切需要改造。"②会后，他根据《讲话》多次批判旧我，忏悔自己"是一个害欧化病很深的人"③。在《改造自己，改造艺术》里，他谴责自己是个"旧我未死，心多杂念，不但今天在革命的队伍中步调不一致，甚至将来能否不掉队都很可担心"，"整风以后，才猛然惊醒，才知道自己原来像那种外国神话里的半人半马的怪物，虽说参加了无产阶级的队伍，还有一半或一多半是小资产阶级"，"是很可羞耻的事情。才知道自己急需改造"④，这里的自我忏悔简直就发展到了一种自我贬损、自轻自贱的程度。1946 年 11 月 27 日，何其芳写出了理论文章《报告文学纵横谈》，强调要写好报告文学就"要深入一种新的生活，工农兵的生活，战斗的集体的生活""报告文学也需要中国化，大众化""报告文学者，记叙当前发生的事情之记事文也，于是乎我就很不赞成我抗战初期的那几篇报告"⑤，甚至连《我歌唱延安》这样成功的抒情散文，他也在《星火集·后记一》里做了全面反省："在《我歌唱延安》中我所感动的歌唱的乃不过是它

---

① 何其芳：《一个平常的故事》，载蓝棣之：《何其芳全集》，第 2 卷，石家庄：河北人民出版社，2000：83 页。

② 何其芳：《毛泽东之歌》，载蓝棣之：《何其芳全集》，第 7 卷，石家庄：河北人民出版社，2000：436–437 页。

③ 何其芳：《杂记三则》，载蓝棣之：《何其芳全集》，第 2 卷，石家庄：河北人民出版社，2000：315 页。

④ 何其芳：《改造自己，改造艺术》，载蓝棣之：《何其芳全集》，第 2 卷，石家庄：河北人民出版社，2000：350 页。

⑤ 何其芳：《报告文学纵横谈》，载蓝棣之：《何其芳全集》，第 2 卷，石家庄：河北人民出版社，2000：453、454、455 页。

的自由，宽大和快乐"，"没有着眼于那种翻天覆地的大变动：在那里曾经是奴隶的劳动人民已经做了主人"，"我的思想感情与劳动人民的思想感情还有很大的分歧"①。

在创作实践中，何其芳 1945 年 5 月出版诗集《夜歌》，收录了诗人在 1938 至 1942 年间创作的 26 首诗，1950 年由文化生活出版社再版，增加了《解释自己》等 8 首诗。这一诗集的核心主题就是"改造自己"。诗人自己曾经谈及创作的成因——

"这个集子的全名应该是《夜歌和白天的歌》。这除了表示有些是晚上写的，有些是白天写的而外，还可以说明其中有一个旧我与一个新我在矛盾着，争吵着，排挤着。"②

在《夜歌》之外，何其芳还有一些作品表达"改造之后"的快乐：《我为少男少女们歌唱》《生活是多么广阔》。这些诗歌中，诗人情绪轻快，诗歌节奏明亮，飞扬着轻松活泼的诗情。其中，《我为少男少女们歌唱》曾被后来研究者认为"是战争时代延安的激情和浪漫的标志。诗歌问世以后，被作为这个时代火热情怀的一个标志，受到延安青年的广泛欢迎，并成为 40 年代何其芳的代表作品之一。"③但这样的努力并没有持续很久，诗人很快又感受到急切政治化的"困惑"与"焦虑"，"我的歌声在这个世界里却显得何等的无力，何等的不和谐"④，无奈之下只能选择"沉默"，正如诗人自述：

"在一九四二年春天之后，我就没有再写诗了。有许多比写诗更重要的事情要去做，而其中最主要的是从一些具体问题与具体工作中去学习理论，探讨与改造自己。"⑤

（2）艾青："而我却沉默着"

在自我调整中，还有一些享誉诗坛的著名诗人或者沉默或者逐渐丧失了自己的声音。从精神分析层面而言，当生命主体与旧环境分离而进入新的环境

---

① 何其芳：《星火集·后记一》，载蓝棣之：《何其芳全集》，第 2 卷，石家庄：河北人民出版社，2000：99 页。

② 何其芳：《〈夜歌〉（初版）后记》，载蓝棣之：《何其芳全集》，第 1 卷，石家庄：河北人民出版社，1998：517 页。

③ 贺仲明：《何其芳评传》，南京：南京师范大学出版社，2004：152 页。

④ 何其芳：《〈夜歌和白天的歌〉初版后记》，《何其芳文集》（第 2 卷），北京：人民文学出版社，1982：254 页。

⑤ 何其芳：《〈夜歌和白天的歌〉初版后记》，《何其芳文集》（第 2 卷），北京：人民文学出版社，1982：254 页。

时，会产生分离体验，这种体验所激发的强烈焦虑既可以导致疯狂，也可以导致逃避自由、服从权威或顺从大众。

艾青的前期创作应划归为七月诗派，因为七月诗派正是以艾青作为创作旗帜的，绿原在《白色花·序》中便明确宣称"他们大多数人是在艾青的影响下成长起来的"[①]，而且艾青抗战前期的诗作也大都发表在《七月》杂志或《七月诗刊》上。艾青来到延安初期创作的几首诗基本上是以前风格的延续，同时对贺敬之的《我走在早晨的大路上》也提出了批评与质疑，对这种狂热的、大而空的情感表示怀疑。[②]1941 年 12 月，他写了《时代》一诗，诗作对于光明、自由和新的追求是显而易见的，诗人感觉到那"时代"的伟力，期待着"时代"的巨轮碾过自己，然而同时诗人也痛苦着："我忠实于时代，献身于时代，而我却沉默着 / 不甘心地，像一个被俘虏的囚徒 / 在押送到刑场之前沉默着 / 我沉默着，为了没有足够响亮的语言……"一连用了三个"我沉默着"，这首在延安革命根据地里写的诗歌，却为什么竟会有如此极度压抑、烦躁不安的调子？这其中似乎透漏出一种焦灼：诗人没有合适的语言来献祭给这个时代，但诗人并非没有足够的语言储备，而是他的储备已然不适合新的表达需求，其艺术感觉、艺术情趣与当时的时代需求不相符合，因此，诗人感到这种冲突在心灵中奔走的力量，感受到自我生命的极度压抑，尽管诗人愿意承受，但是诗人仍然渴望能从现实的束缚中摆脱出来，获得表达的顺畅。蓝棣之先生推测这首诗不是写给大众看的，而是写给自己和少数朋友看的，应该是有道理的。这首诗也曾被姚文元指作艾青的"罪证"。1978 年诗人"归来"之后说："我在一九四一年冬天写的《时代》那首诗里的许多话，里面最重要的话，这些年都得到了应验。"[③]诗人写作这首诗时应该是有意识地表达了这种冲突，并且也对这种表达有可能产生对自我命运的损害有了预感。其中的挣扎与冲突、献祭与痛苦丰富了这首诗的意蕴，也成为诗人对自我——"芦笛诗人"的挽留与放弃的最后犹豫。

然而诗人终于认同了一种新的写作方向，或者说服从了一个已被绝大多数人所认同的权威，但是在这一选择之后，诗人内心的焦虑仍未消减，并最终

---

① 绿原：《序》，载绿原、牛汉：《白色花·二十人集》，北京：人民文学出版社，1981：2 页。

② 艾青：《语言的贫乏与混乱》，载《艾青选集》，第 3 卷，成都：四川文艺出版社，1986：122 页。

③ 艾青：《在汽笛的长鸣声中》，载《艾青全集》，第 3 卷，石家庄：花山文艺出版社，1994：321 页。

导致创作的停顿。如果说写作《时代》之时的艾青还流露出表达的焦虑与摇摆,那么 1942 年这种摇摆终于终止。1942 年毛泽东的《在延安文艺座谈会上的讲话》已经初步整理但还未正式发表,却已经为困惑中的艾青及许多像艾青那样的诗人(包括其他知识分子)指出了"光明"所在。1942 年 3 月 11 日,艾青发表的《了解作家,尊重作家》,呼吁给予作家更多的自由独立创作机会①,在 4 月纪念马雅可夫斯基的活动中,艾青即提出"让诗脱去神父的可憎的黑袍,穿上清道夫的红背心"②,而且在 10 月的诗歌大众化座谈会上,艾青"检讨了以往对大众化运动的看法"③,作为这种检讨的实际行动,艾青于 1943年开始了对自己的改造:深入部队慰问军人,到"三边"体验生活,甚至到农民的炕头上写作。他放下了"芦笛",拿起了"锄头",自嘲"我们这些'文化人'真不抵事 / 关于生产一直搞不好"④,这实际上是对诗人身份的改造;写作《吴满有》时,诗人"坐在他(吴满有——笔者注)身边,慢慢地,一句一句,向着他的耳朵念下去,一边从他的表情来观察他接受的态度,以便随时记下来修改……"⑤ 这则是诗人诗歌写作观念的改造。与此同时,艾青放弃了自己所擅长的以象征性、暗示性语言抒发个人情感的诗艺追求,转而学用直白的叙事、颂歌的调子。这一切努力都是为了寻求一个新的身份,成为一个真正的"延安人"。到 1944 年诗人仍自责:"至今不能用纯粹的农民的眼光看中国的农村",因为他认为:"新的诗人将从大众中产生。而我们,我们至多是一个助产士。"⑥ 这种态度无疑是真诚的,但其创作反而陷入了危机。诗人创作数量的骤降(1944 年一首诗也没有写)已经证明了这种转变带给诗人的困惑与艰难——诗人不能不对自己的诗人身份进行重新定义,但这种定义却最终使他基本丧失了诗歌创作的能力。放弃诗歌创作也许是明智的,尽管是无奈的,所以艾青自己也曾经承认:"由此可见,写诗与行政工作是有抵触的。"⑦ 如歌德所说:"人

① 艾青:《了解作家,尊重作家》,载《艾青选集》,第 3 卷,成都:四川文艺出版社,1986 年版,第 570 页。

② 钟敬之、金紫光:《延安文艺丛书》,第 16 卷,文艺史料卷,长沙:湖南文艺出版社,1987 年 10 月版,第 379 页。

③ 周红兴:《艾青传》,北京:作家出版社,1993:12 页。

④ 艾青:《欢迎三位劳动英雄》,载《解放日报》,1943-2-17。

⑤ 艾青:《〈吴满有〉附记》,《解放日报》,1943-3-9。

⑥ 艾青:《开展街头诗运动》《艾青选集》,第 3 卷,成都:四川文艺出版社,1986:128 页。

⑦ 艾青:《我的创作生涯》,载《诗刊》,1983(8)。

们会遭受许许多多的病痛，可是最大的病痛乃来自义务与意愿之间，义务与履行之间，愿望与实现之间的某种内心冲突。"① 正是这种"病痛"的袭击使艾青陷入了长久的"失语"状态。

从贺敬之的《我走在早晨的大路上》与艾青的《时代》的比较中，我们也可以窥见两种不同的心态：《我》诗中诗人豪气冲天，黎明、大地都是"我"的，表现了一种时代的主人的气概与自豪，而《时代》中艾青却是一个时代的迎接者，或者是一个甘愿为时代所碾压的自我形象；《我》是贺敬之宣扬了一种"延安人"身份的自信，《时代》却渗透出艾青由于自我认同危机而产生的焦虑。诗人曾经想写《白家寨子》，却因为延安开始了"抢救运动"而停笔，或许正如契诃夫所言："文学家良好的创作心境……与惶惑是不相容的。"②

在随后的整风运动中，艾青的表现更令人深思。在批判王实味的斗争会议上，艾青以诗人的善感形象地说自己嗅出了王实味文章中"充满着阴森气，当我读它的时候，就像是走进城隍庙一样。王实味文章的风格是卑下的，手段是毒辣的"，"这样的'人'，实在够不上'人'这个称号，更不应该称他为'同志'！"③ 自此以后，艾青开始公开不称呼其为"同志"——"取消了'同志'的称呼，便没有了参加革命的资格。不是革命的，便只能是反革命的了"。④今天我们已经很难想象诗人说这番话的复杂心情，也难以推测这番话在多大程度上反映和表达了艾青对王实味文章的真实看法。但从艾青的品性而推论，他说这番话绝不是为了明哲保身而落井下石，而是真诚地相信当时加诸于王实味的种种错误看法是正确的。这可以1957年文艺界批判冯雪峰的大会为比照。在会场上，艾青大声叫着牛汉（已经被认定为"胡风反革命分子"）的名字问：你的事情完了吗？牛汉说：没有完，算告一段落了。"想不到艾青竟然站了起来……面对大家，几乎是用控诉的声音，大声说：'你的问题告一段落，我的问题开始了。'接着他用朗诵诗那种拖腔高声地喊：'时——间——开——始——了！'"⑤ 这样的对比实际上说明了艾青对这种运动的认识：从盲从到清醒。盲从即是对"自我"的放弃，不仅仅是诗歌艺术，而且是独立思考的自我。

这种放弃当然并非诗人的主动选择，甚至诗人当时还不曾清楚地意识到

---

① 智量：《外国名家论名家》，上海：华东师大出版社，1985：6页。

② 契诃夫：《契诃夫论文学》，合肥：安徽文艺出版社，1997。

③ 艾青：《现实不容许扭曲》，载《解放日报》，1942-6-24。

④ 周文：《从鲁迅的杂文谈到实味》，载《解放日报》，1942-6-16。

⑤ 牛汉：《两次不同寻常的重逢——悼艾青》，载《诗探索》，1996（3）：6-9。

这一点，而是一种公共语境压制与影响的最终结果。1942 年延安文坛的整风运动及后来的"抢救运动"，其中一个重要目标就是"小资产阶级"，而"知识分子本身的成分多属于小资产阶级"①，诗人当然也不例外。批评指向小资产阶级的温情主义、个人主义等，并在不断阐发中扩大所指范围：动摇、自私、狂热性、寂寞、苦闷、悲哀、忧郁、凄清、温暖等都成为"劣根性"的品质而亟须改造。在整风运动的学习中，"每个人都经过从啃字句，记概念，以至反省实践阶段"，"我们此次总结要从每个机关、每个人的具体情况着手，要从每一个人的质疑、发言、笔记、测验、反省与工作的各方面来看这个人的学习的效果，就是说要具体了解每个人的学习动态，才能估计一单位一机关的动态"，"为达此目的，我们要发动每个学习小组的每一个人来进行总结"②。康生在《目前延安整风学习中的文件研究与工作检查》中，也强调了"根据每位同志的发言、谈话、笔记、行动来检查每个同志的思想行动有无显著的进步、是否言行一致，来断定该部门、该小组学习、领导整风运动与学习成绩的大小。"③这种严密的、层层过滤的运作方式究竟给诗人们带来了怎样的影响，我不好妄自揣测，但耄耋之年的艾青回忆《在延安文艺座谈会上的讲话》时，曾这样说："现在，事隔四十年，国家和个人都历经沧桑，变动太大了，许多事情都显得淡漠了。但《在延安文艺座谈会上的讲话》的一些基本原则却烙印在我的脑子里，不易消失。"④这一点足以说明当时那种运动对个人的巨大冲击力，给个人心灵刻下的深深印记。在这种运动中，个人被裹挟而下，当集体指控某一个人的时候，这个人也就成为集体中每一个人的指控对象。晚年的艾青极少提及这段经历，但其子艾未未曾经说过："我是一个天生叛逆的人，这可能与父亲有关。他告诉我：要做一个自由的人。"⑤这肺腑之言或许恰恰透露了诗人内心的隐痛，为他 20 世纪 40 年代延安期间创作做了一个注脚。

以上种种分析并无意否认延安民主建设的成果，只是力图证明：自由并非如诗人期望的那样会在破晓时分如阳光一样洒在每一个人身上。诗人们在诗歌中表现出来的"太阳"与"延安"的重合，或许更多地根源于人们太喜欢光

---

① 毛迅：《论知识分子的改造》，载《共产党人》，1940（7）。

② 李富春：《怎样总结学风学习与开始党风学习》，载《解放日报》，1942-8-11。

③ 康生：《目前延安整风学习中的文件研究与工作检查》，载《解放日报》，1942-8-11。

④ 艾青：《漫忆四十年前的诗歌运动》，载《艾青选集》，第 3 卷，成都：四川文艺出版社，1986 年版，第 491 页。

⑤ 薛易：《艾青"逆子"艾未未的另类生活》，载《华夏时报》，2004-12-6。

亮，以致没有意识到光亮比黑暗多了一层遮蔽，即光亮本身亦是遮蔽的双重形式：敞开的同时也淹没黑暗、隐匿黑暗。尤其是从黑暗进入光明，往往会忽略一些黑影的必然存在——政治生活的巨大变化使感性的诗人们首先感觉并放大了这种解放感，从而产生对于未来过于单纯的认识。然而信仰就是愿意信仰，当诗人必须服膺一个明确的政治目标，并为这种服膺不断地调整自我时，就有可能既产生顺利的过渡，也导致追赶的困窘。当这种思想清洗的方式更多地体现为一种专制，至于后来发展到对"一直狡辩、不肯认错的"王实味的秘密处决而以至用暴力压制自由的地步，就如哈耶克所说："一个没有对立面的社会就是专制的社会"①，对于一个政权的巩固这或许是必要的，但对于一个刚刚建立的新政权，只有在批评与建议中不断修正和改善，才能不断发展和真正得到巩固和完善。那么，作为时代最敏感、最脆弱的器官，诗人们众口一词的颂歌与其间间歇的、创作的停顿就透露了一种奇异的心理现象，而诗人内心的挣扎与文本中情感的裂缝就成为我们解读一个崭新时代中个人"身份认同"的途径，也正是从这一途径我们窥见了诗人真正的自我主体力量的逐渐衰弱与真实的疼痛，还有诗歌本身陷落的整个过程。

高华教授曾指出："经过延安整风运动，根据地的知识分子获得了新的身份认同：一方面，他们是革命者，是战士，是毛泽东的新话语的宣传者，在革命队伍中，他们担负着鼓动群众的重要责任；另一方面，他们又是带有旧阶级和旧意识的烙印，思想需要不断改造的群体。他们中的绝大多数人接受了自己的这种新身份，并从中获得了归属感。"②这种归属感，有的诗人很容易就拥有，而有的诗人却屡遭波折。而就在社会语境的激烈变动中，诗人个体的命运发生了巨大变化，这一变化也渗透于诗意表达之中。

第二节　"七月诗人"与"命运"的赤诚书写

"自发性的反抗与自发的痉挛性，马克思和恩格斯都认为它是可宝贵的事物，而且在黑暗的重压下，更是这样。"③路翎这句话用来描述七月诗人的精神

---

① 王怡：《载满鹅的火车：我看电影》，长沙：湖南美术出版社，2002。
② 高华：《革命年代》，广州：广东人民出版社，2010：166页。
③ 路翎：《我与胡风》，载晓风：《胡风路翎文学书简》，合肥：安徽文艺出版社，1994：9页。

历程与创作状态也是恰如其分的。或许真正的诗歌正是那深切苦恼所炽燃着的人心所迸射的火焰,是黑暗的房间里唯一可以摸索到的门,是深渊里给予攀缘者希望的、柔韧的青藤。

七月诗人多来自农村,经历坎坷多舛。胡风少时常混迹于"颓垣恶草",11岁才发蒙念书;阿垅生于杭州郊区一个清贫的家庭,10岁才得以进私塾,很快又因家贫失学;邹荻帆少时记忆中留下的是水灾、旱灾、蝗灾、抢粮的穷人被割下的头颅;绿原3岁时父亲亡故,7岁时从乡下搬至汉口,12岁母亲去世,几个姐姐都给人家当了童养媳,有一个因环境逼迫而自杀;芦甸也是幼年丧父,自小与寡母相依为命,因家境贫寒很早就当了店员,失去了进入正规学校接受教育的机会……这样的生活历程与九叶诗派截然不同,"他们身上的贵族味最少而泥土气十足,他们身上的中外文化经典的烙印较少而现实社会的实际感受却十分丰富,他们的理论教条最少因而显得激情四溢、自由挥洒,他们的'学养'的欠缺或许会在前辈的大家面前显出种种的粗糙、单薄和偏颇,而他们却自成一体,构成了一种他人难以替代的咄咄逼人的个性锋芒"[1]。七月诗人诗中那一片博大的、苦难的土地,那冲破冰冻土地的种子,那一点一点挪近太阳的纤夫,那就是他们曾经经历的生活与战斗的写照。正如唐湜对他们的评价:"他们私淑着鲁迅先生的尼采主义的精神风格,崇高、勇敢、孤傲,在生活里自觉地走向了战斗。他们的气质很狂放,有堂·吉诃德先生的勇敢与自信,要一把抓起自己掷进这个世界,突击到生活的深处去。"[2]

1. 胡风:"为祖国而歌"

胡风原名张光人,1902年生于湖北蕲春。诗人、翻译家和文艺评论家,曾任"左联"宣传部部长、行政书记,与鲁迅有着深厚的情谊。抗日战争爆发以后,胡风主编了《七月》《希望》等杂志,编辑出版了《七月诗丛》和《七月文丛》,着力扶植文学新人。

1945年1月,胡风在他主编的《希望》创刊号上发表的《置身在为民主的斗争里面》提出,只有在创作中充分发扬"主观战斗精神",使"主观力量""坚强到能够和血肉的对象搏斗,能够对血肉的对象进行批判",才是通向现实主义的正确道路。同时刊发的还有舒芜的论文《论主观》。胡风的观点受到了邵荃麟、何其芳、林默涵、黄药眠、胡绳等人的批评。他们认为:通向现实主义的正确道路"并不是简单地强调什么主观精神与客观事物紧密的结

---

① 李怡:《七月派作家评传》,重庆:重庆出版社,2000:3页。

② 唐湜:《诗的新生代》,载《诗创造》,1945(1)。

合，而是必须强调艺术应该与人民群众相结合，首先是在内容上更广阔、更深入地反映人民的要求，并尽可能合乎人民的观点、科学的观点"①。1948 年 12 月，胡风出版专著《论现实主义的路》②，达到了其文艺理论建构的最高成就。其中，胡风以"主观战斗精神"为基础，提出了三个重要观点：一是到处有生活说。他主张在题材上不加限制，让作家有选择的自由。二是"精神奴役创伤说"。他提出要正视人民几千年来积淀下来的"精神奴役的创伤"，继续"改造国民性"的主题，反对把人民抽象化、理想化，同时贬低知识分子历史作用的倾向，认为知识分子固然有"游离性""二重人格"等弱点，但不一定必须被动地接受人民的教育，而应该发挥主观精神去改造自己。三是世界进步文艺支流说，即在"关于民族形式的论争中"所说的"五四新文学"是世界进步文艺传统的一个新的支流，与民族形式并行不悖。很明显，胡风的这些理论是和毛泽东的《在延安文艺座谈会上的讲话》相左的，因而引起了广泛的批评。这场论争几乎贯穿了整个 40 年代，直到中华人民共和国成立前才停止。

1945 年 10 月，毛泽东在签订《双十协定》后从重庆回到延安，立即指派同机往返的胡乔木第二天再飞回重庆，专程调查重庆"左翼"文化界几个重要问题，尤其是"胡风问题"。但胡乔木约谈胡风两次却并未取得一致意见。在胡乔木与舒芜两次辩驳的现场，胡风亦未置一词。无论是 1948 年香港《大众文艺丛刊》连续发表邵荃麟、乔冠华等人的文章，点名批评胡风文艺思想与毛泽东《在延安文艺座谈会上的讲话》的对立，还是 1949 年 7 月在中华全国文学艺术工作者代表大会（以下简称第一次文代会）上，茅盾所作报告中对胡风不点名的批评都在说明：胡风在文艺理论上与毛泽东文艺思想的分歧与冲突在 1945 年以后越来越趋于明朗与尖锐，而胡风本人的态度更加"冥顽不灵"——针对香港评论家们的批评，胡风以长达 10 万字的《论现实主义的路》反批评；茅盾在第一次文代会的工作报告后"附言"中注明：胡风先生坚辞，却并没有使用"因故"等托辞，可见胡风态度之强硬；中华人民共和国成立后 1951 年前后，胡乔木、周恩来、周扬等约见胡风，对其不合作等问题提出批评，但胡风态度强硬。

胡风的强硬态度出于两种原因：首先，胡风以自己对党的忠诚为傲，认为自己大半生追随中国共产党，"大半生追求这个革命，把能有的忠诚放在渴求这个革命的生命上面的人"，所以应当和共产党是"自己人"。出于这一原

---

① 何其芳：《关于现实主义》，载《新华日报》，1946-2-13。
② 胡风：《论现实主义的路》，泥土社，1951 年 5 月版。

因，后来胡风曾经说："1948 年在香港的同志们发表批评我的文字之前，同志们没有通知过我。只有一次他从接近国民党的出版人姚篷子口中听到，说刘伯闵（国民党三陈派文化头领）在同坐汽车的时候告诉他，香港要清算胡风。我当时不大相信，因为这和当时整个局势的斗争要求和气氛是连不起来的，甚至觉得这是国民党文化机关玩的小花样：造谣。到香港的同志们把批评我的文章的校样寄来的时候，那刊物也已经出版了。"[①] 其次，胡风对于自己的理论体系有着相当的"自信"，虽然历史证明，这"自信"是多么的书生气和不自量力。对于毛泽东的《在延安文艺座谈会上的讲话》，胡风知道但并不十分重视，而是仅仅将其作为一种重要的文学现象来了解与研究，而当有人提出要按照《讲话》精神在国统区培养工农兵作家之时，胡风则提出完全不同的意见，认为国统区文艺工作者的任务"应该是怎样和国民党的反动政策和反动文艺实际作斗争"[②]，结果他自然被孤立和排挤。在 1949 年 7 月的第一次文代会上，对于茅盾所作的报告《在反动派压迫下斗争和发展的革命文艺》，胡风之所以拒绝起草，正是因为他不能接受其中的内容——除了对于胡风所认为的很有发展前途的作家（也是七月派小说家）路翎提出批评之外，还对胡风的一些文艺思想提出了批评，甚至毫不客气地批评："……到现在却仍旧继续用这种看法来对待新的社会关系及文艺工作在新社会中的地位与作用等，那么我们势必落后于时代，乃至为时代所唾弃。"[③]

也正是由于以上两方面原因，当胡乔木在和胡风的谈话中提出"一、说我对于党底事业做过真诚强烈的追求的；二、说我对世界对历史的看法和共产党不同，而且这还不是"庸众"底意见；三、他劝我，脱离了共产党就是脱离了群众，应该和整个共产党做朋友，应该多看看共产党里面的好人……他的话给了我很大的鼓励，也使我感到了出乎意外的迷惑。"[④]在和老友朱企霞的通信中，胡风写道："我，一直只是一个'同路人'，也许你并不了解。为什么如此？那说起来话长，总之，在中国，做一点文化特别是文艺上的斗争，是并不那么容易的，有些事非自己滴着血负担不可。但现在，我是愉快、幸福了，觉

---

① 胡风：《胡风三十万言书》，武汉：湖北人民出版社，2003：85–86 页。

② 梅志：《胡风传》，北京：北京十月文艺出版社，1998：491 页。

③ 茅盾：《在反动派压迫下斗争和发展的革命文艺——十年来国统区革命文艺运动报告提纲》，载路文彬：《中国当代文学史料文论选 1949–2000》，北京：中国文联出版社，2006：24 页。

④ 林希：《白色花劫 胡风反革命集团冤案大纪实》，武汉：长江文艺出版社，2003：134 页。

得放下了这点负担也不会成为损失。"①

时间回溯至 1939 年 12 月，胡风出版了诗集《为祖国而歌》（上海联华书店出版），其中写于 1937 年的《为祖国而歌》是胡风"最初地向伟大的民族战争献上的一瓣心香"。诗人用悲愤和热泪写下这样的诗篇，忧虑着祖国的命运，即便"人说：无用的笔呵 / 把它扔掉好啦。/ 然而，祖国呵 / 就是当我拿着一把刀 / 或者一枝枪 / 在丛山茂林中出没的时候罢 / 依然要尽情地歌唱 / 依然要倾听兄弟们底赤诚的歌唱……为了胜利 / 为了自由而幸福的明天 / 为了你呵，生我的养我的 / 教给我什么是爱，什么是恨的，/ 使我在爱里恨里苦痛的，辗转于苦痛里 / 但依然 / 能够给我希望给我力量的 / 我底受难的祖国！"

1949 年 1 月，虽然经历了严厉的"清算"，胡风依旧满怀希望，从香港进入了东北解放区：

"虽然地上盖着雪，层空中吹着寒风，但我好像从严冬走进了和煦的春光里面。土地对我有一种全新的香味，风物对我有一种全新的色彩，人物对我有一种全新的气质。我感到我的心里充满了长年以来所期待的，对于祖国的祝福。"②

3 月 22 日，胡风写信给周总理："我走的是满天星满地花的道路。"③ 他是这样为着祖国、民族光明的前途和未来命运而感到欣喜，甚至写下了长诗《时间开始了》，但很快，命运就向他及他的亲人、朋友撒下巨大的网。

2. 鲁藜："把自己当成泥土吧！"

鲁藜 1914 年 11 月出生于福建厦门，幼年随父母侨居越南。1932 年回国参加闽南地下党团活动，1934 年逃往上海，开始发表诗歌散文，1936 年 6 月加入中国共产党。抗战爆发后，他赴延安"抗大"学习，被分配到陕甘宁边区"文协"，随后转战于华北敌后抗日根据地。1942 年回延安后担任鲁迅艺术学院教员。1956 年因"胡风事件"受株连长期下放劳动。生前出版 10 部诗集：《醒来的时候》、《锻炼》（叙事诗）、《星的歌》、《时间的歌》、《红旗手》、《英雄的母亲》、《天青集》、《鲁藜诗选》等。

鲁藜是"七月诗派"中唯一长期生活在延安并完整经历了整风运动的诗人。

---

① 胡风：《胡风全集》，第 9 卷，武汉：湖北人民出版社，1999：696 页。
② 胡风：《〈和新人物在一起〉题记》，载姜德明，张晓风：《胡风书话》，北京：北京出版社，1998：248 页。
③ 梅志：《胡风传》，北京：北京十月文艺出版社，1998：558 页。

1938 年，鲁藜从国统区抵达延安，当时的延安聚集了大批怀抱理想的知识青年，文化氛围由于社会大环境的缘故而相对宽松，而鲁藜由国统区进入这样一个生机勃勃的环境中，而且"踏上人生极为珍贵的蓬勃的青年时代"，因此身心都是放松的。很多年后，鲁藜回顾过往，感慨"今日回忆起来，万千的印象虽然缺乏细节的清晰，但还是那么富于诗意。因为青春就是诗歌"。正是在这样"富于诗意"的年纪来到"富于诗意"的地方，参与"富于诗意"的工作，才有了 1939 年的组诗《延河散歌》。这组诗歌作为头条，发表在刚刚复刊于重庆的《七月》第四期上。胡风认为这组诗歌以"纯真的感受和清新的语言，表现了革命生活的愉快和奋发，以及把延安当作抗战和革命灯塔的宏大的时代精神"[1]。这组诗歌也代表了鲁藜在延安早期单纯、明快、清新的诗歌风格。但随着鲁藜越来越深入地参与许多工作，对一些问题的认识也在悄然发生变化；随着延安文化氛围的不断紧张和收缩，诗人内心的冲突也变得更加剧烈。

初到延安，在延安这个崭新的环境中，鲁藜作为一个年轻的革命者、一个敏感的诗人，因为"自惭形秽"而产生了"改造自己"的强烈愿望。在 1941 年 1 月 26 日鲁藜在日记中，因在专区县长联席会议上听报告，受到一位矿工出身的地委书记的触动，而想到自己："我要锻炼……我要学习，我要成为一个工作者。我太超然了，我太自由了，我的生活简直太浪漫了。""在他面前我要警惕自己，我想念过去一些和他相当的战友，我也追念我的过去……"[2]

1942 年整风运动开始，1943 年整风进入"审干"阶段，此时的鲁藜却仍在忧虑自己的创作问题，希望自己能不受干扰、专心创作，因为创作产量低而深感"空虚"："一天天在空虚中过去……创作的欲望常常在激动着，我需要集中，需要有一个孤独的环境才能创作。"他鼓励自己："创作，轻松的工作，需要力量，需要一种坚毅而勇敢的突击力，我需要从自我的卑抑中解放出来，要大胆的写，相信自己，才能有力量。"这时候的鲁藜尚在忧虑自己的文学抱负，却不知道随着"审干"和"抢救"的深入，一个来自政治生活的更加沉重的打击会猝然来临。

1943 年 5 月，"抢救失足者"运动在延安大学拉开序幕。曾与鲁藜有过多

---

① 胡风：《回忆录》，载《胡风全集》，第 7 卷，武汉：湖北人民出版社，1999：464 页。
② 鲁藜：《日记摘抄》，载张学新，吕金山，王玉树：《鲁藜诗文集 第 4 卷 评论 书信 日记》，北京：作家出版社，2004。

次合作的音乐家杜矢甲成了"嫌疑分子",鲁藜内心深受震撼:"由于杜矢甲的被怀疑,也影响了自己的情绪。几天来,我在反复地追索着这人的形象,为什么在我的记忆里不能找出疑点呢?难道,我这样长久被他骗着?将信将疑,使我每天都陷在苦恼里。我知道这是我自己的脆弱和不健全的心灵使然,要相信党不会误会一个同志的。至于别人,一些人的误会以至于对你的漠视也不要管他,我相信自己,有我自己的保证。'愉快地工作,愉快地生活,党会相信你的,鲁藜'。"这段话既包含了诗人内心的震撼,同时又有内心对自己的隐隐担忧和再三的宽慰。"我自己,也不要因为怕党怀疑而难过。怀疑就怀疑吧,我自己的生命与历史会为党所理解的……鲁藜,学得坚强一些,结实一些,要革命就不怕死,何况只是一些怀疑。党为了巩固,我为什么不能忍受一些痛苦呢?自私会使我埋怨党,是不好的。"这样的表白说明鲁藜此时已经陷入痛苦、恐慌和脆弱的怀疑中,所以才反复说服自己要"坚强"。

1943 年 7 月,鲁藜感受到了被组织"孤立"的危机,没有资格参会,他"感到愤怒不平,一种自尊心受到抑制的悲恨",随后,组织上确认了鲁藜的政治问题,"这是有生以来的第一次考验开始。我知道,我将去受苦,好像苦痛在这一生中永远和我结了缘分似的"。因为拒不认罪而被反复讯问,鲁藜内心愤懑不平:"而我没有什么反省的,可是还要被怀疑,要被挤着,像在公牛身上挤牛奶,这将比一切都痛苦。我知道,这将是我一生最大的痛苦,也该是最后的一次吧?"最后,他也几近崩溃:"心开始碎裂,我将失去最珍贵的友情。我已失去党的爱情,我只有碎裂,永远碎裂。"终于,伴随"抢救"运动逐渐度过高潮,鲁藜的问题要等待组织审查做出结论,鲁藜的情绪更加敏感脆弱,心灰意冷:"情绪又要恶劣起来了。我真是被当做俘虏一样看待了吗?在旧社会做战士,而在革命里被当做俘虏?"在鲁艺联欢会上,"大家很热闹的",但鲁藜却"不知怎样生活下去,简直生活不下去"。此时的鲁藜内心灰败不安,与初到延安那时朝气蓬勃的诗人已判若两人。

1944 年 5 月,鲁藜在日记中记录下自己内心的激动:"今天,在参议会大礼堂,听毛主席的演讲,我激动地流出了眼泪,几乎哭出来,而为了收藏我的感情,我竭力忍住了眼泪。……我不能描写出此时此刻狂乱的情感。让我默默地记住他吧,记住这伟大领袖的面貌和声音,直到我死为止。……从今天起,我重新握住了生命的幼芽,我像野地里的花朵似的,在寂寞的冬天里又醒来……"这是因为当天毛泽东"径直纵深地走进我们人群的中心地带,面向围拢他的四方群众,随即摘下他的帽子,向大家鞠了一躬,然后,沉重诚挚地说了一句："同志们，你们好！我给你们脱帽，我们搞错了，向你们道歉！"①在鲁藜看来，毛泽东此举是公开为他这样的人平反，他感恩万分："毛主席如此至诚的一句话，就如苦旱中的一声沉雷，化为千万只泪眼中的春雨。"但直到1944年底，组织才对鲁藜的政治问题做出最终结论。他并不满意，觉得"这结论过于简单，但为了服从党，我只有在那上边签字"。言语之间，可见诗人的内心不甘心不情愿，"深感到矛盾与痛苦"，但为了服从党，他还是放弃了诉求，"做一个比较好的党员"。

后来，鲁藜谈到《泥土》与自己在整风运动中的精神变化的关联："我认为这首小诗是我通过《在延安文艺座谈会上的讲话》，经过整风而战胜我自己心灵矛盾的自白；也可以说是我人生征途上的一首凯歌。"②它"宣示着一个小资产阶级出身的革命知识分子真诚地向往真理，向往更高的无我的共产主义思想道德境界"③。在这样简洁明白、铿锵有力的话语中，我们难以读出日记中的痛苦、恐慌与纠结，就像当我们阅读《泥土》：

老是把自己当作珍珠

就时时有被埋没的痛苦

把自己当作泥土吧

让众人把你踩成一条道路

鲁藜写于1945年的这首小诗如同云消雨霁之后碧蓝的晴空，朴素清丽，明朗单纯，而诗句背后那些个人命运被改写的痛苦已然消弭不见。阿垅评价这首诗："它像宝石一样含蓄着许多光彩，鲜花一样含蓄着不少芳香；它只是有着说理的外貌的抒情，它是誓言！……它是宣誓的抒情，是达到了认识的高度又从那一高度跃出的革命的感情底火花！"④的确，它是誓言，是诗人内心不断坚持的星光，闪耀过那些心灵黑暗的时刻。

---

① 鲁藜：《温暖的记忆——纪念中国共产党诞辰七十周年》，载张学新，吕金山，王玉树：《鲁藜诗文集》，第3卷 散文小说，北京：作家出版社，2004：212页。
② 鲁藜：《我的一点心迹——纪念〈在延安文艺座谈会上的讲话〉四十周年》，载张学新，吕金山，王玉树：《鲁藜诗文集》，第3卷 散文小说，北京：作家出版社，2004年9月版，第174页。
③ 鲁藜：《我的一点心迹——纪念〈在延安文艺座谈会上的讲话〉四十周年》，载张学新，吕金山，王玉树：《鲁藜诗文集》，第3卷 散文小说，北京：作家出版社，2004：175页。
④ 阿垅：《小诗片论》，载王玉树：《鲁藜研究文粹》，天津：天津社会科学院出版社，1990：98页。

3. 阿垅："要开作一枝白色花"

阿垅是七月诗人中极具代表性的一个。他被打成"胡风分子"，而诗人曾卓曾对林希说过，事件发生后，他在监狱中最担心的一个人"就是阿垅，因为他过于赤诚"[1]。"过于"二字，活脱脱刻画出了阿垅率直的本性。阿垅少年时候曾经因为爱好写作而与父亲发生冲突，竟然爬上一棵大树，要以结束自己生命的方式挣脱束缚，"文革"时期因"胡风集团"一案入狱，仍旧多次表白甚至立遗书明志："我可以被压碎，但决不可能被压服"。[2]可见其执拗性情与反抗精神始终如一。阿垅的创作几乎伴随着整个七月派，而且从纪实文学、诗歌到后期的文学批评，都曾经有所实践并取得成绩，这里我们主要侧重于他的诗歌创作。

阿垅曾经有过工业救国的理想，却被战火击得粉碎，心怀军事救国的理想，却发现国民党军事机构一片黑暗。在新文学作品的阅读中，鲁迅的作品潜移默化地影响了他的创作。他参加了"八一三"抗战的发动，并留下了一生的伤痛：口腔创口给他后来的生活造成了诸多不利的影响。但这次负伤也激发了他生命中的热情与理想，从伤痛与鲜血中他真切地体会到了作为一个人的尊严与力量，这一点我们可以从他后来的诗歌《再生的日子》中感受到："从那一团风暴那样猛烈的／灾蝗那样厚密的／那日本法西斯主义底火和铁，／我第二次诞生了／沐着血，我和世界再见／我是一个浑身上下红尽了的人……"诗人通过永不屈服、死而后生的"自我"这一审美主体，俯瞰着自己生存于其中的现实，并迸发出强烈的战斗激情，极具感染力。

阿垅1939年进入延安抗大学习军事与文化，但很快因受伤而离开延安。在短暂的停留中，他留下了一首题为《哨》的短诗：先是一种初夜的松弛与安详，继而笔锋陡然一转："天上／orion（猎户星座）横着灿烂的剑／北极星永恒的光／从太古以前／直到春风的将来／照着人间"——意象的切换使北极星与哨兵对应定位，猎户星座飒亮的光与哨兵的刺刀暗示性联结，提升了全诗的时空感。《哨》几乎是阿垅仅有的一首静谧宁馨之作，是诗人对延安的新鲜感受的记录，却不落颂歌的窠臼。

诗人风格的形成除受到作家主体的创造性改进等主观因素影响外，"还受更多的外在的指示物，如社会的和地理的起源性因素的影响，而这种外在的指示物又可以重新被解释成风格在一个场的内部所占据的位置。与所有这些不同

---

① 林希：《十劫须臾录》《拜谒人生》，郑州：河南人民出版社，1998：33页。

② 晓风：《可以被压碎，决不被压服——记诗人阿垅》，载《纵横》，2004（6）。

的位置相对应的是它们在表达模式的空间、在文学或艺术形式的空间、主体的空间中所占据的位置……"①1941年至1947年在四川成都、重庆的六年间（也是阿垅创作的重要时期），阿垅以来自延安的隐蔽身份，一直在国民党的军事部门工作，他因之而把自己的处所称之为"虎穴"。毫无疑问，他因此而比一般人更深刻地感受到周围黑暗的巨大挤压。这种挤压不但构成了对他自由的束缚、思想的监控，甚至也包括对他爱情生活的摧残：他的妻子张瑞因不堪世俗人事而自杀。对于一位有着先天性抗逆精神的诗人，当外界环境的挤压已经到了连最小的私人生活空间都要被剥夺的地步，将会意味着什么？这种挤压留给个人的空间越小，心灵反弹中要求的空间就越大，灵魂对于理想的愤怒求诉就越强烈。这样，总汇在阿垅生命中的激愤便由近及远地直指覆盖着人类漫长历史的黑暗，并促使他以绝不妥协的姿态与之对峙。阿垅的《琴的献祭》就充盈着这样旷世的大愤怒："我愤怒，我愤怒得好苦。"但在体认着自己被挤压成"火星"般小小的一粒时，他却不但以雪莱、拜伦、普希金这些"大的星座"作为自己的灵魂参照，并进而把这种参照投向希腊神话中诸如"坦塔罗斯""西西弗斯""普罗米修斯"这类刑役中为欲望和理想而战的诸神，以这样一个与之叠合的大灵魂，为"卑贱无光的人民"和自己的恋人做出爱的陈述："我要为你抚奏！/……即使这琴不剩一弦。"从这一期间《写于悲愤的城》《孤岛》《不要恐惧》《去国》等诗歌的标题中，不难想见诗人的精神指向。这种"悲愤的城"中和悲愤的时代的处境，在同他心灵深处的巨大光明的不断抵触中，不但加深着他的悲愤，甚而更激发出他要在"这屠宰场和垃圾桶的世界上毁灭地放火"，乃至刑天式的执锐斧以相搏的桀骜。在1944年的《无题》中，阿垅竟于最后写下了这样两行具有谶言性质的诗句："要开作一枝白色花/因为我要这样宣告，我无罪，然后我们凋谢。"1947年，当他终因被告密而遭受通缉开始流亡时，他写下了《去国》一诗——"我无罪；所以我有罪了么？/而花有彩色和芳香的罪/长江有波浪和雷雨的罪么"，"我难道不是在我的祖国？然而这难道是为我所属的国？/这难道不是在我之前所展开的风景，这山，这江，这人烟和鸟影？然而这难道是为我所有的国？"在黑暗中，诗人苦苦追寻着光明的去向，在大地上，诗人匍匐着拉着责任的纤绳。有罪吗——爱国的人？无罪吗——那无辜逝去的人？"正因为有生的苦闷，也因为有战的苦

① 包亚明：《文明资本与社会炼金术——布尔迪访谈录》，上海：上海人民出版社，1997。

痛，所以人生才有生的功效。"① 诗人在这生命的压抑中突进，层层追击、步步跟进。胡风曾说过："第一是人生上的战士，第二才是艺术上的诗人。"② 阿垅即是如此。1967 年，他以"无罪"之身而戴罪"凋谢"，留下了"白色"这样一个清白痛楚的形象，若干年后在一部诗歌合集的封面上，为一代诗人的生命与精神历程作证。

第三节　"九叶诗人"与"命运"的沉思呈现

诗歌是诗人心灵之弦的震响，是其内心真情的流露。而有的时候，它是在心灵那曾经受伤的地方长出来的（普里什文语）珍贵植物，那挥之不去的"创伤记忆"与"孤独体验"也将成为喂养与哺育诗歌的处所。

按照弗洛伊德对"创伤记忆"的界定："一种经验如果在一个很短暂的时间内，使心灵受到一种最高度的刺激，以至不能用正常的方法谋求适应，从而使心灵的有效能力的分配受到永久的扰乱，我们便称这种经验为创伤性的。"③ "创伤记忆"在于它是一种强烈的、持久的、难于摆脱的痛苦，使人无法用正常的心态去适应它。战争状态意味着生活的平衡状态被破坏，人如飘梗浮萍般的处在悬置状态；意味着死亡这一对人最彻底、最巨大的毁灭的随时来临，意味着对人与世界之间联系的最粗暴的剥夺。战争造成的"废墟"则意味着生命毁灭后的死寂：只有废墟，除此之外，一无所有。这三者实际上可以视为战争对个人造成的创伤记忆。

这种"创伤记忆"在第一层面以"国家"观念为体。离乱中的诗人心中最大的切肤之痛是"国破家亡"，对于一个爱国诗人来说，没有比国破家亡更大的不幸与伤痛了，所以"黑夜"成为 40 年代新诗创作的总背景与统一底色。不论延安诗人、七月诗人，还是九叶诗人，他们首先感受到的苦难是以国家为标的的，所以他们把目光首先转向兵火战乱带给人民的极大灾难。艾青曾经多次提到他留学法国的一段遭遇：一个法国醉汉朝正在画画的他大叫：喂！中国人，你们的国家快完了，你还在这儿画画！一句话好像在艾青的脸上打了一个

---

① 厨川白村：《苦闷的象征》，台北：志文出版社，1983。
② 胡风：《关于题材，关于技巧，关于接受遗产》，载《胡风评论集》，北京：人民文学出版社，1984。
③ 弗洛伊德：《精神分析引论》，北京：商务印书馆，1985：216 页。

耳光①——创伤在哪里，救治就在哪里，因此革命是更重要的时代选择，许多诗人在作品中以"黑夜"为背景，展开的却是火一般的战斗生活，在喷发的激情中倾吐这种"国破家亡"的伤痛，并寻求最彻底的疗治。

"创伤记忆"的言说在第二层面以"个人"生存为体。个人不仅仅是以家性、族性存在的个人，也是自由的个体存在，因此"创伤记忆"常常也属于个体的疤痕。"'创伤记忆'可一般地描述为不幸经历的嵌入所造成的"意义中心"的瓦解。'意义中心'是一个人的意识立义活动的生存论参照，具有潜意识的'先验性'与'自明性'"②，而这种"瓦解"经常导致个体产生无法治愈的疼痛并可能追随其终生。在个体性痛苦的眼睛里，一个人面对整个世界，而这种打量目光最终会落在个体的自由意志上，在这里反省"创伤"的源头。

1. 穆旦的创伤记忆

穆旦的早期生活较顺利。他出生于官僚家庭，17岁进入清华大学并开始创作，成为大后方最受瞩目的青年诗人之一，1940年留校任教。穆旦是一个极少谈论自己的人，除诗歌和翻译之外很少写其他文章。但翻阅留存的仅有资料，可以看出在诗人的生命中有两个重要事件：首先是他曾在1938年大学迁移时历时68天，步行三千里，穿越了湘、黔、滇三个省，"沿途看见无数为贫穷、鸦片、愚昧所苦的苍白孱弱的农民和他们的子女，他们无知无觉、无声无息，流着汗挣扎、生殖……"③这些情景无疑在诗人的心中烙下了深刻的印痕，他的《赞美》《在寒冷的腊月的夜里》遂写于此后。第二个重要阶段是1942年2月至5月，穆旦胸怀激情，作为杜聿明的随军翻译踏上缅甸抗日战场。在这期间，他亲历了与日军的战斗及随后的大撤退。他目睹了战友惨死的情景，"腿肿了，疲倦得从来没有想到人能够这样疲倦，带着一种致命性的痢疾，让蚂蟥和大得可怕的蚊子叮着，而在这一切之上，是叫人发疯的饥饿，他曾经一次断粮达八日之久"。④生还之后，穆旦极少向人诉说这段经历，"只有一次，被朋友逼得没有办法了，他才说了一点，而就是那次，他也只说到了他对于大地的惧怕，原始的雨，森林里奇异的、看了使人害病的草木怒长，而在繁茂的绿叶之间却是那种走在他前面的人的腐烂的尸首，也许就是他的朋友们的"⑤。

---

① 张永健：《艾青的艺术世界》，武汉：华中师范大学出版社，1998年版。

② 张志扬：《创伤记忆——中国现代哲学的门槛》，上海：三联书店，1999年版，第42页。

③ 姚丹：《"第三条抒情的路"——新发现的几篇穆旦诗文》，载《中国现代文学研究丛刊》，1999（3）：144–158。

④ 杜运燮，袁可嘉编：《一个民族已经起来》，南京：江苏人民出版社，1987。

⑤ 杜运燮，袁可嘉编：《一个民族已经起来》，南京：江苏人民出版社，1987。

它成为他隐秘藏匿的"创伤记忆"——重复是创伤记忆的重要形式，这一点从他以后的创作中可以看出。1942—1944 年穆旦的创作很少（身在缅甸），1945 年进入创作高峰期，写了大约 25 首诗，长诗《森林之魅》就关涉到他从军期间独特的个体生命体验及由此形成的个人意绪。

从这些诗歌中，我们可以体会到那种生与死的体验构成的创伤记忆已经成为他心中挥之不去的疼痛。一个正在经历一场混乱和大动荡的社会必然会使每个人遭受痛苦，但是这种痛苦本身却能导致一个人更接近自己的存在。而诗人长期浸淫其中的西方现代主义思想（诗人从进入大学即受到西方现代主义思想影响，在写诗期间同时进行翻译工作），给予诗人的痛苦思索，这也是一个非常重要的原因。

恐惧却也成了智慧的开始。在战争开始或者说战争还未真正入侵到诗人的个人生活中时，诗人和大多数人一样，以一种理想主义和浪漫主义的激情来拥抱和迎接这场战争，因为他们坚信：这是一场促成民族新生的战争，将如烈火一样焚烧掉腐败的朽坏的一切，而在创痛中生长新的肉蕾，中华民族及这个民族中的每一个个体包括诗人自己，将会进入一段新的光辉岁月，沐浴独立、自由与爱。所以穆旦会在《防空洞里的抒情诗》中平和地写道："我死了""僵硬的脸上是欢笑、眼泪和叹息"（1939），唐祈也曾自信地宣称："地下已经有了火种／深沉的矿穴底层，／铁锤将响起雷霆的声音……"如《在寒冬的腊月的夜里》《赞美》《防空洞里的抒情诗》等都带有浓重的时代色彩，而后期以"抗战诗录"为总标题的 20 余首诗对战争中的战士、牺牲者、退缩者、野外演习、胜利的信仰、暴力的具体描写等超出了具体时空而指向了对人性本身的关注，他的长诗《森林之魅》《神魔之争》对战争进行了全面的分析。曾经的非人折磨与忍耐没有使诗人的"自我"以英雄的形象出现，抗战胜利也没有使诗人以两极对比的控诉方式来描写敌人与我们。诗中的主人公是"人"，而不是战争中的身份：一个战士；"森林"的意象也不单指战争一方的邪恶，这种将人引入战争和幻灭的毁灭性力量消解、融合了种种纷争，指向了另一种意义。其他有些诗作也体现了诗人对"人"的生存状况的关注，他在《退伍战士》中描写的是一种从承载着巨大意义却无个性的生活退到日常平庸生活的"兵"到"人"的恢复，而不是一个得意扬扬、衣锦还乡的英雄。这些诗作由当前战争引发，却又以对人的生存状态、生存价值的思考为指归。

1940 年，穆旦著文说道："为了表现社会或个人在历史一定发展下普遍朝着光明面的转进，为了使诗和这时代成为一个大感情的谐和，我们需要'新的抒情'！这新的抒情应该是有理性地去鼓舞人们去争取那个光明的一种东西。"①这段话中"有理性"一词似乎透露出诗人在对卞之琳式的转变表示认同的同时，也是对自我的终极追求有所保留的。这句话实际上也表明了九叶诗人的两难处境：一方面他们渴望着将自我投掷到时代中，为民族救亡呐喊；但另一方面，他们在现实中以诗人的敏感、知识分子那种"折磨人的清醒"感受到知识和思想的无力，还有意义、价值的遥远，他们不能完全认同某种意识形态能够解决所有问题，尤其是意义与价值的建设。这种怀疑与他们接受西方现代主义思想不无关系，与知识分子的怀疑精神密切相关。在1942年那残忍的"创伤记忆"终于使战争刀刃一样切入诗人内心，诗人终于理智地"看见到处的繁华原来是地狱"：无论什么样的战争都与诗人的理想和信念相违背。他在这种处境中意识到人的已经根本无法选择的悲剧——"他必须拼命做一件无所成就的事"，"还有什么／能使你留恋的，除了走去／向着一片荒凉，和悲剧的命运！"因此，在终极意义上，人在战争时代中的命运成为一种或然性：人们在战争中的团结并非为了某一个政权，而是由一个主要目的决定的，那就是人们应该获得做人的权力，应该成为一个不同的、独特的、按自己的方式、按个别的方式思维和在世上生活的人。那么，只有抵达这一目的才是完整的复活或者胜利，但这是一定能够实现的吗？正如陈敬容在《遥祭》《横过夜》《白鸟》《飞鸟》等作品中的"飞鸟"意象，从"一只孤鸟"到"倦飞、倦鸣的鸟"，然后是渴望"自由地在白波上飞"的白鸟，最后成为驮着太阳、云彩和风，"在高空里无忧地飞翔"的飞鸟，这种对新生的渴求或多或少地消解了由现实苦难造成的生命的无路之境，但是这种飞翔始终朝向无目的之地，是没有停伫与栖息的飞翔，永远在寻觅"乐园"的飞翔，"尽管想象里有无边的绿，／可是水，水，水啊，／我们依旧怀抱着／不尽的渴"，如果我们难以理解为什么九叶诗人诗歌中有那样浓重的夜色，以及那夜幕中何以叠映着突围者的身影，难以理解同样身处战火硝烟中，"穆旦们"的"黑夜"却不仅仅是民族苦难的象征，而是成为人类现代困境的隐喻，他们深刻而固执的怀疑精神、对未来的或然性确认，以及他们的痛苦的来源，那么，这就是源头之一。

2.陈敬容的孤独体验

通常所说的"孤独"一般有两种意思：一是就生活方式而言，二是就内心体验而言。前者是外在的孤独，而后者则是内在的孤独，即孤独的内心体验，这种孤独从心理学上说近似于"权宜的从众"②。可见，作家的孤独体验并不产

① 穆旦：《慰劳信集——从〈鱼目集〉谈起》，载《大公报》，1940-4-28。
② 肖旭：《社会心理学》，成都：电子科技大学出版社，2013：396页。

生于生存方式和生存状态的孤单,而是产生于对自己的这种强烈的自我意识的理解和沟通的欲望与这个欲望不能实现的矛盾。在现代文化语境下,人们更加注重个性与自我存在的价值,这就势必造成个体与群体、个人与社会之间的不和谐,以及现实与理想的剧烈冲突,因此,孤独与寂寞已经成为现代人最根本的生命体验。在20世纪40年代的中国,一则是战争频仍,生活常规被打乱,二则是战争产生的二元对立思维模式及宗教式狂热等思想病症,实际上已经严重阻滞了个体生命的正常、独立发展。对于渴望自由、独立的知识分子来说,这无疑更是一种打击和扼制——"不自由,毋宁死"是比肉体死亡还要恐怖的精神枯萎。然而40年代毕竟是一个需要集体凝聚与共同斗争的时代,因此,这种孤独体验更多地生成于远离战争、生活相对安定的九叶诗人创作群中。他们的创作正是要超越与突破艺术上的模式化与观念化,力图全方位表现对生命的认识,表达时代对个人命运的种种挟制。

(1)九叶诗人的孤独体验

人与外在环境的冲突时时处处都存在。在九叶诗人的许多诗作中,渴望与现实的冲突时刻纠结在诗人的体验之中,从而成为诗情延展的主要方式。穆旦感到,日常生活中人们一旦信仰中心散失、价值理想崩溃,就只能像"逃奔的鸟",孤单而恐惧;人与人之间没有温暖,只有相互的憎恨。生活如绵长昏乱的黑夜,孤单的个体在"漫漫长夜"中,为了一点想念和期待,必须咽进黑夜里"不断的血丝"。在《摇篮歌——赠阿咪》中,诗人恐惧着一个婴孩成长过程中可能遭遇的种种戕害,关心着作为人的人格独立和生命真谛,"恶意的命运已和你同行/他就要和我一起抚养/你的一生,你的纯净"。种种尖锐冲突使九叶诗歌的情绪发展显得丰富多变,诗的格调也就不是激情的鼓动和感性的欣赏,而呈现出一种沉思的品质。沉思往往能切入现实与生命的深层,构成诗的心理深度与心理强力,加深诗歌的哲学意蕴和意义厚度,在增加读解难度的同时也丰厚了读者的诗美收获。通过袁可嘉的《进城》,我们能把握到九叶诗人心中的"孤独"已经发展为一种"集体无意识":"走进城就走进了沙漠/空虚比喧哗更响;/每一声叫卖后有窟窿飞落,/熙熙攘攘真挤得荒凉。"城市与沙漠反衬出的孤独正是人不可战胜的命运,而工业化城市的发展已经成为一个无声的帮凶。穆旦的《我》简直是诗人自我灵魂的告白,在那些浑浑噩噩、互相存在隔膜的人群中,诗人深切地感到个体生命的孤独与无助,"我"感到强烈的被分割、被剥离的痛苦。个体找不到群体的依托,部分失去了整体的安稳,在琐细卑微的生活里,个体与部分都缺失中心的依靠,孤单恐惧而无所皈依。在喧嚣的人群中,诗人想寻找一点温暖和安慰,冲出内心痛苦的樊篱,其结果却是更深的绝望与孤独，"永远是自己，锁在荒野里，/ 从静止的梦离开了群体，/ 痛感到时流，没有什么抓住，/ 不断的回忆带不回自己"。诗人的孤单感和缺失感是时代精神的表征。九叶诗人不但强烈地感受到了这种寂寞的时代情绪，而且从形而上的高度表现了人类精神生活的困窘处境，这种种表现实则是对其诗歌意义的一种提升、深化和蔓延。

因为孤单，人转而去寻求"爱情"，爱实际上是另一种自我实现，但我们在九叶诗人并不多的爱情诗里读到的却是深深的怀疑。《华威先生的疲倦》中，华威先生和杨小姐原本希望爱情能更好地实现自我，但实际上爱情却往往使人陷于外在的无聊纠葛而丧失内心的自足中，它只带来新的欺骗和幻灭，无法真正解决现代人生存的孤独与困惑的问题。穆旦在《诗八首》中对爱情有着令人惊愕的、理智的思索：爱情是疯狂的、不理智的，"你"和"我"无法跨越那道横亘的障碍：命运和客观世界——"我们相隔如重山"！穆旦的另一组情诗中："当春天的花和春天的鸟 / 还在传递我们的情话绵绵，/ 但你我已解体，化为群星飞扬，/ 向着一个不可及的谜底，逐渐沉淀。"爱情如此脆弱，远不敌肉体的衰亡。穆旦曾说："我的《诗八首》，那是写在二十三四岁的时候，那里也充满爱情的绝望之感。"① 这绝望真实地存在于每一行诗句里，提示着我们的孤单无法逃脱。

（2）陈敬容："你在巨流的哪一片水上 / 荡着孤独的小舟？"

对于诗人陈敬容，袁可嘉曾有评论："在中国八十年来的新诗界，敬容无疑是以蕴藉明澈、刚柔相济为特色的最优秀的抒情女诗人之一。"② 陈敬容在20世纪40年代后期出版了两部诗集《交响集》（1947）、《盈盈集》（1948），其代表诗作有《雨后》《划分》《逻辑病者的春天》《力的前奏》等。陈敬容还发表了一些颇有分量的现代主义诗论，"是在中西诗艺结合上颇有成就、因而推动了新诗现代化进程的重要女诗人之一"③。

陈敬容一生命运多舛，孤独体验成为她不断创作的动力，也促使诗人不断思索人类的生存现状及未来的命运。在诗人的记忆中，父亲是一个乖张暴戾的军人，即便偶尔温和，也会让孩子惶恐不已；母亲疼爱自己，却过早去世，

---

① 郭保卫：《书信今犹在，诗人何处寻——怀念查良铮叔叔》，载杜运燮，袁可嘉：《一个民族已经起来》，南京：江苏人民出版社，1987：177 页。

② 袁可嘉：《蕴藉明澈、刚柔相济的抒情风格——陈敬容诗选〈新鲜的焦渴〉代序》，载《文学评论》，1990（5）：163-167。

③ 袁可嘉：《半个世纪的脚印——袁可嘉诗文选》，北京：人民文学出版社，1994：159 页。

诗人不到 17 岁便背井离乡，离家而去。1937 年抗日战争全面爆发后，她与爱人曹葆华返回成都，加入了中华全国文艺界抗敌协会。1940 年，她因故与曹葆华分手。同年夏天，诗人与回族青年诗人沙蕾人一起转赴西北，之后有几年"僻处西北，忙于家务，写作就很少了"①。4 年之后，诗人告别了婚姻"这场荒凉的梦"，终于孤身一人离开了西北。这样的"无所依傍"体现于其诗歌创作中，就是连绵不断的孤独感受。在早期诗歌创作（1935—1945）中，诗人能够摆脱别人的约束，独创地抒写内心的体验与感受，文本充满了青春的哀愁与感伤，同时又以敏感的灵魂书写穿透现实的勇气，张扬青春的骄傲。

1945 年后，走出情感泥沼的诗人将目光投向广阔的中国大地。1946 年夏，陈敬容来到上海交通书局工作，后从事专业创作和翻译，从此开始了她文学活动的第一个高峰期。旧时代的日渐消亡、新生力量的滋长在诗人心中激起了剧烈的搏斗，1947 年她出版了第二本诗集《交响集》，共收录了 1946 年 2 月至 1947 年 11 月的短诗 57 首。1948 年春，她与友人王辛迪、曹辛之等共同发起创编《中国新诗》月刊，同时，还参与了《森林诗丛》的编辑工作，并做了大量的翻译工作。这时候的陈敬容不再耽于柔弱的哀伤，而是充满了对于孤独的反抗，"永系着对于无数的 / 陌生事物的焦渴的怀念"："我鞠饮过很多种泉水，/ 很多，很多，但它们 / 没有将我的焦渴冲淡，/ 从江河到江河，/ 从海洋到海洋…… / 我不知道哪一天 / 才能找到生命的丰满。"（《新鲜的焦渴》）诗人已告别旧时的欢欣与苦闷，以对现实世界的冷静思索、对未来人生的昂扬追求，走向性格与心灵的成熟。陈敬容诗中的"孤独"也不再是属于青春的狭小空间——"人的自我放逐或自我封闭也许是痛苦的，但有时却是人自我深化的契机。相对的隔离、相对的寂静、相对的孤独，常常是人的某种大的意向得以产生、滋长的温床。因此，个人之文化精神的扩展，并不像人们通常的看法那样，仅仅起着分裂社会和秩序的作用；其实，它也是社会文化乃至行为规范得以更新的头等动力"②。此时，陈敬容诗中的"孤独"体验关涉人类恒久和普遍的"命运"主题，是诗人对人类命运的深入思考、对生命本质的内在体验，是个体生命不断反抗和超越的对象，是一种不断受挫仍然努力进取的姿态。

以上种种分析似乎一直指向九叶诗人的个体自觉意识，然而这只是九叶诗人精神脉络的一个侧面，与此同时，他们也以创作证明了自己具备了现代诗人所必备的现代性，真正是那个时代的儿女。之所以单独探讨这一侧面，只因

① 陈敬容：《陈敬容选集》，成都：四川人民出版社，1983。

② 郑岐山：《心曲：哲学照亮生命》，上海：上海社会科学院出版社，2011：254 页。

为这是九叶诗人区别于其他诗歌流派创作的一个重要方面，是超越时代的一个侧面，也是 20 世纪 40 年代中国所缺乏、整个时代精神所背离了的人类生活的基本要素。九叶诗派之所以能以一种独特的艺术姿态卓然立于 40 年代的诗坛中，并在近 40 年的湮没之后重绽奇异光彩，这也是一个不可或缺的重要原因。正如莫洛亚在给英国女作家弗吉尼亚·伍尔芙写的评传里所说："时间是唯一的批评家，它有着无可争辩的权威：它可以使当时看来是坚实牢靠的荣誉化为泡影，也可以使人们曾经觉得是脆弱的声望巩固下来。"①

---

① 伍尔芙：《论小说与小说家》，上海：上海译文出版社，1986。

第四章 四十年代新诗"命运"主题的文学史意义

40年代新诗"命运"主题的张扬是抗争意识的张扬，是人的主体精神的张扬。不可否认，"命运"主题的凸现对于20世纪40年代两次战争的胜利都起到了推动与促进作用，而对于新诗的发展也同样做出了贡献，将"命运"主题推向更加深远和广阔的空间。然而，它也给40年代新诗乃至整个新诗发展带来了难以治愈的硬伤，以至延续至当代。在当代新诗中，它曾经被压抑，又在压抑中萌生；曾经繁盛，又在繁盛中嬗变。

第一节 "命运"主题的现代反思

1. "命运"主题的时代效用及其本体缺失

18世纪法国杰出的启蒙思想家狄德罗说过："什么时代产生诗人？那是在经历过了大灾难和大忧患之后，当困乏的人民开始喘息的时候，那时想象力被伤心惨目的景象所刺激，就会描绘出那些后世未曾亲自经历的人所不认识的事物。难道我们没有在某些时候感受过一种陌生的恐怖吗？……天才是各个时代都有的，可是，除非待有非常的事变发生，激动群众，使天才的人出现，否则赋有天才的人就会僵化。而在那样的时候，情感在胸怀堆积、酝酿，凡是具有喉舌的人都感到了说话的需要，吐之而后快。"①20世纪40时代就是这样的一个时代，一个产生诗人的时代。

从抗战爆发开始，新诗快速兴起，据不完全统计，从1937年到中华人民共和国成立，先后出版的诗集将近700部，正如胡风所说："在那热情蓬勃的时期，无论是时代底气流或我们自己底心，只有在诗这一形式里面能够得到最

---

① 狄德罗：《论戏剧艺术》，《狄德罗美学论文选》，张冠尧等译，北京：人民文学出版社，1984。

124

好的表现。"①这不仅仅因为它短小的形式易于在短时间内组织成篇，还在于它抒情的特点易于容纳人们的愤怒与斗志。这一时代的诗人们几乎是完全感受着战争、动乱带来的苦痛，异口同声地歌咏着民族的命运。他们把自我的命运同民族的命运紧紧关联，将自身的抗争融入民族的抗争：凋零的生命、被摧毁的建筑、被破坏的人间温情，构成了中国 20 世纪 40 年代的命运图画，在诗人笔下留下灼烧的痕迹。诗人们或者用激情的呐喊号召战斗，或者将自我投入现实并拥抱现实，发出血性的呼吁，或者将思想与情感进行提炼，以知识者的清醒记录一个民族的艰辛与痛楚。诗人们奔走于黑暗中，力图寻找救赎这种下坠的命运的力量。他们或者极力呼吁个体的献身，或者宣扬一种制度的自由，或者相信凭借意识形态的力量可以重建民族的堡垒与民族的自信心。总之，他们试图以自我的抗争寻找民族命运的出口，不论是一种遥远的展望，还是一种新政权的诗意展示。这种主体的抗争以燃烧的激情极大地鼓舞了战争中士气的高扬与胜利的推进，以蓬勃的生命力感染了无数国人自觉献身革命战争、争取自由解放，以前所未有的"社会代言人"的职能获得了广大人民的欢迎与称颂。

　　40 年代新诗的创作在很大意义上是为了更好地反映现实、服务现实。这一点如果说开始还只是无意识的，或者出于爱国意识的自发行为，那么在毛泽东的《在延安文艺座谈会上的讲话》发表并从延安逐渐扩展到其他区域，就已经成为许多诗人进行创作的自觉行为，不论是采取民歌体创作，还是进行革命英雄式的抒情。朱自清曾经谈道："新文学运动以斗争的姿态出现，它必然是严肃的。……劈头来了抗战；一切是抗战，抗战自然是极度严肃的。可是八年的抗战太沉重了，这中间不免要松一口气，这一松，尺度就放宽了些，文学有消遣性，似乎也是应该的。突然而来，时代却越见沉重了。'人民性'的强调，重新紧缩了'严肃'那尺度……"②这种"严肃"也成为 40 年代新诗的一个突出特色。诗人们以神圣的工作命名自己的创作，以严肃的星辰喻指自己的位置，以战胜侵略与压迫为诗歌的精神指向。诗歌在 20 世纪 40 年代更加贴近现实，现实主义诗歌美学得以深化和发展。胡风认为，诗就是作家在现实生活形象这火石上碰出的自己的心花，40 年代新诗的"命运"主题恰恰验证了这一点。

　　鲁迅曾经说过："我以为感情正烈的时候，不宜作诗，否则锋芒太露，能

---

① 胡风：《四年读诗小记》，载《胡风评论集（中）》，北京：人民文学出版社，1984：345 页。

② 朱自清：《论严肃》《朱自清全集（三）》，南京：江苏教育出版社，1988：141 页。

将诗美杀掉。"[①]海明威认为："忧虑破坏写作的能力。"[②]契诃夫则表达得更直白："除了丰富的素材和才能之外，还需要别的同样重要的东西，需要成熟，这是第一；第二，个人自由的感觉也是不能缺少的。"[③]从心理学来说，过分强烈的创作情绪会引起负诱导，不利于主体创作行为的自我控制。首先，40 年代诗歌与现实太贴近，诗人迫切希望能够真切、及时地反映现实、服务现实，并且改变现实，这种创作的目的性造成了 40 年代新诗的一个无法避免的缺陷：内容上的"革命"掩盖了诗质与诗艺。这一点突出表现于延安诗派的创作中："命运"主题的表达与阐释受制于环境和时代，为人们指明了奋斗的方向与光明的前程，战斗的、政治的（阶级的）作用是十分巨大的，为战争服务，为民族服务是完全到位的。这一点不应存在任何疑问。但诗歌之所以作为诗歌，其独特的内在运行规律和种种特征，是否为延安诗派所充分或是完美而有力地表现了出来？其对"命运"主体——人的关注究竟能够达到怎样的深度与广度？延安诗派创作中的"命运"主题获得了一种崇高感，却失去了超越性的艺术美感。这种现象在七月及九叶诗人的部分诗作中也不可避免。其次，诗人受到外界力量的干预与掣肘，自愿或者被迫中断对诗艺的探索。许多前往解放区的诗人由于新观念的灌输与原有的动力定型发生冲突，痛苦与惶惑使诗人缺乏良好的创作心境，或者艺术质量下降，甚至创作欲望减弱，渐渐消泯了自己的原有艺术特色，而融入战歌与颂歌的大合唱中，这对于新诗的发展无疑是一种损害。

2."命运"主题的现代品质

斯宾格勒曾说过："战争的精华，却不是在胜利而是在于文化命运的展开。"[④]因为战争不仅是"上帝的鞭子"和用来测验国家民族优劣的"试金石"，更是全部文化内涵的聚焦点。

40 年代新诗"命运"主题蕴含着个体命运与群体命运的纠结与分裂。战争使命运的主体更偏向群体的发展趋向，但在战争中最大的受害者和被剥夺者应该是个体。战争及由战争引起并随之而来的社会大变动（内战、蒋介石南京国民政府垮台、中华人民共和国成立）几乎改变了每一个人的命运，几乎无人能够在 12 年间保持自身的岿然不动：死亡、贫穷、流离、地位的剧变等。在

---

① 鲁迅：《两地书》《鲁迅全集》，第 11 卷，北京：人民文学出版社，1981：97 页。

② 海明威：《答〈巴黎评论〉记者问》，载王宁，顾明栋编：《诺贝尔文学奖获奖作家谈创作》，北京：北京大学出版社，1987：222 页。

③ 契诃夫：《契诃夫论文学》，合肥：安徽文艺出版社，1997：141 页。

④ 斯宾格勒：《西方的没落：世界历史的透视》，北京：商务印书馆，1963。

延安诗派的诗篇中，个体命运的展示往往是为了实现一个宏大的主题意义，个体的投入、放弃甚至献身亦有重大意义的升华。他们的命运往往是群体命运对个体的投射，而所有个人巨大厄运的诗性书写也服务于同一个目的：只有反击、革命，才能改变民族的命运，从而改变自己的命运——二者高度一致。七月诗人能够清楚地意识到自我独立的重要性，意识到个体需要的不可抹杀，如阿垅的《誓》等诗篇强调个体生命的可贵，但最终诗人还是将个体的命运纳入群体命运之中，因此，对个体的关注只能存在于某些缝隙。九叶诗人诗中"命运"的主体部分重新回复到了"人"的身上。《赞美一个民族已经起来》中的农民虽然仍是"再一次相信名词"而"坚定的，他看着自己溶入死亡里"，但他是作为"一个女人的孩子，许多孩子的父亲"，"在大路上多少次愉快的歌声流过去了，/多少次跟来的是临到他的忧患"。诗人关注到了个体命运的独立性、个别性，是个体在时代中的凋谢零落，像脱掉果实的空壳一样，虽然诗人也承认这种生命的毁灭是崇高的、有意义的，但美好的、鲜活的生命的毁灭，却是带有悲剧性的。40年代新诗"命运"主题中，民族共同体/群体成为命运主体是时代的需要而这种人作为主体的归位是对个体命运的重视，更是对人本身的尊重，对人格价值的尊崇。

40年代新诗"命运"主题中有必然性的张扬，也有或然性的潜隐。瞩目于"共同的黎明"，诅咒黑暗、寒冷、战争与邪恶，企望并坚信即将到来的黎明温暖而美好，这几乎成为每个诗人的信念与赖以支撑创作的精神力量，也是对当时读者阅读期待的回应。延安诗人相信：在群体的暴力斗争中，民族前进的步伐必然到达光明——中国共产党领导的人民革命斗争及人民民主政权，这实际上是借助一种外在力量的介入来解决民族出路问题；七月诗人则是以一种意识形态为凭借寻找历史指向的未来。诗中强韧的"力"首先就来自于把握历史发展的必然规律的自信；九叶诗人也坚信"一个民族已经起来"。社会动荡、战时漫长，人们普遍感到价值失落和幻灭，生命/生活无所凭借，需要光明的指引、激情的鼓励，而重新激起人们奋斗和抗争的力量成为一个爱国诗人的义务与光荣。然而，当我们将命运的主体归于个人时就必须看到，人与世界的作用是相互的，主体有主动性、抵抗性，环境也有客观性和压迫性，在这种力的较量中谁是胜出者？除了发展的必然性之外，这个世界还存在着偶然性等不可把握的附加因素，命运显现出它的偶然性、非恒常性和不可把握性。从这一角度来看，40年代新诗"命运"主题同样关注到了战争对个人命运的造就，个人在战争中的投掷和慌乱。人类社会无论何时都是在否定与超越中前进的。按照黑格尔的观点，下一个站点总是会比上一个更好，却并非完美的终点，人类的终极也是不和谐的，实际上追求一劳永逸的和谐只是一种宗教的幻梦、甜蜜的乌托邦，甚至是一种骗词，哪怕是有着足够善良的动机。作为一个新生制度更会面临许多不可回避的问题，滋生许多新的病症，至于明天的自由与光明，还只是树上尚未成熟的果子，在风雨中飘摇，那个幸福的终点是否能够抵达，甚至是否真的存在？只要在旅途中，关于未来的一切都只是可能。九叶诗中漫长的黑夜和黑夜里的突围者似乎成为人类永恒的画像。

40年代新诗"命运"主题同样彰显了时代对个人的压抑及主体对社会的反抗。在马斯洛的需求层次理论中，自我价值的实现占据最高层，但在20世纪40年代，战争造成的离乱及由战争形成的军事化体制使得自我价值难以实现。当个体存在受到外界压抑之强大而无法承受时，诗歌成为宣泄的出口之一。七月诗人则强调诗人投入世界的主体性及人格力量，注重对外界压抑力量的强烈反驳。九叶诗人追求社会性与个人性的平衡、时代与自我的平衡，努力把诗歌建构于外在世界和内心世界的重叠点，"营造在中外诗艺尤其是中西现代诗艺的交汇点上"[1]，他们受西方现代主义的影响，深入人的灵魂，无时无刻不在展示着他们与外在世界的冲突与内心的焦虑：对爱情的怀疑，对未来去向的质问，对个体孤独的体验等。

现代的诗应该是沉思的诗，而不单单是抒情的诗。它包含复杂的意义结构方式，包含多种可以抵达的思想方向，它是主体精神世界的动荡起伏，是时代和生命的纠结与撕裂，而40年代新诗正是以它饱含的抗争力度、以一种献祭的姿态雕塑了它的现代品质，或许那随之而来的漫长沉寂即是代价，但40年代新诗中"命运"主题所折射的、少见的、生命的力度，却已经孕育了新诗发展的新芽。

第二节　"命运"主题的影响及流变

1.1949—1966年期间的新诗：潜隐的"命运"主题

在1949—1966年期间，新诗发展虽处波动起伏的阶段性，但仍旧呈现出较明确的一致性，这一时期的新诗显得单一和概念化。以"战歌"与"颂歌"这两种诗歌范式的划分虽显简单，但能够基本概括当时的新诗创作方向。"颂

---

[1]　王圣思：《前言》，载王圣思：《九叶之树长青："九叶诗人"作品选》，上海：华东师范大学出版社，1994：3页。

歌作为诗歌创作的一种新的美学规范得到空前的发展，诗人们几乎是一切生活领域的题材和主题都以颂歌的形式加以表现。"①"颂歌"是 20 世纪 40 年代解放区诗风的合理延续，而"战歌"从某种意义上来说是另一种形式的"颂歌"，"昨天的酸辛只是叫我们把今天的幸福抱得更紧"（何其芳《讨论宪法草案以后》）。正如谢冕所言："共和国诗歌的实质是对新生活的歌颂，可以认为，它开创了一个完整的颂歌的时代。"②诗歌体现了诗人与外界环境的"和谐一致"，这种一致使诗歌情感单一和肤浅，无法深入关注人们的内心世界，因而诗歌多采用外部现象的描摹的方法，意象方式和象征方式较单一，比兴、象征、托物言志的方法被大量运用，物象成为寄托政治含义的僵化符号。当然这一期间也有诗人试图突破束缚，感受客观世界，探索自我内心世界，不满足于激情宣泄的抒情方式，如何其芳的《回答》、郭小川的《致大海》《望星空》、流沙河的《草木篇》、穆旦的《葬歌》等，但不久即遭到批评，在随之而来的 1957 年"反右派"运动中很快夭折。许多诗人从此中断了艺术生命。

"文革"期间，诗歌园地一片荒芜，只有少数应景之作或者政治赝品稀稀落落地存在，"命运"主题似乎已经断裂。然而，在地下诗歌创作中，它却得以蓬勃发展，并因外界压抑的强大而迸发出更加猛烈的力量，向"批判"主题转化。诗歌作品主要呈现为对充满愚昧与暴力的时代的批判、对个人精神独立的寻求、对自我生命价值与尊严的维护、对民族与世界关联的思索和发现等。其中，黄翔的诗歌气势恢宏、意境深远，充满了人类情怀和与愚昧时代作战的激情；哑默则擅长沉思独语式的抒情，他的诗中的一些意象标志着个人在时代中的独立，如"桅杆""帆"等。

2.1976 年至今的新诗："命运"主题的重新张扬与嬗变

"命运"主题在 1976 年重新得以张扬。当"归来诗人"以"鱼化石""悬崖边的树"等意象回顾生命与时代搏斗的累累伤痕时，朦胧诗人已经开始"不屑于做时代精神的号筒，也不屑于表现自我感情之外的丰功伟绩"，"不是去赞美生活，而是去追求生活溶解在心灵中的秘密"③。他们用审视、批判的眼光看待历史与现实，要求把诗歌从直接服务于政治中剥离出来，不是融"自我"于"大我"，而是融"大我"于"自我"，这是对新诗的历史负荷的清除；在艺术上借鉴各种现代主义创作手法，同时也是对原有抒情方式、创作方法的反

①　金汉等主编：《中国当代文学发展史》，杭州：浙江大学出版社，1997：47 页。

②　谢冕：《从春天到秋天》，载《中国现代诗人论》，重庆：重庆出版社，1986：19 页。

③　孙绍振：《新的美学原则在崛起》，载《诗刊》，1981（2）。

叛。舒婷的诗歌意象优雅繁复，创作中"命运"主题向"人"的主题靠拢。

继朦胧诗人之后登场的"第三代诗人"（或称后现代派、先锋派）诗歌中，"命运"主题在嬗变中极度张扬。商品经济大潮的兴起冲击着人们的生活与观念，对外开放加快了西方思潮的渗透，"不是我不明白，只是这世界变化太快"。如果说，朦胧诗人在与"文革"政治意识形态的抗争中展开了写作，那么第三代诗人则更具进一步的反抗群体意识。他们怀疑历史、怀疑现实生活中的一切，以一种高度的不信任面向世界与自我，表现在诗歌中为反传统、反文化、反崇高、反英雄、反集体意识甚至反语言。他们在艺术方法上大量采用西方后现代主义手法，一反新诗传统中优美崇高的美学主张与艺术风格，荒诞、戏谑、病态是其美学特征。这一时期的"命运"主题已经在极度的繁荣中逐渐萎缩了其与生命、世界抗争的积极意义，伴随着诗歌的粗鄙化主张的高扬，逐渐步入虚无之地。

附录：

时代语境下的"童年创伤"及其重构

——从《大堰河，我的保姆》到《我的父亲》

茅盾在《论初期白话诗》中这样提到艾青："新近我读了青年诗人艾青的《大堰河——我的保姆》，这是一首长诗，用沉郁的笔调细写了乳娘兼女佣（大堰河）的生活痛苦……我不能不喜欢《大堰河》。"在艾青前期（1932—1949）的诗歌创作中，艾青已然形成了自己的诗歌风格，而童年创伤体验的激发与修复成为促成其诗风的重要因素，下面以《大堰河，我的保姆》和《我的父亲》两首诗为例进行分析。

一

艾青在出生以后即被交给保姆抚养，这使得幼小的艾青在情感和心理上产生了一种"被抛弃感"——无论是母亲再三提及的孕时噩梦及生产时候几近殒命的创痛，还是算命先生的"克父母"的结论——都给童年艾青造成了巨大的心灵创伤。弗洛伊德认为，个体幼年时期的生活经历对其成长和生活有着举足轻重的影响，最易出现创伤体验并形成个体的内在冲突。"我成了一个不受欢迎的人"——这是成年以后的艾青在很多时候提及的一句话，幼年往事已经成为烙在他心灵上的痛楚印记。

在随后的 5 年中，艾青主要由保姆抚养。心理学认为，儿童最初依据父母权威的标准建构自己有意义的生活，并形成对自我总体的认识与评价。但是其父母并未为幼年艾青建构起这样的标准，正如艾青所说的自己"等于没有父母"——母亲体弱多病，无心也无力照顾艾青，父亲则忙于生计且性格强势不易亲近，因此，艾青对于"家"的认识是模糊的。5 岁以后艾青回到父母身边，却由于与父母的隔离而情感生疏。须知，"童年生活前 5 年的经历会在人的一生中产生决定性的影响，以后生活中的事件无法挽回这种影响，这在很早以前就已成为一种常识"。艾青曾说，"我妹妹是吃母亲自己的奶长大的，我是吃保姆的奶长大的，我和母亲亲热不起来。我到姥姥家，总是离母亲远远的，她生气地拽住我说：'我又不是老虎，你怕什么？'"这样的叙述夹杂着艾青的怨恨之情。因此，当艾青"稍稍长大，就想赶快离开家庭"，正如他在《少年行》一诗中所表达的那样："我一句话不说心里藏着一个愿望，/ 我要到外面去比他们见识得多些，/ 我要走得很远——梦里也没有见过的地方：/ 那里要比这里好得多好得多。"不论是意图投考黄埔军校还是远赴法国，总之，艾青是决绝地

"离家庭越远越好",甚至是父亲故去母亲要他回家善后,艾青最终也未归乡。

而在保姆大堰河那里,艾青得到了"替代性的母爱",得到了珍贵的温暖和呵护———一是由于大堰河本身心地善良、朴实勤劳;二是由于艾青是主人家的大少爷,大堰河作为佣人和保姆要恪尽职守;三是由于艾青本身聪颖、乖巧、懂事,惹人疼爱。大堰河细致的关爱、大堰河儿子们作为兄弟和玩伴的朝夕相处———这些都使艾青有了"家"一样的感觉,在这种感觉的映衬之下,愈发使得艾青不满、愤激于亲生父母对自己的"抛弃"。

这样的童年经历培养了艾青强烈的好胜心和反叛意识。艾青对于父母的安排,尤其是对于父亲的权威不断挑战:"我和家庭关系不好,还表现在从小不许我叫'爸爸''妈妈',只许叫'叔叔''婶婶',这使我直到现在'爸爸''妈妈'的音都发不好。这些都刺激着我产生反封建的意识和叛逆家庭的情绪。"比如,父亲让艾青去讨"洗晦气"的茶叶,艾青执意不肯而被父亲打破头;将写有"父贼打我"的字条塞进父亲的抽屉来抗议父亲的"暴虐"等。其实不单是对于父亲,艾青在学校亦是桀骜不驯的,比如,他曾经在毕业前因打碎学校灯泡而被校方通知父亲;在命题作文中自己绕开题目另写了一篇抨击文言文的文章:《一个时代有一个时代的文学》,面对老师的中肯评语尚不屑一顾,画了一个"大八叉"。

这样的童年经历也使得艾青形成了忧郁的性格,他沉静寡言,对于事物反而有敏锐的观察力,喜欢从大自然和美术中寻求乐趣与安慰。在散文《忆杭州》中,28岁的艾青慨叹:"除了绘画,少年时代的我,从人间得到的温热又是什么呢?"在绘画中,他"喜欢用灰暗的调子",这也暗合了他以后诗中的诸多冷色调的意象。艾未未曾经这样描述自己的父亲:"从个性来看,他是相当寂寞孤独的一个人。"这种描述应该是非常准确的。

二

《大堰河,我的保姆》(以下简称《大堰河》)是艾青从监狱里"托人带给李又然",然后在庄启东的刊物《春光》上发表的,艾青一举成名。

关于《大堰河》的写作缘起,艾青这样说:"一天,我从监狱的窗口看到外面下雪,忽然想起了我的保姆,想着,写着,就一口气写下来了。""《大堰河》是出于一种感激的心情写的……我幼小的心灵中总是爱她,直到我成年,也还是深深地爱她。"艾青能够一气呵成这篇动人诗作的深层原因正是"爱"。

艾青对于大堰河的爱里有"愧疚"。为了获得作为保姆来养家糊口的资格,大堰河"把自己刚生下的一个女孩,投到尿桶里溺死,再拿乳液来喂养一个'地主的儿子'",这让艾青内心感到"一种深沉的愧疚"。艾青对大堰河的爱里有"感激"。这个被视为"克父母"的孩子，在这个贫寒的农家里获得了无比的呵护与宠爱：一面是"被抛弃"，一面是"被需要"，艾青在这个家里，在大堰河身上获得了对于自我价值的体认和尊重。

童年的创伤成为艾青创作《大堰河》的强大内驱力。1933 年 1 月 14 日，农历腊月十九，临近年关、天寒地冻，身陷囹圄的艾青最需要亲人的关切和慰问——然而他想到的不是来看望过自己的父亲，而是曾经给过自己"母爱"的贫苦保姆大堰河，那才是他生命开始时最温暖的色彩和最贴心的慰藉，是此时此地的艾青精神上最迫切的需要。创作为艾青提供了发泄压抑情感的途径。

《大堰河》是艾青对乳母的真情告白，也是艾青对童年创伤的一次疗治和平复。诗人书写了一个乡村贫苦女性的生活细节，她繁重的劳动、生活的贫苦、小小的欢愉，就像一个孩子记忆中母亲的每一次微笑、身体的气息、端过来的饭碗的花边一样，诗人写得越是细致而真切，越是表现出艾青内心温暖与凄凉的纠结，正如童年时候的夜晚在保姆家的安然与妥帖，但是白天在自己的家却很陌生。在这样的回顾与舔舐中，童年的创伤得以抚慰和治疗，那些冰冷逐渐褪去，而呈现出贫寒中珍贵的温暖。在细致动人的回忆中，诗人由衷地发出呼唤："大堰河，我是吃了你的奶而长大了的 / 你的儿子，/ 我敬你 / 爱你！"诗人也由此确立了自己的归属——我是农人哺育的儿子，一个有家、有爱的孩子。"文学中的记忆书写和记忆诠释对修复心理创伤具有重要意义"，《大堰河》正是艾青对于童年创伤进行艺术自救的尝试。

艾青独特的童年"生活经验"为《大堰河》灌注了"深入的表现与热烈的情绪"，因此，诗作才分外真挚感人，以至于"艾青写成这首诗后，狱中一个被判了死刑的人用上海话念了起来，念着念着就哭了"。胡风也对其给予了高度评价："在这里有了一个用乳汁、用母爱喂养别人的孩子，对劳力、用忠诚服侍别人的农妇的形象，乳儿的作者用着素朴的真实的言语对这形象呈诉了切切的爱心。在这里他提出了对于'这不公道的世界'的诅咒，告白了他和被侮辱的兄弟们比以前'更要亲密'。虽然全篇流着私情的温暖，但他和我们中间已没有了难越的界限了。""私情的温暖"与"我们"之间的交融，私人性话语与宏大叙事之间的和谐，使得整首诗虽然细致感人却不乏阔大境界。

《大堰河》不但是艾青心灵创伤的一次诉说和平复，而且帮助艾青确立了"诗人"的角色和身份，极大地鼓舞了艾青诗歌创作的热情。从《大堰河》开始，艾青进入其诗歌创作的一个高峰期，产生了《雪落在中国的土地上》《北方》《向太阳》《我爱这土地》等经典作品，大部分作品延续和发展了《大堰河》"深入的表现和热烈的情绪"的风格特点，意象色调内敛而充满压抑的热情，语言朴质自然、舒卷自如。

三

《我的父亲》发表于 1942 年 8 月 15 日延安的《谷雨》月刊一卷六期。叶锦将《大堰河》和《我的父亲》视作姐妹篇，艾青很认同。同时，他认为相对于《大堰河》，《我的父亲》是"有意识地写诗"的产物，艾青认为自己彼时"很强烈地想写这个典型"。

我们该如何理解《我的父亲》中艾青塑造的"父亲"这一"典型"呢？

首先，艾青诗中的中庸、保守、吝啬、自满的"父亲"形象与艾青之父蒋忠樽是否完全可以画等号？蒋忠樽在畈田蒋村是学历最高的，写得一手好字而且乐于帮助乡里；他关注时事、结交广泛、嗜好读书、广闻博览；他思想开明，"支持女人放足，不顾宗族封建势力的反对，把女儿送到普通学校和教会学校去读书"。这些都足以证明，蒋忠樽虽然身为乡村中的地主，但思想是相当开明和进步的。《我的父亲》中前半部分的确是真实的，但后半部分开始转向批判和讽刺。

其次，蒋忠樽对待艾青的态度是否是嫌恶的？从相关资料来看，父亲对艾青其实是一个典型的中国父亲对于长子的期许和瞩望。所谓"迷信"之说，其一，当时蒋忠樽并未在家；其二，即使出于迷信，更多的是出于无奈——楼仙筹多病而多方医治无效，信佛信教都尝试了，信巫也是无可想之计罢。至于"叔叔""婶婶"之称，也是常见的古老习俗，并不能表明父母嫌恶艾青。事实上，艾青的父母从未真正将他遗弃。父亲请私塾先生辅导艾青考省立七中，沉默地拒绝儿子报考黄埔军校，出钱供他读书，甚至送他到法国自费留学，知道儿子未获任何文凭时内心伤痛却并未出言责备，花大钱托人情将儿子从监狱保释出来——父亲一直寄希望于艾青、努力培养艾青，尽管这未必符合艾青本人的意愿，却不能否认这位父亲的爱子之心。

至于"吝啬"一说，我们可以以艾青家中的经济情况来做出判断："艾青的家是村中七户财主中较小的一个"，有"两个与别人合股经营的店铺"，但艾青家是其中最小的股东——诚如艾青的妹妹蒋希宁所说："……从家庭状况来看，当时还算得上殷实，但负担一个留学生却难免显得吃力。"由此可以理解父亲对艾青"自费"留学法国时的犹豫，而艾青留学时家中资助的中断，更多原因可能是财力不足——艾青在 20 世纪 70 年代末的《在汽笛的长鸣声》中写到"家里不愿接济我"，而 1983 年写的《我的创作生涯》中则只是说："最初家里还可以接济，不久就断了支援。"时代变迁，这其中的情感意味颇值得思量。

　　但艾青塑造了"父亲"这一典型，并声明"其完全是真实的"，"没有什么虚构"，那么，推动艾青塑造这一"典型"的强烈"意识"和"动机"到底是什么呢？

　　首先，这是艾青唯一一首直接描写父亲的诗，在诗中纠缠着艾青长久以来对于父亲的怨念，自童年时代埋藏于心底的不平与悲伤。童年的心灵重创使得艾青难以原谅自己的父亲：从幼时写下"父贼打我"到远赴法国，即便父亲临终之际也拒绝其委托，返乡之时都不曾到过父亲的墓地。甚至因为侄子蒋鹏旭撰文称自己的爷爷并不像大伯所说的封建家长，艾青遂与其反目并拒绝其登门，一直到艾青去世。创伤的记忆"遮蔽"和"扭曲"了父子之间本应存在的亲情。

　　但是，虽然艾青不承认，但是他的内心深处也有对父亲的爱。《我的父亲》第一段中，"仁慈""宽恕"的引号固然可以解释为艾青的讽刺和否定，但"近来我常常梦见我的父亲"，却也透露出艾青对于父亲依然有血缘上的亲情——"梦中的判断不过是梦思中原型的重现而已"：真实的父亲的确有仁慈、宽恕和温和，的确以苦心和用意袒护自己的儿子，然而梦中的真实在清醒的书写中却被打上引号，成为讽刺和否定，这其中反映了艾青内心爱与怨的纠缠不清，不能简单而论。而如此，也可以解释艾青所言"写那个东西，当时在延安似乎不适合"——看来，他自己也意识到了自己内心的矛盾，只是没有明确说出来罢了。

　　其次，《我的父亲》是在艾青又一次找寻"归属"的时候，诗人对自我血缘、出身的辩白。20世纪40年代延安的政治氛围，特别是1942年的文艺整风运动再次触碰到艾青的隐痛：出身问题。虽然《大堰河》中，艾青表明了自己对于贫苦大众的理解、同情、依恋，但大堰河毕竟只是一个养育了自己5年的乳娘和保姆，自己终究是"地主的儿子"——虽然是喝了贫农的奶而长大。在诗集《献给乡村的诗·序》里，艾青曾懊恼地谈到自己的出身："我的这个集子，写的是旧的农村，用的是旧的感情。我们出身的阶级，给我很大的负累，使我至今还不可能用一个纯粹的农民的眼光看中国的农村。""负累"二字颇可玩味。实际上，如果没有父母的倾力扶持、家庭教育的滋养，恐怕也难有后来的诗人艾青——只是艾青理性上不肯承认罢了，他永远记得的是：幼年时候面对父母而不能称呼父母的那种悲伤、无助、自卑和愤怒。而彼时彼地的紧张氛围无疑激发了艾青对于父母更深的怨念。

　　因此，《我的父亲》中艾青从血缘角度表达了自己对于过去、旧我的否定、背叛和决绝的告别，这里的"父亲"这一典型不过是过往和旧我的指代品，"我走上了和家乡相反的方向——因为我，自从知道了 / 在这世界上有更好的理想，/ 我要效忠的不是我自己的家，/ 而是那属于万人的 / 一个神圣信仰"。这样一种告别黑暗过往、奔向神圣信仰和光明未来的姿态，无疑是积极地应和了毛泽东"在延安文艺座谈会上的讲话"中所提出的关于小资产阶级改造的问题——在塑造"父亲"这一封建、保守地主典型的同时，艾青塑造了一个叛逆的、充满理想与朝气、为着众人福祉而奔走、战斗的青年知识分子典型。

值得注意的是，这首诗在 1942 年 8 月发表时，文末标注的写作时间是1941 年 8 月。而在 20 世纪 80 年代《与青年诗人谈诗》中，艾青说这首诗"是在延安写的，那时实际上已开始'整风'"；1983 年《我的创作生涯》一文中则说："五月，我参加以毛泽东的名义召开的'延安文艺座谈会'……我也写了长诗《我的父亲》"——这两种说法显然又否定了发表时标注的写作时间。难道三四十年后的记忆反而比当年的记忆准确？当然不是，这只能理解为时过境迁之后，作者可以真实地表达了。而当时之所以将写作时间标为 1941 年，或许是为了表明自己认识的先进性，或者是原写于 1941 年，后来在整风运动时经过修改并发表。不论哪一种可能，都表达了艾青对于摆脱旧我的急切，对于政治语境的积极应和。

通过《我的父亲》，艾青试图表达这样一种语意：自己作为知识分子的身份改造，在离开父母和故乡时就已经完成，已经向着一种"神圣的信仰"进发，而"封建地主的儿子"不过是自己身上一块虽然褪洗不掉却无关紧要的胎记。正因为有这样一种语意，着力突出自己对于父亲、家乡的批判和背离，而在"童年创伤"记忆的支撑下，这样的批判和讽刺又显得如此顺理成章和理直气壮。

隔开时代的烟云再来读《我的父亲》，就会发现这是作者的"童年创伤"与时代语境的合力而催生的作品。较之于《大堰河》，它多了更多所谓决绝的姿态，而在决绝中又隐藏着矛盾；多了阶级意识的清醒和明朗，而在清醒中又包蕴着伤感。它依旧有着艾青式的"沉郁"——因此，按照当时的标准，它依旧是不够纯粹的，所以到了 20 世纪 50 年代，艾青的这首诗依然遭受批评——"对于其地主父亲并没有憎恨"，"阶级立场是模糊的"，这是"对其地主父亲留恋和伤感的诗"，在"表现工农兵群众"与"大众化"方面有所欠缺等，这些批评虽有那个时代极端阶级化的苛责，倒也说中了隐藏于作品中作者内心的纠结与痛苦：对于故乡，对于父母，诗人远远不能做到"一去永不回"那么简单，它是血液，流淌于身体之中，每时每刻烧灼着心灵，爱得那么不愿，恨得如此不堪。尽管结尾是那明亮的、太阳一般"神圣的信仰"引领诗人而去，而这一路上，还是父母给予的那个肉身。

"修改"与"塑造"

——郭沫若《洪波曲》删改校读兼论回忆录的史料价值

【摘要】《洪波曲——抗日战争回忆录》是郭沫若生前所写的最后一部自叙传性质的回忆录，其发表、出版历程一波三折，其间作者又几次三番地进行删削改易。探讨郭沫若对陈诚和张治中这二人在不同版本分别做出的改动删削，可以窥见中华人民共和国成立初期社会环境的巨大转变及郭沫若思想动态的动荡与变化，启示我们客观看待回忆录中通过"修改"而被重新"塑造"的历史人物，客观、正确地认识回忆录的史料价值。

【关键词】郭沫若；《洪波曲》；陈诚；张治中；修改；回忆录

郭沫若的《洪波曲——抗日战争回忆录》是其生前所写的最后一部自叙传性质的回忆录，最初连载于香港《华商报》（1948年8月25日至12月5日），原名《抗战回忆录》。"1949年下半年，上海群益出版社曾排版成型"[①]，拟于1951年出版《抗战回忆录》，但只是出了10本样书，也因故未能正式出版。1950年11月1日至23日连载于上海《文汇报》，但因故中辍。1958年，经郭沫若重新整理，增加"前记"（5月9日），易名《洪波曲——抗日战争回忆录》，在《人民文学》（1958年第7—12期）连载；1959年4月《洪波曲——抗日战争回忆录》由天津百花文艺出版社出版，其中作者再度进行删改。同年9月，《洪波曲——抗日战争回忆录》收入《沫若文集》第九卷。1992年的《郭沫若全集》第十四卷"据《沫若文集》第九卷版本编入，并对照最初发表时的文句，有重大改动处加注说明"[②]。

郭沫若这本抗战期间的回忆录一波三折的发表、出版历程，很容易为人所混淆。比如，有些资料中介绍《洪波曲》版本时，忽略了《文汇报》中辍的版本；还有一些资料误认为群益出版社出版了《洪波曲》的初版本[③]。从1948年《华商报》的《抗日战争回忆录》（简称《华商报》版）到1958年的《洪波

---

① 高信：《〈洪波曲〉余波：夜读纪事》，载《书与人》，1995（1）：139页。

② 郭沫若：《郭沫若全集》，文学编，第十四卷，北京：人民文学出版社，1992。

③ 如萧斌如，邵华：《郭沫若著译书目》《郭沫若研究资料》《郭沫若著译系年》等。

曲》(简称《人民文学》版),再到1959年百花文艺出版社的《洪波曲》(简称百花版),其中作者几次三番地删削改易,更易为人所忽略。郭沫若曾经在1958年《人民文学》登载《洪波曲》的"前记"中说道:"这主要是根据我个人的回忆,是抗日战争时期的一个不够全面的反映",同时又说"就请读者把这看成为历史资料吧"——既然作者意在留下"个人的回忆",以供读者作为"历史资料"①。为此,将被删改的内容一一检出:一则可以补足《洪波曲》版本之不足,提供更加准确、真实的"历史资料";二则可以由此更加全面地窥见其时郭沫若思想及精神全貌,故重新校读这些版本之间的异文就显得尤为必要。

鉴于篇幅限制,本文将列举分析关于陈诚和张治中的一部分删改内容。此二人同是蒋介石麾下的高级将领;陈诚与郭沫若在三厅的活动有着很大关联,张治中则与郭沫若关于文夕大火有一番书信往来;陈诚1948年赴台,张治中则留在北平发表《对时局的声明》,为建设新中国做出诸多贡献。梳理郭沫若对这二人在华商版和人民文学版、百花版分别做出的改动删削,可以窥见中华人民共和国成立初期社会环境的巨大转变及其时郭沫若思想动态的动荡与变化。

一、《洪波曲》中的陈诚:从"抗战将军"到"青年刽子手"

在抗日战争期间,陈诚担任国民政府军事委员会政治部部长,敦请郭沫若就任政治部下属第三厅厅长。在这段时间里,郭沫若与陈诚接触较多,因此在《洪波曲》中屡次提及。关于陈诚的删改集中于1958年的人民文学版。下面笔者将其中相关的删改内容校读,按照文内顺序以表格形式罗列如下。

《华商报》版	《人民文学》版
那时候他因受陈诚的推勉,要他去收集在江南各地散在的红军部队,准备改编为新四军,由他担任军长,共同抗日,这不用说是得到了中共的同意的	P104:那时候在集中江南各地的红军部队,准备改编为新四军,由他担任军长

---

① 郭沫若:《洪波曲——抗日战争回忆录》,天津:天津百花文艺出版社,1958。

《华商报》版	《人民文学》版
陈诚本人倒很客气，他是那时红得发紫的要角，但他竟曾亲自到太和街来访问我三次。论理当不会是专门在访问我。……每逢他来，同时一定也要把恩来请了来	P106：陈诚本人那时是红得发紫的，他曾经到太和街来访问我三次。他不会是专门来访问我。……每逢他来，同时一定也要把周公请了来
陈诚的大名倒不愧是"诚"，他实在是有一点老实，在不经意之间，被我略略一探试，竟把他们的用意完全地招认出来了	P106：陈诚的大名倒不愧是"诚"，在不经意之间，竟把他们的用心透露了
我这样一说，弄得陈诚满脸通红——这也是陈诚的可爱之处，他那时还没有老练到连脸也不红的地步	P106：我这样一说，弄得陈诚满脸通红
我把话说完了，陈诚却赞誉了我一番，说整个政治工作都要照着我这些话做，以后我们可以尽量商量	P107：我把话说完了，陈诚说都可以照着这些话做，以后可以尽量商量
陈诚的态度似乎很有诚意，他本人虽然只有几次的简短的电报，但通过琪翔或恩来，表示了他一定要请我回去……	P121：陈诚也有几次的简短的电报来，还通过黄琪翔和其他的人，表示了他一定要请我回去……
他这话使我感觉着满意：因为他至少认清楚了，宣传的力量可以抵得两个国防军	P123：他这话似乎还慷慨，这表示他认识到宣传的力量至少可以抵得两个国防军
这在后来，他只聘了陈铭枢，而回避了沈和孔。不聘沈衡老很容易被人了解，为了西安事变的往事，陈诚一班人对于救国会是特别怀恨的。不聘孔庚，那就十足地可以证明：我们为什么要推荐孔庚了	P123：这在后来，他只聘了陈铭枢，而回避了沈和孔
陈诚也就含笑着说：那我们也就不请你指导了。毫无问题的，他的确是感受着了精神胜利	P123：陈诚也就抢着说，那我们就不请你指导了
我为了这事，专门去找过陈诚，建议由政治部来收编，作为一个宣传单位，隶属三厅。陈诚很慷慨地便答应了。这问题便告了一个段落。……但陈诚也依然维持了原议。陈诚对于孩子剧团的处置，天公地道说：我是始终感谢他的	P125：改"很慷慨地便答应了"为"同意了"；改"但陈诚也依然维持了原议"为"但陈诚大概是为了维持自己的威信，维持了原议"；删掉"陈诚对于孩子剧团的处置，天公地道地说：我是始终感谢着他的"

《华商报》版	《人民文学》版
……是鹿地亘的很好的工作机会，也是我隔了三个月才能回答他的信条的机会了。 我为这事，先坦白地说吧，也得感谢陈诚…… 陈诚在这里也实在很坦白，他立刻便决定了…… 但陈诚却慷慨得出人意外，他说…… ……那实在是很遗憾的事。不过陈诚个人倒还做得漂亮。听说当鹿地夫妇复员到上海的时候，受着意外的刁难，结果还是得到他的帮忙，才回到他们的祖国去了。假使传言属实，倒也算是有全始全终之美的	P126：……是鹿地亘的很好的工作机会…… 陈诚立地同意了…… 陈诚说，他们是两个外国人，一个月二百元怕不够用，索性请他们夫妇两位都做设计委员吧。 ……那实在是很遗憾的事。 （删掉后面陈诚帮忙一段）
三厅的同人们和一切参加工作的朋友们尽了至善的努力，我们是得承认的。台儿庄胜利的夸大报道帮了很大的忙，我们也不好否认。——这层是应该归功于陈诚和军令部诸公。我敢于相信，他们是出于有意的部署，但也没有预料到那虚伪底效果竟来得这么的宏大	P114：三厅的同人们和一切参加工作的朋友们尽了至善的努力，是没有问题的。台儿庄胜利的夸大报道帮了很大的忙，我们也不好否认。但也没有预料到那效果竟来得这么大
我说得相当火辣，又弄得陈部长红了脸……	P114："陈部长"改为"陈诚"
陈诚这位先生，在抗战初期是有相当的声望的。其所以然的缘故不外有这样的两种因素：其一是在淞沪战役时，他担任左翼军指挥，确实还打过几次硬仗；第二就是政治部的组织了。特别是这后一种使国共合作在形式上具体化了，而且还网罗了一大批文化人，着实是增加了他的身价	P117：第一句改为"陈诚，在抗战初期不知底细的人们对他有些幻想"。"打过几次硬仗"改为"打过几仗"。最后一句改为"……使国共合作在形式上具体化了，而且还网罗了一大批的文化人，增加了他的身价"
但其实这位以剿共起家的武人，他懂得什么政治，更懂得什么文化呢？	P117：改"武人"为"丘八"
便轰轰然听见这样的传说：李公朴被陈部长扣留了！	P118：改"陈部长"为"陈诚"
公朴那时还年轻，说话有时过于爽直，因此他就在进步人士方面也曾遭受过一些误会。不幸他又碰上了那正炙手可热的陈诚。陈诚虽然貌似浑厚，而心地是异常褊窄的	P118："过于爽直"改为"不加考虑"。"褊窄"改为"阴险"

续　表

《华商报》版	《人民文学》版
……或许是怕他们当真赤化了，故不再相逼。因而他们也就不敢再轰轰烈烈地，怕过分刺激了日寇。 就在这样的幻觉之下，我敢于相信，就连陈诚和康泽都是奉命行事的。这样的用意，他们在事前也未必知道。 当然，除掉这个幻觉之外还要有一个…… 这一老毛病也是需要他们的工作：越是无声无息，越是近乎理想的	P119：删掉"因而他们也就不敢再轰轰烈烈地，怕过分刺激了日寇。就在这样的幻觉之下，我敢于相信，就连陈诚和康泽都是奉命行事的。这样的用意，他们在事前也未必知道"。删掉"这一老毛病也是需要他们的工作：越是无声无息，越是近乎理想的"
他慷慨地这样说："那么这样办吧，由政治部献金一万，作为全体同人们的捐廉。"	P122："慷慨地"改为"显得慷慨地"
于是一时的抗战将军一变而为青年的刽子手，震怒了全体的进步人士	P123："抗战将军"加引号，加"显出了为青年刽子手的本来面目"

如上所列，可以发现其改动主要集中于以下几个方面。

（一）称呼的变化

《华商报》刊登本中称呼陈诚为"陈部长"或"辞修"，在《人民文学》再刊时全部修改为直呼其名。其实，这种称呼的改变在全文都十分明显，如国民党党员黄琪翔，初刊时称之为"琪翔"，后也直呼其名，对中国共产党方面，从亲切地称呼"恩来"改为更具有尊重意味的"周公"，等等。

（二）内容的变化

《人民文学》再刊版删掉了一部分关于陈诚的内容。比如，叶挺是受陈诚推勉，收集红军队伍改编新四军的；在三厅第一次部务会议上，郭沫若发言后，虽然发言十分尖锐，陈诚却首先赞誉了郭沫若"一番"；孩子剧团成立一事，郭沫若表示"天公地道地说：我是始终感谢着他的"；鹿地夫妇经郭沫若引荐、受陈诚之聘而进入三厅工作，解决了其生计问题，之后复员到上海，受到意外刁难时，曾受到陈诚的帮助，其"全始全终之美"等。这些内容是对陈诚肯定性的描述，表达了郭沫若对陈诚的某些赞许和感谢，但再刊时均被删改掉了。

在关涉其他一些国民党官员时也存在这类删改。比如，关于郭沫若想在广州恢复《救亡日报》而受挫，后余汉谋每月捐助毫洋一千元来支持《救亡日报》，华商版中称许"这态度是够慷慨的"，然后详细介绍了当时的物价水平，表示其数目"相当可观"，并提到了在上海时陈诚认捐了三百元——这些内容在 1950 年 11 月《文汇报》刊登时依旧保留，但 1958 年的《上海文学》刊登时已经删掉，并将"慷慨"加引号，后面又解释其"慷慨"是因为"他不是蒋介石的直系，为了好买空卖空，不免也来小试一下两面三刀"。

（三）情感语气的变化

《人民文学》再刊时，谈论陈诚的情感语气发生了非常大的改变。表示好感和肯定的语词被删改。比如，陈诚在敦请郭沫若担任三厅厅长一职时，曾经亲自到太和街去访问郭沫若，郭一开始用了"竟"字表示陈诚的这种诚意，但后来删掉。对于陈诚的抗战工作，文中的评价也发生了重大改变，如"陈诚这位先生，在抗战初期是有相当的声望的"改为"陈诚，在抗战初期不知底细的人们对他有些幻想"，将"打了几场硬仗"改为"打了几场仗"，将"一时的抗战将军一变而为青年的刽子手"一句中"抗战将军"加引号，整句改为"于是一时的'抗战将军'显出了为青年刽子手的本来面目"，否定其为"抗战将军"而指其本质为"青年刽子手"。而原文中批评陈诚之处，语气加重：李公朴被扣押一事中，指"陈诚虽然貌似浑厚，而心地是异常猵窄的"，后将"猵窄"改为"阴险"，虽然都是贬义词，但无疑后者对人的贬抑更胜一筹；将"这位以剿共起家的武人"改为"这位以剿共起家的丘八"，其中"丘八"一词已是明显的斥骂了。

二、《洪波曲》中的张治中：被"冤枉"的"和平将军"

张治中与陈诚同为蒋介石麾下的高级将领，不同的是，张治中一直奔走于国共之间，为促成、维护国共合作而竭心尽力，被称为"和平将军"，1949年受到周恩来的挽留而留在了北平。

郭沫若在《抗日战争回忆录》中关于张治中的书写，集中于第十五章"长沙大火"，前面也略有提及，关于张治中的修改集中于 1959 年 4 月天津百花出版社出版的《洪波曲》，现列表如下。

《华商报》版	百花版
——你们到底是做什么的？我大胆地喝问着。 ——奉命放火！那些人异口同声地回答。 ——奉谁的命？ ——张主席！	P206：删掉"——奉谁的命？——张主席！"两句

续　表

《华商报》版	百花版
在长沙放火，是张治中潘公展这一竿子人的大功德，那可毫无疑问。	P213：放火烧长沙，是国民党人在蒋介石指使下所搞的一大功德。
在行政上的处分是——十八日枪毙了三个人，警备司令酆悌，警备第二团团长徐崑，公安局局长文重孚。三个人死的时候都喊冤枉，大骂张文白！	P213：在行政上的处分是——十八日枪毙了三个人，警备司令酆悌，警备第二团团长徐崑，公安局局长文重孚。
长沙人对于张文伯也是不能原谅的……	P213：长沙人不了解真实情况，颇埋怨省主席张文白……
"三个人头"委实是太便宜了，然而张治中又何尝"张皇失措"呢？他完全是企图功名，按照预定计划在行事。他把陈诚蒙着了，十二日的当晚甚至扣留了陈诚的交通车。他把恩来蒙着了，竟几乎使恩来葬身火宅。他满以为敌人在进军，这样他便可以一人居功而名标青史，结果是一将功未成而万骨枯矣。张治中实在该负责任，就是做秘书长的潘公展也实在该负责任，而军事当局却容赦了他们！说不定他们的计划甚至得到了那位当局的批准的吧？	P213：然而冤有头，债有主，埋怨张文白是找错了对头。张文白和其他的人只是执行了蒋介石的命令而已。据我们后来所得到的确实消息，张文白在十二日上午九时，曾接到蒋介石的密电，要他把长沙全城焚毁。因此关于长沙大火的责任应该由蒋介石来负，连"三个人头"认真说都是冤枉了的。

关于郭沫若与张治中就"长沙大火"这一文案，早有研究者进行过探讨。[①]这里主要探讨郭沫若修改部分与保留部分。通过比对可以看出，郭沫若在百花版《洪波曲》中对关于张治中的部分内容进行了修改，主要有以下几点：

（一）将"长沙大火"的主要责任由指向张治中改为指向蒋介石

《华商报》版及"人民文学"版都直接指出"长沙大火"是"张治中、潘公展这一竿子人的大功德"，而百花版《洪波曲》则改为"国民党人在蒋介石指使下所搞得一大功德"；原稿将"长沙大火"认为是张治中想"一人居功而名标青史"，后改为张只是执行了蒋的命令而已。

（二）删掉了部分存在争议的内容

百花版删掉了在枪毙酆悌等三人时三人大骂张文白的内容；删掉了对于张治中蒙骗陈诚与周恩来的指责。

---

① 张鸿基：《张治中与郭沫若的恩恩怨怨》，载《名人传记》，1990（4）。

张治中在读到《人民文学》上刊登的《洪波曲》之后，于1959年1月7日给郭沫若写了第一封措辞锋利的长信，就"长沙大火"之责、讽刺对联的引用、"党老爷"与"官老爷"之说、六辆卡车之诺、《救亡日报》之停刊等提出意见，认为郭沫若对自己的描述"有些地方可以说是有意歪曲事实，进行个人攻击"，希望郭沫若"笔下留情"。在第一次回信中，郭沫若并不愿修改自己的文字，只表示可以把张治中的长信作为单行本附录，而且在最后一段话中，郭沫若特别申明自己并非出于私怨。于是，张治中给郭沫若写了第二封信件，强调"长沙大火"事件中自己只是被动执行的地位，就几处基本史实提出修改意见，还提出原文一处描述不当的地方，并重复了郭沫若在上封回信中的最后一句话，同意将自己的信作为附录。而郭沫若在随后的复信中对张治中指出的错误表示感谢，并称"您的信实在是宝贵的史料"。①

事件到此似乎已经结束。然而这一事件还是被周恩来及有关部门知道了，据张治中在回忆录中提到：国家机关党务领导和统战部门领导先后找到他，说："郭这样写是不合适的，我们要他改正。"还说："不过，你的信上措词也还厉害了些！"郭收到我的第一次去信，复信表示在印单行本时愿把来信作为附录，两位领导同志都表示以不作附录径行改正为好。后来郭接我的第二次去信再复我一信说："蒙您进一步指出了我的一些错误，谨向您表示感谢。"同时见面时还握着我的手说："真对不起，请恕罪！"②

但这只是张治中一方的表述。从文中修改的内容来看，郭沫若仍然保留了自己的看法。张治中所提出的《救亡日报》被停刊一事，以及"官老爷"等言辞，在百花本中没有被删改，依旧保留。这些似乎说明，郭沫若和张治中就一些事情并未达成一致，而郭沫若对张治中的情绪也并不像张在后来的文字中说得那样客气。

三、郭沫若的"隔世之感"与"切肤之痛"

1950年10月3日，郭沫若在北京重新检视《抗战回忆录》，不禁感叹："真是快，一转眼今天已经是中华人民共和国成立一周年后的第三日了。仅仅相隔两年，所写的东西读起来就已经有隔世之感了。"③这一感叹表明当时的社会政治环境等已然发生了天翻地覆的改变，也表达了郭沫若内心对于这一巨大转变

---

① 张治中：《张治中回忆录》，北京：华文出版社，2007：168–175页。
② 张治中：《张治中回忆录》，北京：华文出版社，2007：168–175页。
③ 郭沫若：《洪波曲——抗日战争回忆录》，《人民文学》1958（12）：128页。

的敏锐感知，但这一感知很快就变成了切肤之痛。

1949年下半年，群益出版社将《抗战回忆录》排版成型、拟于1951年出版《洪波曲》（样本上标注为1951年），其中对于陈诚的内容有无修改呢？据吉少甫回忆，"这本自传是于立群收齐香港《华商报》发表的郭老的16篇散文的剪报，又由郭老自己结集编校的"，是"郭老在香港交我的"。①而据曾任群益出版社编辑的詹焜耀回忆："但我在群益出版社审稿时，曾见有郝稼先生（好像是市西中学教师）寄来一部《抗战回忆录》，洋洋亦近百万字，惟行文措辞，俱不合中华人民共和国成立后之口吻，忆及郭沫若先生之《抗战回忆录》，亦有此病，如称陈诚为辞修先生，称康泽为康厅长，称蒋介石为委座，为最高当局，一时亦不敢付梓，后此稿被郭老索回，重新改写，以《洪波曲》书名出版。"②从中可以看出，群益的样本较之《文汇报》刊本还要早，因此，改动不会多于《文汇报》刊本，对于陈诚等国民党人的描述和原稿相差很小，并且《抗战回忆录》的文稿内容之"不合时宜"，编辑亦能一眼看出。

最后，这本《抗日战争回忆录》单行本已经列入群益出版社出版计划，做了宣传广告，样本也已经印出，"却因内容涉及统战问题，被令暂停出版"⑪。据吉少甫回忆："还没有正式开印，就接到时任上海宣传部副部长的姚溱的电话，他说，此书有些内容涉及统战政策和统战人物，比较敏感，暂时停止出版。后来，我又接到时任国家出版总署办公室主任胡绳的电话，直接传达了同样的内容。"

1950年，在柯灵的请求下，这篇被搁置两年的作品依旧以《抗战回忆录》为题，被重新发表于《文汇报》（11月1日始），但仅仅刊登至原文的第六章第三节便中断（到11月23日）。从发表的这一部分来看，整体修改不大，调整了部分原先《华商报》中的文句、排版错误，个别地方词句稍有变动。比如，作品对沈从文的表述，将"有些无耻的文人如沈从文之流"中"无耻"改为"清高"，但其他相对变化不大，对陈诚的叙述基本保持了原貌，刊登内容尚未涉及张治中。

后来，这篇稿件还是被停发了。据柯灵回忆："一九五〇年，我在《文汇报》工作的时候，《洪波曲》还没有出版单行本，我征得郭老的同意，开始在《文汇报》作为头版专栏，连续刊载。但不久有关领导部门就提出了意见，认

---

① 吉少甫：《郭沫若与群益出版社》，上海百家出版社，2005：207+279+208+208页。
② 詹焜耀：《〈洪波曲〉及〈江山万里图〉》，载顾国华：《文坛杂忆 全编四》，上海：上海书店，2015：297页。

为文章里涉及许多民主人士，为了统战关系，不宜继续发表。这种考虑，当然是不无理由的。但在报刊连载的作品突然中途停刊，习惯上谓之'腰斩'，对作者是很大的打击。在新社会里，还会使群众猜疑作者出了什么问题。我非常为难，感到对郭老不好交代。硬着头皮去和郭老请商，没想到他也就同意了。同样的雍容自若，默无一言。但我同样不信他心里没有任何想法。"①

其实，当时《文汇报》上被"腰斩"的作品还有师陀的《历史无情》。《文汇报》"本来计划搞三大连载，听说张治中先生的《和谈回忆录》已经杀青，他也当面答应浦熙修交给《文汇报》发表。后来他大概看看风色不对，一直不肯把稿子交出。这样，三大连载的计划就无法全部实现了。"②同一时期，茅盾原著、柯灵编剧的电影《腐蚀》也被停映。③由此可见，当时出版、发表环境的复杂性，秩序在不断规范，即便如郭沫若、茅盾这样身居高位的成熟作家的作品，也被严格审查甚至"腰斩"。

睿智如郭沫若，即便已经感知到这一社会的"巨大转变"，然而要适应这一转变，还是要付出大作被"腰斩"、被"暂停出版"的代价，等待作家的是——做出适宜的修改，以求文字的重见天光——"据说，后来是胡绳在北京与郭沫若当面谈了具体意见，郭老做了修改，1958 年 7 月起才在《人民文学》杂志上连载修订稿。1959 年 4 月由天津百花文艺出版社更名为《洪波曲》首次出版。"④

福柯指出，"检查把层级监视的技术与规范化裁决的技术结合起来。它是一种追求规范化的目光，一种能够导致定性、分类和惩罚的监视。"⑤而在"检查""指导"之下，《抗日战争回忆录》中那些可疑和芜杂的成分被剔除，保留符合规范的部分；那些更加鲜活和生动的描述被擦除，而人物的阶级属性更加单纯和鲜明。

---

① 柯灵：《心向往之——悼念茅盾同志》，载《上海文学》，1981 年第 6 期，第 15 页、第 14 页。

② 徐铸成：《徐铸成回忆录》，北京：三联书店，2010：185 页。

③ 柯灵：《心向往之——悼念茅盾同志》，载《上海文学》，1981 年第 6 期，第 15 页、第 14 页。

④ 吉少甫：《郭沫若与群益出版社》，上海百家出版社，2005：207+279+208+208 页。

⑤ 米歇尔·福柯著，刘北成、杨远婴译：《规训与惩罚》，北京：三联书店，2003：193 页。

结语

郭沫若在说明自己写作自传的动机时这样说："我不是想学 Augutine（奥古斯丁）和 Rousseau（卢梭）要表述甚么忏悔，我也不是想学 Goethe（歌德）和 Tolstoy（托尔斯泰）要描写甚么天才。我写的只是这样的社会生出了这样的一个人，或者也可以说有过这样的人生在这样的时代。"（《少年时代·我的童年》）郭沫若曾经在 1958 年《人民文学》登载《洪波曲》的"前记"中提出"就请读者把这看成为历史资料吧"。这显示出郭沫若在写作中注重真实性。

写作中的"修改"不仅包括作者基于对修辞环境（包括题目、读者和目的）的清醒认识，由于思想变化而对内容和形式重新认识、发现并创造，还包括了由于作者修养的提升而对文体、样式及遣词造句的更加熟练的把握。从这一点上来看，郭沫若对自己作品的不断修改，是对过往的不断覆盖和刷新，符合认识与写作的规律。但我们作为读者应该认识到：我们要慎重对待回忆录，既要重视其史料价值，也要学会甄别、校勘其中的史实，学会在与其他史料的互文关系中读解回忆录。

在回忆录《洪波曲》的写作、发表、出版与再版过程中，郭沫若始终坚持对历史的尊重、对自我的忠诚。但他无法超越身处的语境，语境深刻而迅疾的变化在其文字间刻下了深深的印痕。那些洁净的文本里面对立鲜明的人物，终于在这一次次的描画中凸显了出来，更加清晰，却也更加模糊。我们只有回归初本，或者梳理出从初本到最后版本的变化过程，才能发现真相，那些历史人物一路走来的真实足迹最终会"成为历史资料"。

意识形态宣传视角下的《百花齐放》①

杨玉霞

　　《百花齐放》是郭沫若在"百花齐放、百家争鸣"的大背景下创作并出版的一部诗集。在 1958—1961 的三年间，这部诗集初刊于《人民日报》，后结集初版于人民日报出版社，然后又分别以剪纸图集、木刻图集、木版水印图画等多种形式共计出版了 6 种版本，亦有诸多报媒和评论者给予评介和褒扬，不能不说是"大热"于一时。然而也是这样一部诗集，后来却成为人们诟病诗人郭沫若的一个典型案例，诸多研究者将其视为郭沫若贴近政治、远离文学，"成为知识界依附权势的标兵和表率"②的典型表现。被认为是"中国第一部当代新诗史专著"的《中国当代新诗史》就指出："这些代替了他二十年代初在《女神》中的'自我'形象和个性化的情感表现，是概念的堆砌和对事实的一般性描述。""这已经近于文字游戏了。《百花齐放》可以说是开了从'大跃进民歌'到六七十年代时兴一时的简单比附的咏物诗的先河。如此创作，受到批评，是不让人感到意外的。"③

　　如何看待和正确理解这一现象，需要我们回到起点，梳理这部诗集的发表、出版始末、社会影响及相关评价，而这也是一直以来被忽略的一项工作——在此之前，任何简单的"捧杀"或者"棒杀"都是粗率和不负责任的——然后，在此基础上重新阐释和评价《百花齐放》及后期郭沫若。

一、一时"大热"与用心调整：《百花齐放》版本及删改

　　《百花齐放》的写作开始于 1956 年暑间，但郭沫若"试做了三首——牡丹、芍药、春兰——便搁置了。"④到了 1958 年，受"大跃进"精神的影响，

①本文系国家社科基金重点项目"郭沫若作品修改及因由研究"（14AZW014）中期成果；四川省教育厅人文社科（郭沫若研究）立项课题"新中国成立后郭沫若诗歌文献整理与研究"（GY2016C05）阶段性成果。邢小群：《试析郭沫若在大跃进年代的诗歌活动——从〈百花齐放〉到〈红旗歌谣〉》，载《中国青年政治学院学报》，2003（5）：120-124。

②　邢小群：《试析郭沫若在大跃进年代的诗歌活动——从〈百花齐放〉到〈红旗歌谣〉》，载《中国青年政治学院学报》，2003（5）：120-124。

③　洪子诚，刘登翰：《中国当代新诗史》，北京：人民文学出版社，1993：38、40 页。

④　郭沫若：《百花齐放》，载《人民日报》，1958-4-3。

在多方面的"帮助"下，郭沫若自 3 月 30 日始至 4 月 8 日，10 日时间创作了 98 首诗，加上之前的 3 首，共计 101 首，完成了《百花齐放》。

（一）《百花齐放》的版本梳理

《百花齐放》版本众多，许多资料的记录或有遗漏、或有舛误。① 笔者一一找到原刊或原书，对照列举如下：

第一个版本是初刊本，是 1958 年 4 月 3 日至 6 月 27 日发表于《人民日报》。《人民日报》于 1958 年 4 月 3 日始连载郭沫若的《百花齐放》，首次刊发附录一段，希望"各地朋友……把各地的奇花异卉的详细情况开示些给我"②；5 月 9 日刊发编者附记，说明郭沫若同志"四月上旬即将'百花'全部写完了"③。至 6 月 27 日连载完毕，27 日附录后记。

第二个版本是初版本，是 1958 年 7 月《百花齐放》无插图本，人民日报出版社出版。诗集为 32 开本，目次 6 页，正文 104 页。初版本与《人民日报》初刊本相比，有多处删改，另外，篇目顺序变动较大。诗集封面使用刘岘木刻作品《睡莲》，扉页印有"敬向'七一'献礼"。

第三个版本是 1959 年 4 月《百花齐放》（木刻插图本），人民日报出版社出版。诗集为 20 开本，目次 6 页，正文 104 页，木刻 101 幅（刘岘等创作插图）。书中采用左诗右图的形式，封面使用黄永玉木刻作品，书中还有刘岘创作的郭沫若木刻像一帧、蜀葵花原稿一页。较之 1958 年 7 月的初版本，这一版删改较多，诗篇题目亦有改动。

第四个版本是 1959 年 4 月《百花齐放图集》（剪纸本），江苏文艺出版社出版。这一版本附有郭沫若撰写的题词："旧说东风似金剪，今看金剪运东风。百花齐放翻新样，万紫千红庆大同。"序言部分介绍了南京剪纸艺人和美术工作同志集体创作的具体情况。目录中每种花朵加上其拉丁学名，正文左诗右图，下附每一种花的植物学简介，没有原诗集的前言、后记及注释，内容与

---

① 例如萧斌如、邵华编，上海文艺出版社，1980 年 8 月出版的《郭沫若著译书目》记有天津百花文艺出版社 1959 出版的一个版本，经查有误，这个版本并不存在。发表于《荣宝斋》的论文《〈百花齐放〉始末及价值——以荣宝斋木版水印版本为研究对象》是关于《百花齐放》的最近的研究论文，也是对《百花齐放》梳理较为全面的论文，但还是遗漏了 1959 年 4 月人民日报出版社出版的《百花齐放》（木刻插图本），而这一版本改动较多，是非常重要的一个版本。2017 年出版的《郭沫若年谱长编》中也只记录有《百花齐放》的初刊本和初版本。

② 郭沫若：《百花齐放》，载《人民日报》，1958-4-3。

③ 郭沫若：《百花齐放》，载《人民日报》，1958-5-9。

1959 年 4 月《百花齐放》（木刻插图本）一样。

第五个版本是 1959 年 8 月《百花齐放》（刘岘木刻图集），上海文艺出版社出版。诗集为 20 开本，附有郭沫若像一帧、水仙花原稿一页，正文 209 页（其中有刘岘木刻插图 101 幅）。本书曾经三次印刷。

第六个版本是 1959 年 9 月《百花齐放剪纸》（张永寿剪纸本），江苏扬州人民出版社出版。郭沫若题词："扬州艺人张永寿，剪出百花齐放来。请看剪下出春秋，顿使东风遍九垓。"这一版本采用左诗右剪纸的形式，先后两次印刷。

第七个版本是 1960 年《百花齐放》（图画本），北京荣宝斋出版。这一版本是荣宝斋延请郭沫若以册页规格、毛笔手书 101 首《百花齐放》诗，又请于非闇、田世光、俞致贞 3 位工笔花鸟画大师依诗作画，融文学、书法、绘画、木版水印为一体，在当时的中国文坛和书画界引起了巨大反响。严格来讲，这一版本实际包含了 3 个版本：零本印制、十册本与两册本，其中两册本在原来百花百咏的基础上又增加了一帧《其他一切花》，则所收版画的数目达到了101 帧，并加印了郭老撰写的前言、后记各一篇，可谓最全之本。十册本 1960年 2 月到 12 月才完成印制，印数、定价均无文字记载。

（二）《百花齐放》删改校读

这 7 个版本的不同除了出版形式之外，还有内容的许多变化。本文对此进行了整理、统计，发现作者进行了两次删改，一次是从初刊本到初版本，另一次是从初版本到 1959 年 4 月《百花齐放》（木刻插图本），现胪列如下。

1. 从初刊本到初版本

以句为单位，一共有 7 首的 18 句有改动，诗题顺序调整比较大，尤其是对前后有逻辑关系的诗题予以调整，如将《月季花》前两首《十里香》和《十姊妹》的顺序互调，与《月季花》中的诗句呼应，更加合理。

这一次删改较少，应该与时间紧迫有很大关系。1958 年 4 月 8 日作者完成写作，《人民日报》连载至 6 月 27 日，7 月《百花齐放》（无插图本）出版，并以此致敬、献礼"七一"。作者在后记中注解到："原准备每花插一图，因来不及，故先出无插图本，将来再出插图本……（六月二十八日补注）"[①] 从时间来看，《人民日报》一边刊登，一边结集出版，时间的确非常紧迫，所以作者难做细致修改。

---

① 郭沫若：《百花齐放·后记》，北京：人民日报出版社，1958：104 页。

2.初版本到1959年4月《百花齐放》（木刻插图本）

首先，题目有四处修改：《朱藤》改为《紫藤》，《山丹花》改为《山丹丹》，《柱头花》改为《柱顶红》，《紫云英》改为《单色堇》。

内容修改方面，以句为单位，标点符号的改动也计入在内，共计有242处删改。相比第一次删改而言，这一次删改几乎遍布全书。完全没有删改的只有《芍药》《马蹄莲》《吊金钟》《榆叶梅》《石蒜》《桔梗花》《蜀葵花》《腊梅花》《桃花》9首。有的作品几乎通篇改动，如《百合花》《攀枝花》《紫茉莉》《三色堇》等改动6句，而《大丽花》《二月蓝》等则改动7句，只有一句没改。

在这次删改中，不论是改动题目，还是改动内容，大部分修改是在表达的准确、简练上下功夫。例如，第一首《牡丹》第二句，加"所谓"二字，改为"我们也并不曾怀抱过所谓'福贵之想'"，末两句去掉"全部"二字，改为"把花瓣散满了园地"。《攀枝花》中，第二句"叫"改为"称"，第三句"能戴满"改为"戴满着"，第四句"生产英雄具有这样的风度"改为"具有生产英雄这样的风度"，第五句"但我们的木材轻松，没有什么用"改为"木质疏松，却没有什么用"，第六句"我们的棉絮"改为"结出的棉絮"，第七句"幸喜四川也有"改为"幸好四川有处"……这样的删改使句子更加简练，表达更加准确和清晰。初版本因献礼"七一"而在"十日之内"完成，表达上的粗糙是难免的，而这次删改基本上解决了这一问题。

在第二次删改中，还有一些删改特别值得注意。比如，《紫藤》一诗的第七句将"那就是让我们以枯树为骨干"改为"劳动人民让紫藤缠绕着枯树"，特别强调"劳动人民"；《牵牛花》第八句将"赶快建成呵社会主义的中华"改为"提早建成呵社会主义的中华"，更符合"大跃进""高指标、高速度"的时代要求。《美人蕉》的第八句"谁学得这种精神，谁就是好汉"改为"谁学得这种精神，就能又红又专"——"又红又专"这个词是毛泽东在1957年10月9日中共八届三中全会上的讲话《关于农业问题》[①]中第一次提出，并屡次强调。郭沫若用这一词语代替了带有传统色彩的"好汉"一词，其实呼应了新时代对于"优秀人物"的衡量标准。最后一首《其他一切花》中第六句"因为要重视批评和自我批评"改为"遵守的方针是要团结，也要批评"，第八句"我们应该力争上游，不断革命"改为"手携手地力争上游，不断地革命"，这里态度的转变尤为明显，从只有"批评"到"也要团结"，还要强调"手携手"

---

① 毛泽东：《关于农业问题》，载《毛泽东文集》，第7卷，北京：人民出版社1999：309页。

实际是对包括自己在内的知识分子群体的劝勉、期许和号召。这些删改让作品的时代特色更加显著，意识形态倾向也更加鲜明。

从这些或是推敲行文，或是斟酌态度的调整方向的大量删改，我们看到郭沫若对《百花齐放》的态度，并不是如陈明远提供信件中的郭老自述一般——"我的《百花齐放》是一场大失败！"……"现在我自己重读一遍也赧然汗颜"①，反而是乐于促成其出版，并及时做了校订修改工作。

二、赞誉与批评的消长：《百花齐放》相关评价

对郭沫若的《百花齐放》的评价一直有两种声音：一种是对其创作的赞誉，一种是对其艺术粗糙的批评。这两种声音在 20 世纪五六十年代和 80 年代以后分别呈现出截然相反的消长。

（一）五六十年代：一部"具有科学的、哲理的和政治内容的抒情诗集"

对于《百花齐放》连载及结集成书出版，当时的评论文章并不多，当然这与当时的社会环境有关，而有限的几篇公开发表的评论几乎都是对于《百花齐放》的赞誉。较早对《百花齐放》进行评论的文章是周方的《一个想法》，文中表示："我们的诗人、作家能不能也像郭老这样，依据新产品的名称，也写它个'百花'！……愿更好更美的工业产品的'百花'早日'齐放'出来！"②邓淳铭的《试评郭沫若的〈百花齐放〉》则给予《百花齐放》很高评价，称之为一部"具有科学的、哲理的和政治内容的抒情诗集"，甚至认为"《百花齐放》不但继承了诗人在女神时代的'火山爆发式的内在情感'，而且增加了一个具有高度马克思主义修养的革命诗人底必然持有的、对年青一代的循循善诱、语重心长的特色，使人读后，对自己革命人生观的确立，将会从诗章里得到莫大的启发和深深的教益。"③《〈百花齐放〉试论》从 5 个方面论证了《百花齐放》"尽管吟诵的是花草，然而也并不失去它的文学意义"④。当时还有其他评论给予褒扬：《别开生面的花草诗——读郭沫若的诗集〈百花齐放〉》⑤《一个

① 黄淳浩编：《郭沫若书信集》（下），北京：中国社会科学出版社，1992：104+109 页。
② 周方：《一个想法》，载《人民日报》，1958-7-7。
③ 杜淳铭：《试评郭沫若的〈百花齐放〉》，载《作品》，1959（10）。
④ 王绍铭：《〈百花齐放〉试论》，载《红岩》，1959（5）。
⑤ 张定亚：《别开生面的花草诗——读郭沫若的诗集〈百花齐放〉》，载《陕西日报》，1959-12-20。

"懂"字》①等。

当时并未有对《百花齐放》的批评公开发表，其中原因当然不言自明，但我们可以在后来看到人们对于《百花齐放》评价的另一种声音。比如，杨匡汉在50年后回忆到自己和同学"因不满于郭沫若《百花齐放》诗集里诸多的牵强附会，图解说教、诗味如同嚼蜡，斗胆写了批评性长文，投寄给当时权威的《文艺报》"②，不过遭到退稿。1981年《诗探索》发表了力扬写于1958年6月的遗作《评郭沫若的组诗〈百花齐放〉》认为，"从诗歌的作用和诗歌的创作方法上加以研究"，这组诗"还存在着相当大、相当多的缺点"，主要问题在于："对于'百花'的训诂考据，以及革命术语和哲学词汇的生搬硬套。这些都是既缺乏艺术形象，也缺乏抒情因素的说理的文字，也就缺乏吸引人的魅力，所以读起来，总不免觉得枯燥、生硬，索然无味"，而这是"缺乏现实生活的实感，没有强烈的创作冲动，而勉强从事写作的结果"，"缺乏革命的热情，是贯穿着整个组诗的一个根本弱点"。③

可以看出，在20世纪五六十年代，对于《百花齐放》的赞誉是公开呈现的评论，而对于其艺术上枯燥、生硬、牵强附会的批评，则相对微弱。

（二）80年代以后："以简单的外形而装填流行的政治概念的标本"

进入20世纪80年代，郭沫若研究阵营出现分化，研究者对于《百花齐放》的态度，要么是论及郭沫若成就之际避而不谈，要么给予几近严厉的贬损、批判。谢冕曾经对《百花齐放》提出了十分尖锐的批评："……著名的组诗《百花齐放》可以说是以简单的外形而装填流行的政治概念的标本。"④可以说，对于《百花齐放》的批评基本按此观点，不离其左右。比如，他们认为《百花齐放》"是根据'主题先行'的创作原则进行创作的……诗歌中充满了大量的革命术语和哲学词汇，让人感到枯燥生硬，毫无诗意之美"⑤，"唯有堆砌政治术语，生硬、枯燥、牵强附会的致命之弊，大概可以概括'百花齐放'的创作"⑥等。著名作家叶兆言在《重温大跃进》中甚至用了极其严厉的言辞来贬斥《百

---

① 欧外鸥：《一个"懂"字》，载《羊城晚报》，1961-11-14。

② 杨匡汉：《学术的故土——为北大百年华诞而作》《莼鲈之思》，北京：东方出版社，2009：321页。

③ 力扬：《评郭沫若的组诗〈百花齐放〉》，载《诗探索》，1981（1）。

④ 谢冕：《20世纪中国新诗：1949—1978》，载《诗探索》，1995（1）：24-42。

⑤ 刘海洲：《国家花语中的"时代颂歌"：论郭老建国后的诗歌创作〈百花齐放〉》，郭沫若学刊，2013年第4期。

⑥ 高信：《〈百花齐放〉及其他》，博览群书，1995（1）：55-56。

花齐放》："这些诗，水平之差，马屁之露骨，完全可以用骇人听闻来形容。"①

对《百花齐放》提出批评的相当一部分学者认为，《百花齐放》既是郭沫若追风之作，又饱含着作者内心的曲折与隐衷，如贾振勇就指出："毫无疑问，'趋时''跟风'的政治机会主义，是郭沫若创作《百花齐放》的直接心理动机。"②贾振勇还引用了郭沫若与陈明远谈论《百花齐放》的信件，提出"在政治洪流中随波逐流的郭沫若，并没有忘记诗歌创作的生命根基，在他的内心深处，他始终为诗歌的真谛保留着一块领地。只不过作为政治人物的他，不会公开随意表达，更不会逆时代政治潮流而动。"③持此观点的不在少数，而且大部分引用了陈明远与郭沫若的"通信"作为有力证据。④然而据王戎笙《郭沫若书信书法辨伪》⑤及郭平英《陈明远与郭沫若往来书信质疑》⑥，我们已经可以确定的是，陈明远提供的所谓郭沫若与自己通信的第四批抄件系伪作，当然其中就包括二人谈论《百花齐放》的信件。由此，所谓"曲折"与"隐衷"就毫无事实依据。

当然也有极少数论者给予《百花齐放》以褒奖。《历史的见证 真诚的声音：重读郭沫若的两部诗集》一文认为："如果体谅到当时的国情，《百花齐放》当不失为一组大型的真诚的'花之歌'。"⑦《不朽的花之歌——重温郭沫若〈百花齐放〉诗集札记》给出更高评价：《百花齐放》"不失为诗坛花苑中的一部名著。……重温这一诗集，深感是一曲不朽的花之歌，是一部极为优秀的教材。"⑧

---

① 高信：《〈百花齐放〉及其他》，博览群书，1995（1）：55-56。

② 贾振勇：《诗与史的共鸣》，上海：上海大学出版社，2009：173 页。

③ 贾振勇：《诗与史的共鸣》，上海：上海大学出版社，2009：181-182 页。

④ 比如何思玉，母华敏《共名与无名及实旨与意旨：对〈百花齐放〉的鉴赏与解读》（郭沫若学刊 2002(1)）、邢小群的《试析郭沫若在大跃进年代的诗歌活动：从〈百花齐放〉到〈红旗歌谣〉》（《中国青年政治学院学报》2003(3)）、刘涵华的《复杂心态的曲折流露——郭沫若〈百花齐放〉的重新解读》（《贵州社会科学》，2003（3））、宁源声的《郭沫若对〈百花齐放〉的自省》（《共产党员》，2012（3））、宋楠的硕士论文《自然的对象与不自然的审美——郭沫若诗集〈百花齐放〉意象研究》等文。

⑤ 王戎笙：《郭沫若书信书法辨伪》，兰州：兰州大学出版社，2005。

⑥ 郭平英：《陈明远与郭沫若往来书信质疑》，载《文艺报》，1996-5-10。

⑦ 彭元江：《历史的见证 真诚的声音：重读郭沫若的两部诗集》，文史杂志，2012（6）：92-94。

⑧ 泥元：《不朽的花之歌——重温郭沫若〈百花齐放〉诗集札记》，载《中国花卉报》，1995-3-3。

20世纪80年代以来，学术界及普通读者更多的是批评、贬抑《百花齐放》，而赞誉的声音极少，并且学术分析单薄，缺乏强有力的说服力。

三、基于意识形态宣传视角：重新考察制作后期的郭沫若及其《百花齐放》

通过回顾《百花齐放》的一时"大热"与郭沫若的两次删改，梳理《百花齐放》在不同时代遭遇的赞誉与批评的消长，我们发现，一直以来我们都是以文学、诗歌艺术的尺度来衡量《百花齐放》，赞誉也是，批评亦是。然而，《百花齐放》并非主流文学常见的诗歌作品形态，而是需要我们置于意识形态宣传视角下去考量的作品。对于创作后期的郭沫若，我们也要秉持"知人论世"的考察态度。

（一）意识形态宣传视角的选择

1.《百花齐放》的初始写作动机与"双百方针"

郭沫若写作《百花齐放》的直接动机，是为宣传和贯彻"双百"方针。1956年4月28日，毛泽东在中共中央政治局扩大会议上的讲话首次把"百花齐放、百家争鸣"完整地确定为我们党发展科学文化事业的方针。在5月2日的最高国务会议第七次会议上，毛泽东正式宣布了这个方针。同年5月26日，中宣部部长陆定一应当时中国科学院院长郭沫若的邀请，代表中共中央在怀仁堂向到会的一千多位自然科学家、社会科学家、文学艺术家等作题为《百花齐放、百家争鸣》的报告。这个讲话于6月13日在《人民日报》上公开发表。郭沫若"在1956年暑间，曾经打算以'百花齐放'为题，选出一百种花来做出一百首诗"[1]。因此，从集子的题目、写作时间结合其内容来看，郭沫若写作《百花齐放》的初始动机是为宣传、贯彻"双百方针"。

2.《百花齐放》写作过程中的"跃进精神"

郭沫若在写作《百花齐放》时，曾因故而搁置，一直到1958年——"今年我把那三首诗检出来发表过，同志们看了鼓舞我：'跃进一下，就做足一百首来！'好，我受到鼓舞，决心来完成这个小任务。"[2]他先后到天坛、北海公园、中山公园园艺部访问，北京和内地卖花的地方，他都去请教过；还得到热心朋友的帮忙，"有的借书画给我，有的写信给我，还有的送给我花的标本或

---

① 郭沫若：《百花齐放》，《人民日报》，1958-4-3。
② 郭沫若：《百花齐放》，《人民日报》，1958-4-3。

者种子"①，终于在 1958 年写完了《百花齐放》。可见郭沫若写作《百花齐放》是受"大跃进"精神鼓动而一气呵成。

3.《百花齐放》文本的政治宣教意图

《百花齐放》中共 101 首诗，都是两段式，每段 4 句。每一首都是以"花"自况，运用第一人称介绍花的某些特性。但介绍特性是为表达观念——借说"花"而言其他，而这些观念又紧密结合时代，扣紧政治脉搏，表达意识形态倾向。

《百花齐放》中有相当一部分作品直接歌颂大跃进，如《蜀葵花》《牵牛花》《玫瑰》《玉蝉花》《洋绣球》《喇叭花》《水仙花》《鸡冠花》《李花》《蜡梅花》《蒲包花》等，甚至直接让花朵喊出"大跃进""多快好省"的口号，体现了鲜明的"大跃进"特色和革命特色。有一部分作品歌颂"为了人民而牺牲自我"的精神，如《绣球》《铁干海棠》《萱草》等，还有的宣传党的知识分子政策，如《凌霄花》《朱藤》《洋槐》等……

以上可以总结如下：首先，郭沫若写作《百花齐放》缘起于"双百"方针，出于宣传的需要，贯穿着"大跃进"的精神；其次，《百花齐放》采用的基本手段是查阅资料；最后，作品的完成有赖于"各地朋友"，或可以说是群体努力的结晶。显然，所有这些都是与诗歌创作规律相违背的。

（二）作为意识形态宣传作品的《百花齐放》

《百花齐放》违背了诗歌的创作规律，却更富有意识形态宣传的意味——它是与当时的时代要求相呼应的、符合无产阶级政党的文学原则的产物。毛泽东的文艺话语大力提倡的正是《百花齐放》这种从工农兵的审美趣味出发、服务于工农兵群众的、书写具有民间形式特点的、反映阶级斗争生活和歌颂工农兵形象的诗歌。《百花齐放》的创作目的从某些方面看也的确已经达到——反复以不同形式出版，在大众中形成巨大影响，很好地传达了其"宣教意图"。

1."双百"方针的调整与《百花齐放》的文本呈现

值得注意的是，郭沫若写作《百花齐放》的初始动机是为了宣传贯彻"双百"方针，但在郭沫若真正开始写作的 1958 年 3 月至 4 月，国内政治形势已经开始发生变化，一直到 1958 年夏，"双百"方针的执行开始出现偏差，《百花齐放》在文本上对此有着明显的表达和体现。

1956 年 5 月 2 日，毛泽东正式宣布"双百"方针时曾说："现在春天来了嘛，一百种花都让它开放，不要只让几种花开放，还有几种花不让它开放，这

---

① 郭沫若：《百花齐放·后记》，北京：人民日报出版社，1958：103 页。

就叫百花齐放。"①1957 年 4 月 18 日，在省、市、自治区党委书记会议上，毛泽东针对陈其通等同志对文艺工作的意见发表讲话："百花齐放，我看还是要放。有些同志认为，只能放香花，不能放毒草。这种看法表明他们对百花齐放、百家争鸣的方针很不理解。"②然而，在 1958 年 5 月的中共八大二次会议工作报告上，毛泽东虽然首先对"双百"方针做了充分肯定，认为在学术文化领域必须继续贯彻执行"百花齐放、百家争鸣"的方针，但紧接着又做了原则性补充："……允许反社会主义的毒草长出来，在人民面前建立对立面，以便人民从比较中看得清清楚楚，激起众愤，群起而锄之，借以锻炼群众的斗争本领，开辟社会主义的百花齐放的广阔天地。""锄毒草，这是敌我问题；放百花，这是人民内部问题。两类矛盾，两种方法。资产阶级的反动右派自命为社会主义的百花之一，那是冒称的，不能算数的。"③这些言论已经明显不同于"反右"斗争以前的阐述，"双百"方针已经发生了严重的"左"倾偏差。

因此，《百花齐放》中已经缺少了真正的"百花齐放"的自由，而是充满凌厉的政治口号。或者警告那些人民的对立面：比如《茉莉花》："我们的花朵小巧，雪白而有清香，簪在姑娘的头上，会芬芳满堂。当然，人们也可以摘去焙成香片，厨师们更可以用来点缀竹参汤。// 有那肮脏的文人却称我们为'狎品'，足见他们的头脑是荒天下之大唐，这样的思想如果不加以彻底改造，打算过社会主义革命关，休要妄想！"或者提醒人们时刻警惕阶级斗争："在这里显然包含着深刻教训：红色专家也能变成白色专家。"（《夹竹桃》）《石楠花》呼吁："同志，为什么不敢栽培我们？我们是多么愿意：向党交心肝！"1958 年春，继"反右"运动之后的知识分子"交心运动""是一次深刻的政治思想上的革命，是一个广泛的群众性运动"，而这首《石楠花》与"交心运动"相呼应，替知识分子作答。《杏花》一首中，则称："复瓣的就只有先红而后白的花，请求植物学家把我们改造一下。""改造"之急迫，呼之欲出。

2.《百花齐放》的宣传效果

中华人民共和国成立以后，以毛泽东为代表的中国共产党人十分重视意识形态建设，要求领导干部高度重视意识形态工作，同时，更加强调宣传教育

---

① 逄先知，冯蕙：《毛泽东年谱 1949–1976》，第 2 卷，北京：中央文献出版社，2013：574 页。

② 毛泽东：《在省市自治区党委书记会议上的讲话》，载《毛泽东选集》，第五卷·专题语录，济南日报资料室，1977：95 页。

③ 毛泽东：《建国以来毛泽东文稿》，第 7 册，北京：中央文献出版社，1992：224–225 页。

的方式方法问题。1957年颁布的《中共中央关于传达全国宣传工作会议的指示》指出："在阶级斗争已经基本结束的时候，党中央提出了'百花齐放，百家争鸣'的政策。这个政策的目的，是用说服的方法……向知识分子进行长期的、耐心的、细致的马克思主义的宣传。"此外，培养知识分子也是意识形态宣传的重要任务。《百花齐放》正是其实践的成果。

《百花齐放》采用诗歌体裁，以万紫千红、姿态各异的花朵作为载体，以第一人称自况的方式，使得枯燥的政治理念和政策口号变得生动可感、朗朗上口，其产生的意识形态宣教效果是值得肯定的。

《百花齐放》发表之后，当时呈现的评论都是赞扬和肯定的，如前所述，从一个方面证明了其效果。

《百花齐放》宣教效果的另一个侧面体现于民间：有许多人传阅《百花齐放》，或者模仿《百花齐放》进行写作。比如，教师郭明晓记得"初中时，家里有一本郭沫若的《百花齐放》精装诗集，是我经常翻阅的书……"[1]作家晓雷回忆自己在上大学的时候，"曾经模仿郭沫若的《百花齐放》诗，写了一百首公社人物，用毛笔抄成一册，被系里的老师知道了，拿去传阅"[2]。黑龙江胡金帆提到自己小时候"爸爸受郭沫若《百花齐放》的启发，写了101首咏鸟诗叫'百鸟鸣春'"。连作家邵燕祥也曾提及自己在1958年5月20日作过一首《稻花——拟郭沫若〈百花齐放〉》，虽然"暗中有点跟郭较劲的意思"[3]。

《百花齐放》不仅得到了评价者的高度赞誉、民间写作者的追随，还不断得到推介，先后被以各种形式出版，结合剪纸、木刻、国画等艺术形式走向读者。这本书还曾经被译成捷文[4]、俄文，走出了国门。

（三）后期郭沫若与《百花齐放》的写作及删改

早在1944年1月5日为诗集《凤凰》作序时，郭沫若就表示："我要坦白地说一句话，自从《女神》以后，我已经不再是'诗人'了……像产生《女神》时代的那种火山爆发式的内发情感是没有了。"[5]《女神》以后自己已经不再是"诗人"了——这样的说法未免过分自贬，但"分行写出的散文或韵文"

---

① 郭明晓：《我是大西洋来的飓风——一个新教育教师的生命叙事》，武汉：湖北教育出版社，2014：30页。

② 晓雷：《经历好莱坞 散文随笔集》，西安：陕西人民出版社，2005：238页。

③ 邵燕祥：《一个戴灰帽子的人》，南京：江苏文艺出版社，2014：54页。

④ 《郭沫若著〈百花齐放〉译成捷文》，《读书》，1959（4）。

⑤ 郭沫若：《凤凰·序》，北京：群益出版社，1947：5页。

在中华人民共和国成立后他的诗集中越来越多，却也是事实——它们缺少了"内发情感"，缺少了"生命感"。正是如此，郭沫若曾在《蝌蚪集》的序中说："这些诗……作为诗并没有什么价值，权且作为不完整的时代记录而已。"①在1958年12月27日《人民日报》上发表的《读孩子的诗》一文中郭沫若写道："我完全同意，他们一定会超过我们，特别是超过我。因此，我作了一首诗答复那位小作者：郭老不算老，诗多好的少。老少齐努力，学习毛主席。"②这样的表达既包含了诗艺追求上的遗憾，却也包含了郭沫若创作方向选择上的坦然。

在后期郭沫若的身上，作为革命者的自觉超越了作为诗人的自觉。早在1936年郭沫若就宣称："……我高兴做个'标语人''口号人'，而不必一定要做'诗人'。"③1937年，他跟夏衍说自己在看了《八一宣言》和季米特洛夫在第三国际第七次代表大会上的报告之后，就曾对林林说："好，党决定了，我就照办，要我做喇叭，我就做喇叭。"④到20世纪50年代，他提出，"诗歌应该是最犀利而有效的战斗武器，对友军是号角，对敌人则是炸弹。因此，写诗歌的人，首先便得要求他有严峻的阶级意识、革命意识、为人民服务的意识、为政治服务的意识。有了这些意识才能有真挚的战斗情绪，发而为诗歌也才能发挥武器的效果而成为现实主义的作品。"⑤身兼多个重要职务的郭沫若，其写作行为既包含自发的文学创作，也包含了职务行为。《百花齐放》中所谓寡淡的诗意、宣传腔调的语言以及作者积极主动的删改，正是出于作者富含使命感的一种写作。

因此，我们看到，当我们以纯诗作为艺术标准来考量《百花齐放》时，就会发现其诗味寡淡、主题先行、语言粗糙而缺乏蕴藉，但如果我们从意识形态宣传的角度去考察，就可以理解《百花齐放》实际上是一种政治诗学的必然

---

① 郭沫若：《蝌蚪集·序》，北京：群益出版社，1948：1页。

② 1958年12月怀来县召开的首届县文代会闭幕式上举行了一次赛诗大会，与会的民歌手、作家、诗人纷纷登台朗诵自己创作的诗篇。其中，来自果林公社一年级的小作者刘玉花走上台大声朗诵：别看作者小，诗歌可不少；一心超过杜甫诗，快马加鞭赶郭老。此事此诗于1958年12月18日登在《人民日报》第八版上。郭老的《答孩子的诗》就是针对此事而写的。具体可见张家口市政协文史资料委员会编：《张家口文史》第2辑，2004年版，第301页。

③ 郭沫若：《我的作诗的经过》，载《质文》，1936（2）：31页。

④ 袁鹰，姜德明：《夏衍全集·文学》（下册），杭州：浙江文艺出版社，2005：447页。

⑤ 郭沫若：《郭沫若谈创作》，哈尔滨：黑龙江人民出版社，1982：63页。

结果。尽管这些诗歌"更准确地说应该叫作'押韵的宣传口号'，但是，不容置疑的是……他们的诞生，有着合适的土壤……是顺应时代精神的"①。在那样的土壤上，只能开出那样的花朵，而那样的花朵又极好地表达了那一时代的含义——《百花齐放》的必然状态。至于力扬所提出的"缺乏革命的热情"恰恰是错误的——郭沫若在写作《百花齐放》之际，正是充满了"革命的热情"，才能在十天之内写诗近百首，才能两次删改，改动遍及全书，才能一次次亲自参与《百花齐放》不同版本的出版或主动为之题词，②花费相当的心力慎重对待《百花齐放》的翻译及插图设计。③

四、结语

郭沫若是现代中国知识分子中与政治联系得最为紧密的作家。④《百花齐放》的创作从写作动机到写作过程、文本内容及出版后所产生的社会效应，都显示了郭沫若对主流政治话语的自觉认同，以及对党的文艺理论和工作方针的主动顺应。然而我们并不能据此就简单地将郭沫若定义为失去自我、抛弃艺术信仰的"御用文人"，更不能捏造事实、塑造出符合某些需要的"另一个郭沫若"。郭沫若曾这样阐释他对于历史人物的评价："历史是发展的，我们评定一个历史人物，应该以他所处的历史时代为背景，以他对历史发展所起的作用为标准，来加以全面的分析。这样就比较易于正确地看清他们在历史上所应处的地位。"⑤我们可以依此来打量郭沫若。从文本出发，从史料出发——20世纪五六十年代的郭沫若，没有也无法回避时代的现实：他不仅仅是一个诗人、一

---

① 范大灿：《德国文学史》（第3卷），南京：译林出版社，2007：348页。

② 例如荣宝斋版本《百花齐放》，就可见郭老乐见其成。时任总经理的侯恺将配以名家图画、以色彩水印复制《百花齐放》的"萌念"向郭老提出，"不料立即得到了郭老的同意，并表示积极支持""他不但一文不收，反而假鸿宾楼设宴，筵请了画家和他们的编辑、设计、句、刻、印、裱的技术人员，并有主管荣宝斋的负责人萨空了同志作陪……"（侯恺：《热心于教海勉励晚辈的郭沫若同志》，郭沫若学刊，1992年第3期。）

③ 郭沫若1958年6月23日致函苏联郭质生，同意其翻译《百花齐放》，26日致函蒋德明，提出李桦的木刻有问题，必须另刻，询问是否可以先拿画稿给自己看看，"看了再刻，免得刻出了后有问题"，以上见林甘泉、蔡震主编《郭沫若年谱长编》第四卷，中国社会科学出版社，2017：1697–1698页。

④ 税海模：《关于郭沫若研究文献的思考》，载《新文学史料》，2007（4）：183–190。

⑤ 郭沫若：《关于目前历史研究中的几个问题》，《新建设》，1959（4）。

个学者，更是一个革命家，他一直服从革命的需要而不断调整自己的写作姿态，《百花齐放》就是必然到来的作品。

中华人民共和国成立后的郭沫若作为文艺领导人，肩负着参与意识形态建构的重任，他的以《百花齐放》为典型的意识形态宣传文学①的写作正是在"构建本阶级的意识形态，并使后者认识自己的使命，进而使这种意识形态成为渗透到整个社会的世界观"②。因此，郭沫若并非传统意义上的知识分子，而是葛兰西意义上的"有机知识分子"，他"总是处在不断的变动和自我重塑的过程之中"③。《百花齐放》在当时让他出色地完成了对于实际生活的参与，使郭沫若成为一个真正的"建设者、组织者和'坚持不懈的解说者'"④，并且在当时产生了良好的社会效应，对于"双百"方针的贯彻与执行起到了良好的推动作用。

然而在当下这样"一个物质、消费主导的时代里，人们记忆的筛选机制不可避免地发生了重要改变；他们难以再热情呼应那种政治说教"⑤。"文学史上太靠近现实政治的作家很难得到恰当的评价。"⑥因此，郭沫若及《百花齐放》遭受贬斥乃至鄙弃，大抵也源于此罢。但不能否认的是，对于后期的郭沫若而言，对于其时的中国社会而言，《百花齐放》都是一个时代和个人共同的完成品。20世纪20年代，郭沫若在自传的前言中曾经这样写道："我写的只是这样的社会生出了这样的一个人，或者也可以说有过这样的人生在这样的时代。"⑦"这样的时代""这样的一个人"产生了《百花齐放》"这样的文本"——这不仅仅是一个人的选择与被选择，而是一代人、一个群体的命运与选择，值得我们后人在更深层次上去认识、思考，而并非简单粗率地否定。

① 陈思和：《思和文存》（第三卷·人文传承中实践），合肥：黄山书社，2012年版，第268页。

② 田时纲：《火与玫瑰·译序》，北京：人民出版社，2008：9页。

③ 郜元宝：《午后两点的闲谈》，昆明：云南人民出版社，2002：37页。

④ 安东尼奥·葛兰西：《狱中札记》，北京：中国社会科学出版社，2000：5页。

⑤ 北京大学中国诗歌研究院，首都师范大学中国诗歌研究中心主办：《纪念新诗诞生百年 新诗形式建设学术研讨会论文集》，2015（10）：9。

⑥ 乔琦，邓良：《从〈三叶集〉看诗人郭沫若的性情人生》，载《郭沫若学刊》，2004（3）：68-70。

⑦ 郭沫若：《我的幼年》，上海：光华书局1929：2页。

参考文献

专著

[1] 尹在勤.诗人心理构架 [M].西安：华岳文艺出版社，1987.

[2] 谢文利，曹长青.诗的技巧 [M].北京：中国青年出版社，1984。

[3] 布尼尔.人的本性与命运 [M].城穷译.贵阳：贵州人民出版社，2006.

[4] 郭玉生.西方文化与悲剧精神：古希腊维度与基督教维度 [M].哈尔滨：黑龙江
     大学出版社，2011.

[5] 阎江，肖妮妮.中西方文化比较 [M].上海：上海辞书出版社，2003.

[6] 陈宁.中国古代命运观的现代诠释 [M].沈阳：辽宁教育出版社，1999.

[7] [荷兰]约斯·德·穆尔.命运的驯化 悲剧重生于技术精神 [M].麦永雄译.桂林：
     广西师范大学出版社，2014.

[8] 赵凯.悲剧与人类意识 [M].上海：学林出版社，2009.

[9] 姚周辉.失衡的精神家园 中国民间灵魂、鬼神、命运信仰的研究与批判 [M].
     南宁：广西人民出版社，2002.

[10] 紫竹编.中国传统人生哲学纵横谈 [M].济南：齐鲁书社，1992.

[11] 夏文先.四十年代文学争论与当代文学规范建构 [M].合肥：安徽大学出版社，
     2015.

[12] 张玲丽.在文学与抗战之间《七月》《希望》研究 [M].武汉：武汉大学出版社，
     2016.

[13] 杨亚林.文学现代形态的修复与重建：论现代作家对新中国文学的审美期待
     [M].武汉：华中师范大学出版社，2013.

[14] 文学武.革命时代的文学叙事和话语 以 1937—1949 年的中国文学为中心
     [M].上海：上海交通大学出版社，2012.

[15] 李遇春.权力·主体·话语：20 世纪 40—70 年代中国文学研究 [M].武汉：
     华中师范大学出版社，2007.

[16] 林建华.1940 年代的中国自由主义思潮 [M].北京：中国社会科学出版社，
     2012.

[17] 王庆 . 现代中国作家身份变化与乡村小说转型 [M]. 武汉 : 华中科技大学出版社 , 2007.

[18] 朱晓进 . 非文学的世纪 : 20 世纪中国文学与政治文化关系史论 [M]. 南京 : 南京师范大学出版社 , 2004.

[19] 徐迺翔 . 中国新文艺大系 1937—1949 理论史料集 [M]. 北京 : 中国文联出版公司 , 1998.

[20] 钱志富 . 七月派诗人论 [M]. 香港 : 香港天马国书有限公司 , 2005.

[21] 王春荣 . 新时期文学的主题学研究 意义的生成与阐释 [M]. 沈阳 : 辽宁人民出版社 , 2007.

[22] [美] 乌尔利希·韦斯坦因 . 比较文学与文学理论 [M]. 刘象愚译 . 沈阳 : 辽宁人民出版社 , 1987.

[23] 段从学 . 穆旦的精神结构与现代性问题 [M]. 北京 : 人民出版社 , 2014.

[24] 卢燕娟 . 人民文艺再研究 [M]. 北京 : 文化艺术出版社 , 2015.

[25] 龙泉明 . 中国新诗流变论 1917—1949[M]. 北京 : 人民文学出版社 , 1999.

[26] 吕进 . 文化转型与中国新诗 [M]. 重庆 : 重庆出版社 , 2000.

[27] 许志英 , 邹恬 . 中国现代文学主潮 (上)(下)[M]. 福州 : 福建教育出版社 , 2001.

[28] 程亚林 . 悲剧意识 [M]. 长春 : 吉林教育出版社 , 2001.

[29] 刘扬烈 . 中国新诗发展史 [M]. 重庆 : 重庆出版社 , 2000.

[30] 温儒敏 . 中国现代文学批评史 [M]. 北京 : 北京大学出版社 , 1993.

[31] 李怡 . 七月派作家评传 [M]. 重庆 : 重庆出版社 , 2000.

[32] 张清华 . 内心的迷津——当代诗歌与诗学求问录 [M]. 济南 : 山东文艺出版社 , 2002.

[33] 洪子诚 , 刘登翰 . 中国当代新诗史 [M]. 北京 : 人民文学出版社 , 1994.

[34] 冯中一 , 鹿国治 , 王邵军 . 新诗创作美学 [M]. 长春 : 吉林文史出版社 , 1991.

[35] 罗振亚 . 中国新诗的历史与文化透视 [M]. 哈尔滨 : 黑龙江教育出版社 , 2002.

[36] 张志扬 . 创伤记忆——中国现代哲学的门槛 [M]. 上海 : 三联书店 , 1999.

[37] 潘颂德 . 中国现代新诗理论批评史 [M]. 上海 : 学林出版社 , 2000.

[38] 蔡永宁 . 解读命运——对人生命运的哲学思考 [M]. 北京 : 人民出版社 , 2001.

[39] 赵志军 . 文学文本理论 [M]. 北京 : 中国社会科学出版社 , 2001.

[40] 蓝棣之 . 现代文学经典 : 症候式分析 [M]. 北京 : 清华大学出版社 , 1998.

[41] 冯川 . 文学与心理学 [M]. 成都 : 四川人民出版社 , 2003.

[42] 夏之放 . 文学意象论 [M]. 汕头 : 汕头大学出版社 , 1993.

[43] 林岗.符号·心理·文学 [M].广州:花城出版社,1986.

[44] 吴晓.意象符号与情感空间——诗学新解 [M].北京:中国社会科学出版社,1990.

[45] [德] 拉尔夫·朗格纳.文学心理学——理论·方法·成果 [M].郑州:黄河文艺出版社,1990.

[46] 朱鸿召.延安文人 [M].广州:广东人民出版社,2001.

[47] 周红兴.艾青传 [M].成都:四川文艺出版社,1986.

[48] 陈旭光.中西诗学的会通——20世纪现代主义诗学研究 [M].北京:北京大学出版社,2002.

[49] [法] 丹纳.艺术哲学 [M].傅雷译.北京:人民文学出版社,1998.

[50] 张新颖.20世纪上半期中国文学的现代意识 [M].上海:三联书店,2001.

[51] 钱理群.对话与漫游:四十年代小说研读 [M].上海:上海文艺出版社,1999.

[52] 苏光文.大后方文学论稿 [M].重庆:西南师大出版社,1994.

[53] 蓝爱国.解构十七年 [M].上海:华东师大出版社,2003.

[54] [美] 杰罗姆 B.格里德尔.知识分子与现代中国 [M].单正平译.天津:南开大学出版社,2002.

[55] 陈青生.年轮——四十年代后半期的上海文学 [M].上海:上海人民出版社,2002.

[56] 文天行.国统区抗战文艺运动大事记 [M].成都:四川省社会科学院出版社,1985.

[57] 刘心皇.抗战时期沦陷区文学史 [M].台北:成文出版社有限公司,1980.

[58] 张德厚.中国现代诗歌史论 [M].长春:吉林教育出版社,1995.

[59] 王春荣.新时期文学的主题学研究 意义的生成与阐释 [M].沈阳:辽宁人民出版社,2007.

[60] 林默涵.中国解放区文学书系:诗歌编 一卷 [M].重庆:重庆出版社,1992.

[61] 傅国涌.中国知识分子的私人记录1949[M].武汉:长江文艺出版社,2005.

[62] 蔡鹤影.在诗歌的十字架上 鲁藜评传 [M].厦门:厦门大学出版社,2010.

[63] 张器友.李季评传 [M].西安:华岳文艺出版社,1990.

[64] 杨绍军.狂飙诗人 柯仲平 [M].昆明:云南人民出版社,2017.

[65] 龚国基.毛泽东与中国现代诗人 [M].北京:中央文献出版社,2014.

[66] 夏文先.四十年代文学争论与当代文学规范建构 [M].合肥:安徽大学出版社,2015.

[67] 王圣思."九叶诗人"评论资料选 [M].上海:华东师范大学出版社,1995.

[68] 唐湜. 九叶诗人 "中国新诗"的中兴 [M]. 上海：上海教育出版社，2003.

[69] 吴向廷. 穆旦诗歌的历史修辞 [M]. 北京：华文出版社，2017.

[70] 易彬. 穆旦与中国新诗的历史建构 [M]. 北京：中国社会科学出版社，2010.

[71] 高秀芹，徐立钱. 穆旦 苦难与忧思铸就的诗魂 [M]. 北京：文津出版社，2007.

[72] 龙泉明. 中国新诗的现代性 [M]. 武汉：武汉大学出版社，2005.

[73] 中国四十年代诗选编委会. 中国四十年代诗选 下 [M]. 重庆：重庆出版社，1985.

[74] 张桃洲. 现代汉语的诗性空间 新诗话语研究 [M]. 北京：北京大学出版社，2005.

[75] 子张. 新诗与新诗学 [M]. 北京：中央编译出版社，2010.

[76] 王剑清，冯健男. 晋察冀文艺史 [M]. 北京：中国文联出版公司，1989.

[77] 张学新，刘宗武. 晋察冀文学史料 [M]. 天津：天津社会科学院出版社，1989.

[78] 刘增杰. 中国解放区文学史 [M]. 开封：河南大学出版社，1988.

[79] 胡采. 中国解放区文学书系 文学运动·理论编 2 卷 [M]. 重庆：重庆出版社，1992.

[80] 苏春生. 中国解放区文学思潮流派论 [M]. 北京：中国社会科学出版社，2000.

[81] 中国社会科学院新闻研究所. 延安文萃 [M]. 北京：北京出版社，1984.

[82] 刘建勋. 延安文艺史论稿 [M]. 西安：陕西人民出版社，1992.

[83] 艾克恩. 延安文艺史（下）[M]. 石家庄：河北教育出版社，2009.

[84] 李洁非，杨劼. 解读延安文学、知识分子和文化 [M]. 北京：当代中国出版社，2010.

[85] 杨琳. 回归历史的现场——延安文学传播研究 （1935—1948）[M]. 北京：中国社会科学出版社，2016.

[86] 艾克恩. 延安文艺运动纪盛 （1937.1—1948.3）[M]. 北京：文化艺术出版社，1987.

期刊

[1] 邹旭光. 韩愈天命观辨析与溯源 [J]. 南京社会科学，2001(2): 72-76.

[2] 王勇，刘爱兰. 冯至《十四行集》中的五类生命意象及其背后的生命悖论意识[J]. 邯郸学院学报，2008(2):52-54.

[3] 李继武. 辩证唯物主义视野中的个人命运观 [J]. 齐鲁学刊，2010(1):92-97.

[4] 王爱军. 命运悲剧：《雷雨》悲剧主题的还原阐释 [J]. 江苏广播电视大学学报，

2010(6):50–53.

[5] 谢一卓 . 浅析中西经典文学中的已知命运观 ——以《俄狄浦斯王》和《红楼梦》为例 [J]. 传播与版权 , 2018(7):125–127.

[6] 贺仲明 . 论 20 世纪 40 年代中国文学中的传统主题 [J]. 江海学刊 2002(1): 184–188.

[7] 张艳红 . 战争背景下的 20 世纪 40 年代中国文学 [J]. 高等函授学报 , 2004(5):34–36, 46.

[8] 邓招华 . "九叶诗派"质疑 [J]. 现代中国文化与文学 , 2009(1):144–145.

[9] 顾金春 . 现代文学社群视角观照下的九叶诗派 [J]. 齐鲁学刊 , 2015(1):143–147.

[10] 符杰祥，张光芒 . "受难的形象"——论穆旦诗歌的人格价值与文化意义 [J]. 山东理工大学学报 (社会科学版), 2001(1):70–76.

[11] 刘涛 . 冰心四十年代散佚诗文辑说 [J]. 新文学史料 , 2012(4):167–170.

[12] 张学广，秦海力 . 从"人类解放"到"人类命运共同体"——马克思主义人类命运观的演进历程 [J]. 西北大学学报 (哲学社会科学版), 2018, 48(5):21–29.

[13] 魏汉武 . 郭沫若当代诗歌创作与传播 [J]. 杨凌职业技术学院学报 , 2018, 17(2): 93–96.

[14] 杨洪承 . 空间视域中的文学史叙述和其构形考察 : 以二十世纪四十年代"延安文学"为例 [J]. 当代作家评论 , 2012(4):116–124.

[15] 王爱军 . 论 20 世纪三四十年代小说中的文体互渗现象 [J]. 中国现代文学研究丛刊 , 2018(9):24–32.

[16] 吴井泉 . 论新时期诗歌与四十年代诗学的关系 [J]. 北方论丛 , 2018(5):42–47.

[17] 蒋登科 . 论九叶诗派与主流诗人在艺术本位上之异同 [J]. 中外诗歌研究 , 2002(2):17–26.

[18] 王光利 . 论中国古典小说的命运观及其叙事特征 [J]. 江苏社会科学 , 2012(2):184–189.

[19] 赵文华 . 漫谈李白的布衣情结 [J]. 新西部 (下半月), 2009(7):114.

[20] 王灿 . 媒介理论视阈下顾城诗歌的传播研究 [J]. 集美大学学报 (哲社版), 2019, 22(1): 92–98.

[21] 蔡永宁 . 命运概念界定之我见 [J]. 南昌大学学报 (人文社会科学版), 2000, 31(2):18–23.

[22] 李章斌 . 如何"现代"？怎样"主义"？——评梁秉钧、张松建对四十年代现代主义诗歌的研究 [J]. 暨南学报 (哲学社会科学版), 2013, 35(1):153–160.

[23] 李祖德.40年代现代主义诗歌的启蒙叙事和现代性话语[J].中外诗歌研究,
　　 2002(3):42-59.

[24] 王泽龙.论中国现代诗歌与西方象征主义诗歌意象艺术[J].社会科学研究,
　　 2005(3):171-176.

[25] 张泉.整合四十年代文学的宏观方法问题——以东亚政治地理与中国文学场
　　 为中心[J].当代文坛,2020(2):84-90.

[26] 邵宁宁.中国现代文学史中的四十年代后期[J].海南师范大学学报(社会科
　　 学版),2017(3):1-8.

[27] 龙泉明.活跃于40年代诗坛的一支生力军——延安诗派综论[J].人文杂志,
　　 1999(1):43-48.

[28] 张勐.四十年代中后期的知识分子叙事[J].中国现代文学研究丛刊,
　　 2017(9):37-45.

[29] 吴国如.延安时期知识分子叙事转型论[J].文艺争鸣,2015(10):116-120.

[30] 张谦芬.空间理论视域下抗战时期文学空间的重新考察[J].贵州社会科学,
　　 2019(9):47-54.

[31] 刘扬烈."七月"诗人鲁藜略论[J].云南师范大学哲学社会科学学报,
　　 1991(1):55-61.

[32] 令狐兆鹏.发现一个完整的陈敬容:读《陈敬容诗文集》[J].现代中国文化与
　　 文学,2009(1):312-314.

[33] 梁德林.古代诗歌中的太阳意象[J].广西师范学院学报(哲学社会科学版),
　　 1993(3):37-42.

[34] 宋红梅.论中国古典诗歌中的太阳意象[J].山东理工大学学报(社会科学版),
　　 2003,19(6):18-21.

[35] 贾东方.陈敬容的"忏悔"之音——早期佚文与离兰事件[J].新文学史料,
　　 2016(2):155-162.

[36] 陈俐.陈敬容的清华诗缘:早期佚诗与离乡出走事件[J].新文学史料,
　　 2008(3):158-164.

[37] 彭燕郊.明净的莹白,有如闪光的思维——记女诗人陈敬容[J].新文学史料,
　　 1996(1):138-146.

[38] 章绍嗣.晋察冀边区的诗人和诗作[J].中南民族大学学报(人文社会科学版),
　　 1996(3):100-102,113.

[39] 蔡明谚.略论40年代中国现代诗——以冯至、郑敏和穆旦为考察[J].华文文
　　 学,2007(2):30-38,95.

[40] 游友基 . 略论穆旦四十年代现代诗的思想内涵 [J]. 山西师大学报 (社会科学版), 1997(3):5.

[41] 张林杰 . 诗人鲁藜的"心灵矛盾"与"泥土"意识 [J]. 中国现代文学研究丛刊 , 2015(10):173–183.

[42] 唐湜 . 诗人唐祈在四十年代 [J]. 诗探索 , 1998(1):88–110.

[43] 王敏 . 现代时间意识的确立与困境——论 1920 年代文学中的黑夜意象 [J]. 现代中文学刊 , 2016(1):18–23, 103.

[44] 付丽娅 . 夜的聆听者——论现当代文学作品中夜意象 [J]. 武汉冶金管理干部学院学报 , 2016(1):91–94.

[45] 赵航 . 四十年代新诗中的"母亲"意象——以艾青、七月派、九叶派为例 [J]. 齐齐哈尔师范高等专科学校学报 , 2018(5):26–28.

[46] 钦鸿 . 四十年代关于新诗方向问题的一场讨论 [J]. 社会科学辑刊 , 1989(Z1):1.

[47] 蔚青雯 . 论"家园情怀"的表现趋向——以三四十年代的中国新诗为例 [J]. 齐齐哈尔师范高等专科学校学报 , 2019(2):19–21.

[48] 孙菲 . 艾略特诗学理论对中国 20 世纪三四十年代现代新诗的影响研究 [J]. 福建论坛 (人文社会科学版), 2008(12):92–97.

[49] 王昌忠 . 七月派诗歌的抒情声音 [J]. 北方论丛 , 2018(6):40–44.

[50] 王昌忠 . 七月派诗歌的叙述声音 [J]. 湖州师范学院学报 , 2018(1):52–57.

[51] 钟友循 . 血火交迸 凌厉高蹈——曾卓、绿原、牛汉诗歌中抒情形象的生命状态 [J]. 长沙水电师院学报 (社会科学版), 1991(1):74–78.

[52] 王昌忠 . 七月派诗歌的语象生成 [J]. 中国现代文学研究丛刊 , 2019(9):152–162.

[53] 王昌忠 . 论抗战时期七月派的文艺人民性思想 [J]. 当代文坛 , 2019(4):102–108.

[54] 孔育新，屈梦芸 . 启蒙的淬炼之途——评王富仁先生的胡风及七月派研究 [J]. 汕头大学学报 (人文社会科学版), 2018(6):12–19, 94.

[55] 解志熙 . 暴风雨中的行吟——抗战及 40 年代新诗潮叙论 (上)[J]. 解放军艺术学院学报 , 2017(1):52–70.

[56] 解志熙 . 暴风雨中的行吟——抗战及 40 年代新诗潮叙论 (下)[J]. 解放军艺术学院学报 , 2017(2):12–30.

[57] 李怡 . 抗战文学的补遗：作为七月诗派的"平原诗人" [J]. 文艺争鸣 , 2015(7):22–29.

[58] 刘晓林 . 中国古典诗歌中的生命忧患意识 [J]. 湘潭师范学院学报 (社会科学

版), 2006(3):84–87.

[59] 张文刚 . 苦难里的 "白色花" 和黑夜中的 "三弦琴" ——七月诗派和九叶诗派诗歌意象建构分析 [J]. 海南大学学报 (人文社会科学版), 2002(2):54–60.

[60] 孙玉生 .1920—1930 年代中国文学作品中 "夜" 意象考察 [J]. 社会科学辑刊 , 2007(1):234–237.

[61] 邵金峰 . 延安诗派诗歌美学思想研究 [J]. 绥化学院学报 , 2006(5):76–78.

[62] 张炯 . 论《在延安文艺座谈会上的讲话》的历史背景和理论生成 [J]. 文艺争鸣 , 2017(6):130–138.

[63] 张志忠 . 政与文 权与经 流与变——关于《在延安文艺座谈会上的讲话》的断想 [J]. 文艺争鸣 , 2012(5):45–48.

[64] 韩晓芹 . 延安文人的精神演进——延安《解放日报》副刊的文学生产与传播 [J]. 文艺争鸣 , 2008(7):114–119.

学位论文

[1] 蔡永宁 . 论命运——关于个人生存状态与生命历程的哲学反思 [D]. 北京 : 中国人民大学 , 2000.

[2] 胡婧华 . 古希腊悲剧命运观的历史演变 [D]. 合肥 : 安徽大学 , 2011.

[3] 王凌云 . 海德格尔与《命运问题》[D]. 海口 : 海南大学 , 2006.

[4] 成相如 . 先秦儒家的命运观 [D]. 苏州 : 苏州大学 , 2010.

[5] 李春生 . 论个体命运 : 兼谈海德格尔和中国古代哲学的命运观 [D]. 北京 : 中国人民大学 , 2005.

[6] 肖蓉蓉 . 余华小说中的命运观研究 [D]. 湘潭 : 湘潭大学 , 2018.

[7] 陈亮 . 芦笛吹响太阳之歌 : 论艾青诗歌中的太阳意象 [D]. 石家庄 : 河北师范大学 , 2002.

[8] 张陆华 . 穆旦诗歌及其经典化过程研究 [D]. 郑州 : 河南大学 , 2010.

[9] 李光辉 . 穆旦诗歌接受研究 [D]. 广州 : 广东技术师范学院 , 2012.

[10] 王倩 . 突围者的足音——穆旦诗歌简论 [D]. 济南 : 山东大学 , 2013.

[11] 樊秀芝 . 痛苦与诗歌 : 穆旦研究 [D]. 济南 : 山东大学 , 2010.

[12] 彭广见 . 穆旦诗歌的符号学解读 [D]. 长沙 : 湖南师范大学 , 2010.

[13] 邵娟 . 论 1940 年代穆旦对奥登诗歌知性特征的接受与转化 [D]. 长沙 : 湖南师范大学 , 2017.

[14] 齐磊 . 象征主义与中国现代诗歌 [D]. 济南 : 山东大学 , 2007.

[15] 刘青怡 . 论 "西南联大诗人群" 的客观化抒情策略 [D]. 南京 : 南京师范大学 ,

2004.

[16] 周婕.论穆旦诗歌的生命意识 [D]. 南宁：广西民族大学，2015.

[17] 朱松峰.无尽的命运之思——理解海德格尔的一个新视角 [D]. 济南：山东师范大学，2003.

[18] 朱娟.论陈敬容诗歌孤独意识的流变 [D]. 合肥：安徽师范大学，2007.

作品集

[1] 王圣思.九叶之树常青——"九叶诗人"作品选 [M]. 上海：华东师范大学出版社，1994.

[2] 臧棣之.九叶派诗选 [M]. 北京：人民文学出版社，1992.

[3] 辛笛，陈敬容，杜运燮.九叶集——四十年代九人诗选 [M]. 南京：江苏人民出版社，1981.

[4] 岳洪治.现代十八家诗 [M]. 北京：中国文联出版公司，1991.

[5] 杨东彪.七月诗选 [M]. 北京：线装书局，2013.

[6] 魏巍.晋察冀诗抄 [M]. 北京：中国青年出版社，1984.

[7] 阿垅.中国现代诗歌名家名作原版库 无弦琴 [M]. 北京：中国文联出版公司，1947.

[8] 晓风.胡风家书 [M]. 上海：复旦大学出版社，2007.

[9] 冀汸，胡风.七月诗丛 跃动的夜 [M]. 北京：北京希望出版社，1947.

[10] 王圣思.九叶之树长青 "九叶诗人"作品选 [M]. 上海：华东师范大学出版社，1994.

[11] 穆旦.穆旦诗集 [M]. 北京：中国文联出版公司，1947.

[12] 穆旦.穆旦诗集（1939—1945）[M]. 北京：人民文学出版社，2000.

[13] 艾青.中国现代诗歌名家名作原版库 北方 [M]. 北京：中国文联出版公司，1949.

[14] 陈敬容.中国现代诗歌名家名作原版库 交响集 [M]. 北京：中国文联出版公司，1948.

[15] 王辛笛.中国现代诗歌名家名作原版库 手掌集 [M]. 北京：中国文联出版公司，1948.

[16] 王琳.柯仲平诗文集 [M]. 北京：文化艺术出版社，1991.

[17] 徐纶，韦夷，黎辛.延安文艺作品精编 1 理论、诗歌卷 [M]. 杭州：浙江文艺出版社，1992.

[18] 朱子奇，张沛.延安晨歌（1940—1942）[M]. 西安：陕西人民出版社，1984.

[19] 中国四十年代诗选编委会 . 中国四十年代诗选 [M]. 重庆 : 重庆出版社 , 1985.

[20] 阿垅 . 阿垅诗文集 [M]. 北京 : 人民文学出版社 , 2007.

[21] 曾卓 . 曾卓抒情诗选 [M]. 北京 : 中国文联出版公司 , 1988.

[22] 牛汉 . 空旷在远方　牛汉诗文精选 [M]. 长春 : 时代文艺出版社 , 2005.

后 记

2020 年是不寻常的一年。

这年的大年初一，我拿出一本旧文稿，开始重新搜索材料，重新完善文字。外面的世界，没有鞭炮，没有喧嚣。楼宇间几乎没有行人，只有空旷的广场、寂静的街道。"新冠肺炎"的爆发，让这个世界一下子失去了声音、色彩，整个城市仿佛按下了暂停键。

我正在修改的这本稿子是《趋同与歧异：四十年代新诗"命运"主题研究》，是我在 15 年前的硕士论文，也是我一直想要修改完善却一直囿于各种原因没有完成的一篇旧稿。

2005 年，我从南京师范大学硕士毕业，三年时光凝成这一本薄薄的论文。在论文的"后记"中，我曾写下这样的遗憾和感谢：

三年时光，开始时会觉得很长，会有无数的计划与设想，但即将结束时再想想，却是那么短暂，回首时只觉来路茫然，只有横着的翠微苍苍。

在这短暂的三年中，我庆幸自己能够师从杨洪承老师，杨老师严谨的治学态度深深地影响了我。然而由于我资质愚钝、基础薄弱，还是有很多该做的没有做到，其中就包括这篇论文，杨老师一次次地为我批阅，详细标示出失误与疏漏，指出了许多不足与浮泛之处，但有些我却无力完满解决和弥补，留下了那么多的遗憾，只能寄希望于未来的努力。在这里，我深深地感谢杨老师，祝福老师平安快乐。

三年中，我有幸在这美丽的校园做短暂的停留，听过一堂又一堂精彩的讲课与讲座，不论是朱晓进老师、高永年老师，还是贺仲明老师、何言宏老师、王文胜老师，他们的教诲都是我终生宝贵的财富。

我同样庆幸自己结识了那么多真诚、友好、上进的同学与朋友，我们曾经一路同行，分享青春、知识和快乐。我深深地感谢这所有，祝福丰盈了我生命的这所有的一切。

一棵银杏树，一段青石阶，它们虽都是沉默的，然而我会永远记得。有位诗人说过：正在过去的，不是时间，/ 只是我们——好像一本书刚刚打开，

却看到了故事的结尾，不管还有多少梦想仍然停伫在叶尖，第二天的太阳却已经启程。那就随着太阳一起出发吧，我仍然希望着，自己能安静地坐下来，安静地读书，怀着从不更改的、对于生活与文学的热爱，不管我离开这里有多远……

2005 年 4 月于随园

如今 15 年过去了，时光好像一列火车呼啸而过，再回顾，已经人到中年。15 年，发生了许多事，虽然还是一事无成，但我已经成了一个高校老教师和两个孩子的妈妈，能够坐下来读书写字也是在夜深人静之际。

从冬天到春天，再到初夏：楼前的草渐渐地绿，慢慢地茂盛，花朵绽放然后凋谢；办公室窗外的人们渐渐多了起来；许多个夜晚，坐在电脑前的我，看见夜色渐渐褪去，湿润的黎明悄悄降临。

疫情终于有所好转，生活正在逐步恢复正常，这片大地重新焕发活力与勃勃生机。这个时候我才发现：幸福就是寻常生活——大宝上学去了，二宝和爸爸在楼下玩耍，我坐在电脑边打字，衣服晾在阳台上，青菜躺在清澈的水里，碧绿的树叶伸展在窗外的白杨树上，一只小鸟叽喳着飞过瓦蓝的天空……一切妥妥帖帖，在他们该在的位置上。

我终于写完了这本文稿，虽然还有太多太多不够满意的地方。四顾茫然之间，仿佛还有那么多的遗憾，亦有那么多的感谢。

感谢我的爱人姚先生、我的孩子朵朵和果果。我是幸福的，拥有你们。

感谢我的硕士恩师杨洪承教授、博士恩师魏建教授，我是幸运的，遇见这样的师者，在我人生重要的时刻，是恩师们给予我指引。

马上要进入酷暑了，还有那么长、那么艰辛的路要走。

出发吧，我们终会到达！

杨玉霞
2020 年 6 月 5 日 文苑